MACHU MONTAINE

Espace Temps

"Je suis la battante par excellence.

Celle qui ne lâche rien
Et ne choisit jamais
La solution de facilité.
Avec le temps,
Certains finissent par
Craquer et s'effondrer.
Sache juste
Que ce ne sera
Jamais moi."

Lili Reinhart

Chapitre 1

La sonnette retentit, les premiers invités commencent à arriver. Je me regarde une dernière fois dans le miroir avant de descendre. Ma robe est magnifique, mes cheveux sont bien redressés en chignon, laissant quelques boucles tomber furtivement, je suis heureuse d'avoir organisé cette soirée costumée, nous allons bien rire. Je descends lentement les escaliers pour ne pas tomber, j'ouvre la porte et ma meilleure amie me saute dessus.

- Victoria ! Doucement ! J'ai mis un temps fou pour me préparer alors ne gâche pas tout.

Elle s'éloigne de moi et je peux enfin voir son costume. Elle est déguisée en fée clochette et lorsque je penche ma tête pour voir son copain derrière elle, je ne suis pas surprise de le voir porter un costume de Peter Pan. Je lui souris en les laissant entrer.

- Comment vas-tu, Harry ?

- Super, tu es déguisée en quoi ? Princesse ?

- Pas vraiment, c'est une robe de l'époque victorienne.

- Oui donc tu es une princesse.

Il s'éloigne puis disparaît dans la cuisine. Victoria s'approche de moi en posant sa main sur mon épaule.

- Ne l'écoutes pas, il est de mauvaise humeur, il vient d'apprendre que ses notes de partiels ne seront finalement pas disponibles avant un bon mois.

- Sérieusement ? C'est long ! J'ai reçu mes notes depuis trois jours et les premières années les ont eus hier.

- Je ne sais pas ce qu'il s'est passé dans sa promo, mais toute la licence d'histoire a eu un problème de notation.

- Mince, j'espère qu'il va réussir à s'amuser tout de même.

- Après quelques verres, il aura oublié ne t'en fais pas. Ton costume est magnifique, d'où t'est venue l'idée ?

Elle me prend par les mains et s'éloigne de quelques pas pour mieux me regarder.

- Tu connais ma passion pour l'époque victorienne, j'ai toujours rêvé d'avoir une robe comme ça un jour.

- Tu portes un corset ?

- Oui, mais je ne l'ai pas beaucoup serré, je tiens encore à ma vie.

Nous rions alors que la porte d'entrée s'ouvre et mon copain en déguisement de Dark Vador fait son entrée. Nous avons le souffle coupé, le costume est parfait.

- Où est Padmé ?

Il retire son masque et me regarde de haut en bas. Il semble déçu et un peu énervé, car son visage se tend.

- Léo, je t'ai dit que je ne voulais pas me déguiser en Padmé Amidala.

- Tu n'es pas drôle, nous aurions pu être le couple le plus

incroyable de la soirée !

- Je n'avais pas envie, je t'avais prévenue, ne me remet pas la faute dessus.

- Ok les amoureux, on se détend. Léo, si tu allais rejoindre Harry dans la cuisine et préparer les boissons.

Elle lâche mes mains pour les lever entre nous. Léo s'approche et m'embrasse rapidement et Victoria se dirige vers mon copain et le pousse hors de ma vue.

- Vous alliez vraiment vous prendre la tête pour un costume ?

- Léo est dans une mauvaise phase, je ne sais pas ce qu'il se passe, mais il n'est pas comme d'habitude, c'est certainement la pression des examens.

- Je ne comprends pas, nous nous débrouillons très bien, nos partiels se sont bien passés, l'année se termine et il ne nous reste plus qu'un an pour valider notre licence, pourquoi se mettre autant de pression ?

- Tout le monde ne réfléchit pas comme toi Vic, moi la première.

Je passe devant ma meilleure amie pour sortir les gâteaux apéros.

- Tu sais Emilie, je pense que si on se prend trop la tête dans la vie, on ne peut pas se concentrer sur le plus important.

- Qui est ?

- Le bonheur ! La folie, la passion, enfin vivre quoi.

Elle saute autour de moi, son enthousiasme me fait un peu peur parfois, mais elle me fait rire.

- Je comprends ton point de vue, mais…

Je n'ai pas l'occasion de finir ma phrase, car je suis coupé par l'entrée de quelques personnes dans ma maison. Je suis heureuse de voir le reste de la bande arriver et être bien déguisés. J'avais peur qu'ils ne jouent pas tous le jeu, Laura et Lisa sont déguisé en personnage de la série Euphoria, John et Lucie sont un couple de pirates, Julie est en Cruella d'Enfer, Gigi s'est transformé en Sacha dans Pokemon et a même une peluche de Pikachu et enfin Eleonor et Rémi sont déguisés en Joker et Harley Quinn. Leurs costumes sont vraiment beaux et je suis heureuse, je sais que nous attendons encore du monde, mais les avoir eux me comblent déjà. Léo a invité des amis de sa promo et j'ai laissé le groupe inviter quelques personnes aussi ; nous attendons une vingtaine de personnes alors j'ai prévu beaucoup de pizzas et Léo et Rémi se sont occupés de l'alcool.

- Vous êtes super beaux les gars !

- Toi aussi Emilie, la robe te va à merveille.

C'est Gigi qui m'a complimenté et elle bouge Pikachu sur son épaule pour qu'il approuve ses paroles. Victoria s'éloigne pour rejoindre mes amis et les faire entrer. La soirée va être incroyable. Je rejoins Léo et Harry dans la cuisine qui sont en train de sortir et d'aligner des bouteilles.

- Vous vous en sortez ?

- Je ne sais pas si nous aurons assez d'alcool…

- Qu'est ce que tu racontes, Léo ?

- Nous attendons pas mal de monde, il n'y a pas beaucoup de bouteilles.

- Alors nous n'attendons pas non plus énormément de monde et puis nous ne sommes pas obligés de boire de l'alcool, il y a pleins d'autres boissons sucrées.

Il lève les yeux au ciel ce qui a le don de m'énerver.

- Léo a raison Emilie, sans alcool les gens vont s'ennuyer.

- Nous sommes une vingtaine, cela suffira.

- Nous risquons d'être… un peu plus que prévu.

- Léo…

- Je suis désolé mon cœur, je ne pensais pas qu'autant de gens entendraient parler de cette soirée.

Je ne le crois pas une seule seconde, je sais qu'il a fait passer le message et je sais aussi que s'il attrape son téléphone en ce moment, c'est pour demander aux personnes qu'il a invité d'apporter de l'alcool…

- Tu es insupportable Léo, je voulais une petite soirée et tu as invité la fac entière !

Je ne me trompe pas, car au même moment, ma porte d'entrée s'ouvre et des garçons que je n'ai jamais vus entrent et viennent prendre Léo dans leurs bras.

- Hey les gars ! Vous avez emmené de la bière ! Vous êtes les meilleurs !

Il leur montre où poser les bouteilles et pose son bras sur mon épaule.

- Je vous présente ma copine, Emilie, voici les garçons.

Ils me tendent un à un leurs mains pour que je frappe dedans, ce que je fais à contre cœur, puis ils partent dans le salon en sautant et hurlant comme des fous.

- Pourquoi as- tu invité ces gars ?

- Ce sont mes potes, c'est mon groupe d'amis à la fac, j'avais envie qu'ils soient là.

Il se retourne pour s'occuper des bières alors je décide de m'éloigner de lui sinon je risque de hausser la voix et je ne veux pas créer de dispute ce soir. Victoria et mes amies me rejoignent tout sourire.

- Ne fais pas cette tête Emilie, on va s'amuser et je te promets que ta maison sera rangée et comme neuve demain.
- Je suis inquiète, il y a beaucoup de monde qui arrive…
- Tu as fermé les chambres et les autres pièces à clé ?
- Non, je n'y ai pas pensé.

Victoria pose sa main sur mon épaule.

- Je m'en occupe, essaie de te détendre et souviens toi, tu es chez toi, tu as le droit de virer des gens, surtout s'ils ne sont pas déguisés !

Elle tourne la tête et parle plus fort.

- Oui, c'est à toi que je parle !

Un garçon est en jean, tee-shirt et il fuit lorsqu'elle lui hurle dessus.

- C'est aussi simple que ça. Ne te fais pas de soucis, on va s'amuser aussi !

Ma meilleure amie s'éloigne puis je la vois monter les escaliers, c'est vraiment la meilleure. Mes amies me servent un verre de jus de pomme puis m'entraînent sur la piste de danse. C'est vrai que j'oublie rapidement le monde qui nous entoure et je m'amuse simplement avec eux, c'est vraiment bon de pouvoir s'amuser et lâcher la pression. Après quelques musiques, je décide d'arrêter de danser et d'aller boire un verre de jus de pomme frais ; j'en profite pour regarder mon téléphone et soudain la panique s'empare de moi.

- Merde, merde, merde !

Je prends mon téléphone et sors de la maison pour m'asseoir sur les marches de devant. Je vais me faire crier dessus, c'est certain. J'ai des dizaines d'appels manqués de ma mère et des textos par centaines, sans rire, je suis une personne morte. Je ne prends même pas le temps de lire les SMS, car je sais très bien ce qu'ils contiennent et décide d'appeler directement ma génitrice. Le téléphone ne sonne même pas et elle décroche immédiatement.

- *Il n'est pas trop tôt jeune fille !*

- Maman.

- *Non ! Tu n'as pas ton mot à dire !*

- Arrêtes Maman.

- *Non Emilie, ça ne va pas se passer comme ça ! Tu avais l'autorisation de faire une soirée avec tes amis et voilà que je reçois un appel de ma chère voisine me disant que beaucoup de monde est chez moi !*

- Je sais et je suis désolée, nous ne devions être qu'entre nous, mais Léo n'a pas su se tenir et il a laissé les gens venir.

- *Ne remets pas la faute sur ton petit ami Emilie. Nous rentrons avec ton père et Liam demain matin, tu vas passer un sale quart d'heure. Je te préviens, la maison a intérêt à être parfaite.*

- Ce n'est pas de ma faute si vous écourtez votre séjour...

- *Ne joue pas avec mes nerfs, jeune fille. Ton père est tout autant d'accord avec moi ! Tu es irresponsable !*

- Papa n'est jamais présent ! Il n'est revenu à Londres que pour votre week-end et va repartir pour le travail juste après, alors qu'il ne tente pas de tenir sa figure paternelle maintenant !

Je sais que mes mots sont durs, mais je suis sur les nerfs et le fait qu'elle me crie dessus n'arrange pas à calmer ma colère. Elle ne répond rien, certainement car elle sait que c'est vrai alors je continue.

- Vous ne me laissez jamais faire de soirée, pour une fois vous pourriez me laisser m'amuser.

- *Tu comptes t'amuser avec cinquante personnes ? Ou plus ! Tu vas passer une mauvaise soirée, tu ne vas pas profiter de tes amis, tu vas faire le flic toute la nuit et tu vas perdre le contrôle !*

- C'est ça !

- *Tu vas baisser la voix. On réglera ça demain matin. Tu as intérêt à faire partir du monde cette nuit, Cynthia compte bien me tenir au courant.*

Foutue voisine... Ma mère raccroche et je tourne la tête pour regarder la maison, elle a raison sur un point, je perds déjà le contrôle. Lorsque j'ouvre la porte pour retrouver mes invités à l'intérieur, la musique est encore plus forte et je me fraie un chemin pour rejoindre mon copain. Tout le monde est déguisé et j'ai du mal à reconnaître certaines personnes.

- Emilie !

- Léo !

Mon copain me prend dans ses bras comme il peut, entre son costume de Dark Vador et ma robe victorienne, nous avons du mal à être à l'aise.

- Qu'est-ce qu'il se passe ?

- Je me suis pris la tête avec ma mère, elle m'a fait une crise pour la soirée.

- Mince, je suis désolé.

- Je la déteste ! Elle ne soutient jamais ce que je fais et trouve toujours le négatif partout.

- Ce n'est rien mon cœur, essaie de profiter ce soir.

Je hoche la tête. Léo a raison, je ne vais pas laisser cet appel pourrir ma nuit. Malheureusement, ce coup de fil n'est pas ce qui gâche ma soirée. La maison est sens dessus dessous, des verres en plastique traînent partout, de l'alcool est renversé sur le sol et je suis sûre que quelqu'un a déjà cassé quelque chose dans la maison. Lorsqu'une fille que je ne connais pas du tout me renverse de la bière dessus, je me retiens pour ne pas hurler.

- Ce n'est rien.

Je monte les escaliers pour rejoindre la salle de bain. J'essaie de retirer le liquide de ma robe, mais en vain, l'odeur reste sur le tissu et je n'ai pas d'autres choix que d'aller me changer. Je la déteste, ma robe victorienne était incroyable... Je traverse le couloir et entre dans ma chambre. J'enlève rapidement ma robe et grimace en sentant l'odeur de la bière sur le tissu. Je regarde dans mon armoire pour attraper une nouvelle robe à porter, j'en trouve une simple, noire, qui fera l'affaire, je l'enfile quand ma porte s'ouvre. Je me redresse et un couple entre sans se soucier de ma présence, je crois qu'ils ne m'ont pas encore vu. C'en est trop, je compte bien leur dire de sortir d'ici. Soudain, je suis incapable de bouger, incapable de dire quoi que ce soit. Je reconnais cette cape noire, il est dos à moi, mais lorsqu'il laisse tomber son masque par terre, je sais qui se cache derrière sans même voir son visage. Ma voix se brise lorsqu'elle se décide enfin à sortir.

- Léo ?

Lorsqu'il se retourne, c'est mon cœur qui se brise. Je sens les larmes monter, je sais que je ne vais pas réussir à lui parler.

- Emilie ! Ce n'est pas ce que tu crois.

La phrase typique.

- Tu avais promis.

- Je sais, je suis désolé.

- Tu comptais vraiment venir faire tes affaires dans ma chambre? Tu ne manques pas de culot.

Je me redresse et m'approche d'eux. Je ne connais pas du tout cette fille et je pense qu'elle n'est même pas une amie de la bande, je ne sais pas d'où elle sort. Léo doit lire dans mon visage mon incompréhension.

- C'est la sœur de Brad.

- Tu allais faire... ça... avec la sœur de ton meilleur pote ? Mais qu'est-ce qu'il ne va pas chez toi Léo ?

Je pensais que si un jour cela devait m'arriver, je serais en pleure, incapable de parler ou au contraire que je hurlerais sur lui, mais non, je suis juste brisée. Je n'arrive pas à pleurer, je n'arrive pas à crier.

- C'est déjà arrivé avant ? Ou c'était la première fois ?

- C'est déjà arrivé…

La jeune fille me répond et lorsque mes yeux se posent sur elle, je jure de la voir reculer d'un pas à cause du regard que je lui lance.

- Je ne t'ai pas parlé...

- Lola.

- Je ne t'ai pas parlé Lola, je m'adresse à mon ex-copain.

Léo ouvre ses yeux en grand avant d'ouvrir la bouche et que ses mots s'emmêlent entre eux.

- Je suis désolé Em' mais on peut toujours tenter de continuer notre histoire.

- Je ne crois pas que ce soit possible Léo, je vais vous demander de sortir de chez moi maintenant.

- Em'.

- Non ! Sors de chez moi Léo !

J'ai élevé la voix, je suis énervée de n'avoir rien vu. Il sort de ma chambre à contre cœur et à peine ont-ils passé le pas de ma porte de chambre que je leur claque au nez. Je ferme la porte à clé et me jette sur mon lit.

- Faites que tout s'arrête, par pitié, je veux une meilleure vie, un homme qui m'aime, une famille qui m'aime, s'il vous plaît.

Je sanglote, la tête dans mon coussin.

- Je sais que l'univers m'entend, alors s'il te plaît aide moi.

Mon corps n'arrive pas à calmer les spasmes que mes pleurs provoquent, mon corps fatigue et je finis par fermer les yeux et m'endormir d'épuisement.

Chapitre 2

Je suis réveillée par le soleil qui passe au travers de mes rideaux. J'ouvre difficilement les yeux et les frotte lentement avec mes mains.

- Quelle heure est-il ?

Maman et papa devraient déjà être de retour s'il fait jour. Je vais vivre la pire matinée de ma vie, la pire dispute et je ne suis pas prête de sortir de la maison… Je déteste ma vie. Je ne pensais même pas que c'était possible de détester ses parents, pas même un peu, ce n'est pas normal de se sentir si mal dans une maison ; une famille est censée être unie et un minimum joyeuse, or la mienne ne l'est pas. Je sors lentement de mon lit, les yeux à moitié fermés, j'ouvre ma porte et commence à descendre quand je suis interpellée par une femme que je ne connais pas. Elle porte des vêtements de servantes, sûrement une invitée de la veille qui a dormi ici.

- Que faites-vous ici mademoiselle Emilie ?

- Comment ?

Je fronce les sourcils alors qu'elle me tire par le bras pour me

conduire jusque dans ma chambre.
- Mademoiselle, pourquoi ne m'avez vous pas appelé ? Je serais venue vous aider.
- M'aider ?
- À vous habiller bien sûr. Avez-vous passé une mauvaise nuit ?
Je ne comprends vraiment pas de quoi elle parle. Elle me force à m'asseoir sur mon lit puis s'éloigne pour préparer quelque chose. Je frotte de nouveaux mes yeux, mais lorsque je les ouvre en grand, je ne reconnais pas ma chambre. Elle est beaucoup plus blanche, mon lit est aussi plus grand que le mien et mes draps sont en satin. Je regarde autour de moi, la porte à ma gauche est très haute et près d'elle il y a une commode, or, je n'en ai pas. Je tourne la tête pour voir un petit banc face à mon lit ainsi qu'une coiffeuse et un énorme miroir. Je regarde enfin d'où vient la lumière, elle entre par une magnifique fenêtre, je n'ai jamais vu une si grande vitre dans une chambre. Je me lève pour m'approcher, mais la femme me prend par le bras et m'aide à me positionner devant la coiffeuse. Lorsque mon visage apparaît sur le miroir, je suis ravi de voir que mon corps est en revanche le même que d'habitude bien que mon visage semble plus pâle.
- Avez-vous bien dormi ?
- Je ne sais pas vraiment.
- Vous avez fait un mauvais rêve ?
- Je ne sais plus.
Je regarde le reflet de la jeune femme, mais je suis certaine de ne jamais l'avoir vu. Je ne sais pas du tout ce qu'il se passe et mon cœur s'accélère. Où est-ce que je suis et surtout pourquoi je

ne me souviens pas de ce que je fais ici ? D'ailleurs quel est ce ici ? Le reflet de la femme apparaît derrière moi, elle doit avoir quarante ans tout au plus et elle tient une éponge. Elle s'approche un peu plus de moi et je sens l'odeur de l'eau chaude se rapprocher de mon visage.

- Êtes-vous certaine que vous allez bien ?

Je ne réponds pas, j'ai tellement de questions en tête, tant d'incompréhensions. Je n'ai pas le temps de me poser des questions, car quelqu'un entre dans la chambre lorsque la femme pose l'éponge chaude sur ma joue. Elle s'occupe de mon visage en douceur pour ne pas me faire mal.

- Emma, ma fille est-elle prête ?

La femme s'appelle donc Emma, c'est un bon début pour en savoir plus.

- Bientôt madame.

Je vois ma mère s'approcher derrière moi alors je me retourne.

- Maman ?

- Emilie ?

Elle semble intriguée par ma question.

- Emilie, pourrais-tu te dépêcher ? Nous sommes attendus chez les Johannson.

- Victoria ?

- Oui et sa famille. Tu es mal réveillée ?

- Oui pardon. Tu ne m'en veux pas pour hier soir ?

- Hier soir ? Ma puce, je comprends que tu ai voulu rester plus longtemps au bal et non je ne t'en veux pas, ton frère m'a dit que tu t'y étais amusée. Je suis heureuse pour toi.

Un bal ? Et Liam est ici ? Je suis perdue. Je pose mes yeux sur

la tenue de ma mère, qui jusqu'ici ne m'avait pas choquée, mais maintenant que je m'y attarde, ce n'est pas normal. Elle porte une grande robe d'époque, un peu comme mon costume d'hier soir. Sa poitrine est retenue par un corset et ses cheveux font de belles ondulations, attachés dans un beau chignon. Ma mère n'irait jamais chez nos amis comme ça. Je dois être en train de rêver. Emma me force à la suivre et m'enlève ma chemise de nuit, je ne me souviens pas avoir mis cette robe de chambre, je n'en ai même pas une semblable. Elle revient avec un corset qu'elle enroule autour de mon corps et qu'elle sert légèrement.
- Aie.
Je laisse Emma lasser les rubans et je prends sur moi pour ne pas montrer la désagréable sensation que cela me procure. Bon sang, que se passe-t-il ?
- Pardon, j'ai trop serré mademoiselle ?
- Je n'ai juste pas l'habitude.
- Mademoiselle Emilie en porte pourtant tous les jours.
Je ne sais pas quoi répondre alors je me contente du silence et de sourire. Je prends une grande inspiration avant de me redresser. Elle m'aide à enfiler une robe blanche, ornée de dentelle, elle est magnifique. Emma me fait asseoir une nouvelle fois puis applique de la poudre sur mes joues.
- Très léger mademoiselle, juste pour rosir votre teint, vous êtes bien pâle aujourd'hui.
Emma a raison, mon visage manque vraiment de couleurs et sa poudre apporte une légère touche de vie à celui-ci. Elle finit de m'aider à m’habiller avec des bijoux puis me prend la main comme je ne bouge pas.

- Vous êtes attendue mademoiselle.

Nous descendons les escaliers et j'espère ne pas tomber, je ne suis pas habituée à porter un ensemble comme celui-ci. Autour de moi, la maison est différente, elle paraît grande, plus haute, peut-être avec un étage en plus. Elle est entièrement blanche, il n'y a que des peintures et aucune photo sur les murs. L'escalier tourne et nous continuons de descendre. Lorsque j'arrive dans le hall, cinq personnes en tenues d'époque victorienne sont face à moi. Je reconnais mes parents et Liam, mais il y a une fille qui doit avoir la dizaine et un petit garçon qui doit avoir cinq ans.

- Il n'est pas trop tôt, aller tout le monde dehors, la calèche nous attend.

La calèche ? C'est une caméra cachée ? Si c'est une blague ou une punition, elle est de très mauvais goût. Je me tourne vers Emma qui sourit de toutes ses dents, mais elle perd son sourire quand ses yeux croisent les miens remplis de panique. Comme elle m'a vouvoyé précédemment, je décide qu'il est plus juste de faire de même.

- Est-ce que c'est une blague ? Vous êtes payés pour ça ?

- Je suis payée en tant que domestique depuis douze ans maintenant Mademoiselle. Je m'occupe de vous tous les jours, pourquoi cette question soudaine ?

- Je vois, je suis juste un peu… confuse.

Je tente de paraître la plus naturelle possible, mais je suis réellement inquiète.

- En quelle année sommes-nous ?

- En 1857 mademoiselle… Est-ce que vous allez bien ?

Je sens que je vais tomber malade, comment est-ce possible,

mon corps devient brûlant et mon esprit n'arrive pas à assimiler ce qu'il se passe.

- Savez-vous qui sont les enfants ?

- Avez-vous bu de l'alcool lors de la soirée Mademoiselle ? Je ne dirais rien à votre mère.

Je pense que c'est une bonne idée de mettre cette incompréhension sur l'alcool, cela me permettra de connaître la vérité sans paraître folle.

- J'ai sûrement abusé un peu sur la boisson.

- Le plus jeune est votre petit frère George, la jeune fille est votre sœur Louise et Liam est votre petit frère de dix-huit ans, le plus proche de vous. Je suis certaine qu'il vous a influencé hier soir lors du bal, il ne devrait pas rester sans chaperon…

Je fronce les sourcils. Je suis complètement désorientée, je tente de rassembler les pièces du puzzle dans ma tête, mais rien n'y fait.

- Chez qui se déroulait le bal ?

- Chez vos amis, Madame et Monsieur Johannson. Ils ont organisé un bal pour faire entrer leur fille Victoria à la société, elle est en âge de se marier donc ils ont fait un bal pour la présenter aux jeunes hommes.

- Victoria devait être ravie.

Ma meilleure amie aime avoir l'attention sur elle et adore être courtisée par les garçons, bien que ce soient souvent les mauvais.

- Votre amie était aux anges de ce que m'a raconté votre mère.

- Cela ne m'étonne pas d'elle.

- Victoria était heureuse d'avoir pu suivre votre entrée dans la

société la saison dernière, cela l'a beaucoup rassuré.
- Mon entrée ?
Cette fois, elle me dévisage et c'est elle qui est dans l'incapacité de me répondre, elle est confuse. Une entrée dans la société ? Je cherche au plus profond de mon esprit et de mon savoir.
- Parlez-vous du bal des débutantes ?
Le sourire apparaît sur le visage de la domestique.
- Oui ! Mademoiselle se souvient enfin, l'alcool doit être en train de quitter votre corps.
Mon savoir historique est assez élevé et surtout sur la période victorienne qui me passionne. Le bal des débutantes est un rite de passage pour présenter les jeunes filles et jeunes hommes au monde et éventuellement trouver un époux pour les jeunes filles. Le bal de la reine Charlotte permettait aussi de se réunir et de raconter des rumeurs et tout autre potins. L'enjeu de la saison marqué par ce bal était tout de même un événement extrêmement glamour et de ce que j'en sais, prestigieux. Je sais donc que nous sommes bien en mai, car c'est à cette période que se tient le bal.
- J'ai une dernière question.
- Dites-moi Mademoiselle.
- Pourquoi mes parents m'ont introduit dans le monde la saison dernière ? Je vais avoir vingt et un an, n'est ce pas tard pour me présenter à la société.
J'avais vingt ans lors de cette soi-disant entrée dans la société, mais de mémoire, les jeunes filles y entrent bien plus tôt.
- Madame et Monsieur Atkins ne voulaient pas précipiter votre entrée, ils ne jugeaient pas opportun de vous faire rencontrer

des prétendants aussi tôt et vous ne vous sentiez pas prête alors ils ont décidé de vous écouter.

Je suis étonnée, les enfants n'ont pas souvent leur mot à dire et encore moins les jeunes filles. Ma famille doit être si différente de celle que j'ai normalement. Elle me pousse soudainement vers la sortie et je rate une marche, réussissant à me rattraper au dernier moment pour éviter la chute.

- Ne faites pas patienter votre mère, elle déteste être en retard. Nous parlerons de cela quand vous rentrerez.

Lorsque je sors de la maison, c'est un énorme choc qui me frappe, je suis incapable de bouger. Rien n'est pareil. Louise me tire pour que je monte avec eux puis elle ferme la portière. Je regarde par la fenêtre, je ne reconnais pas la ville, elle paraît si vieille, comme dans les films, l'époque des rois me fascinent donc je connais les bases, mais m'y retrouver n'a aucun sens et me perturbe. Les voitures sont remplacées par des véhicules tirés par des chevaux. Tout est si différent, même l'ambiance qui règne dans la rue semble en décalage. Les bâtiments sont tous très charmants et les maisons ressemblent toutes à des châteaux, plus ou moins grands. Les commerces sont très vieux et les vitrines laissent apparaître d'anciens objets et des choses que je ne peux pas encore distinguer.

Notre véhicule avance et ce voyage est désagréable. Les banquettes sont très fines et dures et donc peu confortables, mon corps bouge au moindre mouvement de la calèche et au rythme des pas du cheval qui nous tire. L'habitacle sent le renfermé, je suppose que la banquette et les rideaux n'ont pas été nettoyés depuis un bon bout de temps. Je regarde le paysage qui défile par la fenêtre tout en écoutant le bruit des sabots contre la pierre qui règne au sol. Les routes sont moins lisses que celles que je connais…

Je ne sais pas ce qu'il se passe, si je suis en train de rêver ou dans un monde parallèle, ce qui me semble complètement fou rien qu'en y pensant, mais je vais devoir jouer le jeu. Je me redresse sur la banquette en essayant de me souvenir de tout ce que j'ai pu apprendre sur cette époque, de la courtoisie à la vie sociale. J'ai vu beaucoup de reportages et de films, je tente de me souvenir de leurs manières de parler et de se tenir, si je fais un faux pas, je risque de causer beaucoup de problèmes. Je devrais pouvoir m'en sortir.

Mes frères et ma sœur me regardent étrangement. Je dévisage les plus petits, je n'ai que Liam dans ma vraie vie, c'est étrange de se retrouver avec deux nouvelles têtes, mais ils sont mignons et j'ai envie d'apprendre à les connaître. Lorsque Louise passe sa main si douce contre la mienne si tremblante, mon souffle se coupe et un sourire naît sur mon visage. Je suis grande sœur. Je regarde de nouveau dehors, nous croisons d'autres calèches tirées par de magnifiques chevaux, presque tous bruns. Les hommes portent tous des costumes magnifiques et certainement faits sur-mesure ; les femmes ont de grandes robes, de somptueux chapeaux et des éventails de toutes les couleurs, elles sont incroyables. Elles ont toutes de magnifiques robes, si seulement j'avais un appareil photo pour immortaliser tout ça. Je me sens comme Alice qui découvre le pays des merveilles, c'est fascinant et au fond de moi, j'espère que ce n'est pas un rêve.

Chapitre 3

Je suis perdue dans mes pensées, perdue dans un monde sans comprendre pourquoi je suis ici et surtout comment je suis arrivée là. Je cherche des réponses, mais elles paraissent toutes aussi insensées les unes que les autres. Le véhicule ralentit et le cheval se met à marcher plus lentement. Ma mère attrape la main de Georges et nous regarde un à un.

- Nous allons arriver, les enfants je vous préviens, vous devez bien vous tenir.

Ils hochent la tête et la portière s'ouvre. Un valet nous aide à descendre et je ne sais pas comment me conduire, j'observe ma mère qui passe devant moi et tend ma main à l'homme lorsque mon tour arrive. Mon frère Liam et mon père qui étaient dans une calèche suivant la nôtre nous rejoignent. Nous avançons vers leur demeure et la famille de mon amie est devant la porte, prête à nous accueillir.

- Mes amis, entrez.

J'essaie de faire comme si tout était normal, je salue d'un signe de la tête les parents Johannson et lorsque mon amie arrive à ma hauteur, je souris. Son visage me rassure instinctivement ; même si toutes les personnes que j'ai croisé ont la même tête

que dans l’autre monde, mes parents et Liam me sont de parfait inconnus et je ne me sens pas à l’aise en leur présence.
- Le trajet s’est bien passé ?
- Je vous en prie Isabelle, nous ne sommes qu’à quelques rues d’ici, le trajet ne peut que bien se passer.
- Détrompez-vous chère amie, un véhicule a causé un accident au centre-ville hier soir, pourtant il n'a voyagé que pour quelques rues lui aussi. Enfin, l’important est que vous soyez là. Voulez-vous boire un thé dehors ?
- C’est avec plaisir. Les enfants, je vous laisse avec les jeunes de Lady Johannson, ne faites pas de bêtises.
Nicolas, le frère de mon amie, apparaît et nous salue avant de rejoindre Liam et de s’éloigner. Georges et Louise disparaissent et je suppose qu’ils vont rejoindre Colin, le plus jeune frère de Victoria. Mon amie et moi avançons dans le couloir en suivant nos mères. Je ne sais pas si je suis en droit de parler ou de faire quoi que ce soit alors je tente discrètement une approche en me souvenant de ma discussion avec Emma ce matin.
- Alors Victoria, qui est l'heureux élu ?
Je prie pour que notre relation ici soit la même que celle que nous avons réellement.
- Tu ne devineras jamais, suis moi !
Elle me tire par le bras et ses doigts sont gelés malgré la chaleur qui nous entoure. Nous montons les escaliers jusqu'à sa chambre, elle ferme la porte derrière moi et nous nous asseyons sur son lit à baldaquin. Sa chambre est spacieuse et magnifique. Une odeur de menthe remplit la pièce et rafraîchit étrangement l’air.

- Lord Bigot m'a déclaré sa flamme.

- Lord Bigot ?

- Tu sais, Simon. Il est grand, toujours souriant et matte de peau.

- Oh Simon, tu aimais bien le croiser lors des promenades et des bals non ?

J'improvise totalement, ne sachant ni qui est ce Lord ni si elle aimait bien le croiser.

- Oui ! C'est ce garçon. Figure-toi qu'il vient d'une très bonne famille, je ne l'ai jamais su. Comment aurais-je pu le savoir ? Je ne lui ai jamais adressé un mot. Enfin, hier, il est le premier à m'avoir invité à danser comme tu l'as vu.

- Vous étiez splendide.

- N'est-ce pas ! Enfin, je te disais, nous avons beaucoup dansé et beaucoup parlé ; il n'est pas seulement séduisant mais aussi très intelligent et il aime la lecture et les enfants. Nous avons plusieurs points communs ; il serait le parti parfait. C'est un homme bon, nous nous sommes aperçus plusieurs fois lors des promenades, mais je ne pensais pas l'intéresser. C'est un très bel homme, j'ai hâte que tu le rencontres officiellement et pas simplement de vue.

- Qu'en disent tes parents ?

- Ils ont surtout regardé le côté familial et l'argent. Ne me regarde pas comme ça, tu sais comment ça fonctionne.

- Malheureusement...

C'est triste, mais je sais comment le mariage se passe ici, et cela ne m'a jamais plu. Je suis assez féministe dans mon monde et voir qu'une femme perd tout ce qu'elle possède et doit le céder à son mari dès le mariage, me révolte ; les biens apportés par une femme lors de son mariage deviennent la propriété de son époux, et cela, même en cas de divorce… En revanche, nous avons tendance à croire que c'était la pire société pour les femmes, mais je crois qu'il y a tout de même du positif, l'époux est dans l'obligation légale de protéger sa femme et je pense que c'est quelque chose qui manque dans mon monde. J'espère que ce Simon Bigot est un homme bon et qu'il saura être un homme encore meilleur pour Vic.

- Quant à toi ? Qu'as-tu fait hier soir ? Je ne t'ai presque pas vu de la soirée !

Je panique ne sachant pas ce que j'ai fait dans ce monde la veille, alors que je m'apprête à sortir un mensonge, Liam apparaît dans l'angle de la porte et me sauve.

- Nous avons un peu abusé sur la boisson.

- Sans rire !

Mon amie me frappe le bras et regarde à nouveau mon frère pour qu'il lui raconte. Liam et Nicolas entrent entièrement dans la pièce et s'assoient sur le sofa que mon amie possède dans un recoin de sa chambre. J'attends avec joie d'en savoir plus.

- Tu aurais vu Emilie, elle était vraiment dans un état déplorable.

- Vos parents n'ont rien dit ?

- Ils ne nous ont pas vu faire. Ils se doutent maintenant, que notre soirée n'était pas calme, mais ils ne disent rien.

Victoria cache sa bouche de ses mains pour rire. Elle est la même sans vraiment l'être, c'est une drôle de sensation.

- Emilie n'aurait pas dû boire, Liam !

- Je sais Victoria, mais c'était trop tentant et comme je l'ai dit, personne ne nous a vus.

Je tente d'entrer dans la discussion sans paraître trop moi-même.

- Il n'empêche que notre domestique Emma a vite remarqué mon état ce matin, je ne me souviens de rien, Liam.

- C'est logique grande sœur, ça va passer ne t'inquiète pas.

Liam et Nicolas rigolent et Victoria tente de rester droite et de ne rien dire, mais elle ne peut pas s'empêcher de rire. Liam reprend la parole, cette fois-ci moins amusé.

- Emilie a vu son carnet de bal se remplir très vite avec beaucoup de prétendants…

- Comment ?!

Je n'ai pas le temps de réagir ou de comprendre ce qu'il se passe que Victoria se lève pour s'approcher de mon frère.

- Je t'ai dit qu'Emilie avait dansé avec beaucoup de prétendants.

- J'ai compris ce que vous dites !

- Et arrêtes avec ce vouvoiement Victoria, nous sommes amis et sans chaperons autour de nous, s'il te plaît je déteste ça.

Waouh, mon petit frère est vraiment génial et il casse cette image trop sérieuse et stricte des relations amicales entre les hommes et les femmes à l'époque. Il me plaît beaucoup et me ressemble plus que l'autre Liam.

- Cela t'embête de voir ta grande sœur danser avec des prétendants ?

- Non.

- Tu mens.

- Je te dis que cela ne m'embête pas. Je ne comprends pas

pourquoi, étant donné que nous savons tous qu'elle ne finira pas avec un d'entre eux…

Je ne comprends pas ce qu'il sous-entend par là, je ne suis pas si sélective et fermée en matière de rencontre habituellement.

- Sortez d'ici vous deux.

Victoria chasse les deux garçons qui partent en riant. Elle s'assoit de nouveau à mes côtés et pose ses yeux interrogateurs sur les miens lorsque la porte se ferme.

- Où est-ce que tu en es ?

- C'est-à-dire ?

- En amour ! Tu es vraiment ailleurs, en effet, nous venons de parler de tes prétendants, j'ai besoin d'en savoir plus !

- Je t'avoue que je suis un peu confuse. La boisson rend mes idées bien plus floues que je ne l'aurais imaginé.

- Hier soir lors du bal, je t'ai aperçu danser avec le duc Germain.

- Léo ? Léo Germain ?

- Oui, tu ne te souviens pas ?

- Que faisait-il ici ?

Je suis plus que confuse, je n'ai même pas une seule seconde pensé que Léo se trouverait ici, ce qui est pourtant logique.

- Il est venu pour s'excuser auprès de toi.

M'a-t-il fait du mal dans ce monde ? Je veux dire, la tromperie n'existe pas réellement ici, les hommes sont libres en tout cas. Et puis, je ne suis certainement pas fiancée avec Léo si j'ai dansé avec des prétendants… Je ne comprends pas pourquoi il s'est excusé.

- Pourquoi s'est-il excusé ?

- Emilie ! Fais un effort.

- J'essaie, mais je n'y arrive pas.

Je n'essaie pas du tout, je ne sais pas de quoi elle parle, c'est un autre monde et je ne sais pas du tout ce qu'il s'y passe.

- Le duc ou Léo si tu préfères, s'est battu avec ton fiancé.

- Mon fiancé ?

Cette fois-ci, je me lève, complètement sous le choc ; moi, fiancée !

- Emilie !

- J'essaie de me souvenir, Vic, mais mes pensées sont vraiment floues.

- Ce n'est pas possible que la boisson ait un effet si fort, combien de verres ton frère t'a-t-il fait boire ? Plus jamais je ne te laisserais seule avec lui.

Comme elle voit que je panique, elle se lève, s'approche de moi et prend mes deux mains dans les siennes.

- Tu es fiancée à Charles Bennett, enfin, pas vraiment. Vos parents ont conclu un marché pour vous marier mais tu ne l'as encore jamais rencontré.

- Pourquoi est-ce que je devrais me fiancer avec quelqu'un que je ne connais pas ?

- Parce que c'est un homme bon, riche et très charmant. Tu as de la chance.

Elle me guide jusqu'au sofa où nous nous asseyons. Mes yeux fixent le vide, mon souffle est devenu très lent et je n'arrive plus à penser. Je suis fiancée, entre autres, à un homme que je n'ai jamais vu et qui est un mariage arrangé ? Je ne pensais pas que mes parents de ce monde feraient ça.

- Pourquoi ? Je veux dire, pourquoi un mariage ?
- Tes parents sont tristes de te voir seule, tu n'es pas épanouie et ils pensent qu'un mariage est une bonne solution pour te redonner cette joie de vivre que tu perds de jour en jour.

Donc la Emilie de ce monde est elle aussi triste ? Je ne sais pas si j'ai pris sa place ou si elle s'est retrouvée ailleurs, je ne comprends toujours pas comment c'est possible, mais en tout cas, je suis là, et si je reste, je vais devoir me marier.

- De là à avoir un mariage forcé… Ils savent pourtant que je veux un mariage d'amour.
- Oh, ce n'est pas forcé, ils te laissent le choix bien évidemment. Lors de ta rencontre avec le duc Bennett, si tu ne veux pas te marier avec, parce que tu estimes que tu seras encore plus triste par ce mariage, alors ils sont d'accord pour annuler et trouver un autre homme.
- Alors pourquoi me fiancer ? Pourquoi ne pas attendre un bal et me faire danser avec, comme pour les autres prétendants ?
- He bien, je t'avoue que je ne sais pas vraiment, ils ne m'ont rien dit à ce sujet bien sûr, c'est par toi que j'ai autant d'informations, mais si tu ne te souviens de rien, je ne peux pas t'en dire davantage.

Je suis perplexe, je vais devoir avoir une discussion avec mes parents pour comprendre ce qu'il se passe.

- Sais-tu quand je dois faire sa connaissance ?
- Il y a un bal ce soir, chez toi. Il devrait venir.

Un bal, il va y avoir un bal sauf que je ne sais pas comment me tenir, ni comment danser ou me comporter. Il y a tellement de règles lors de ces soirées que je suis certaine de complètement passer à côté des plus importantes. En pensant au bal, cela fait écho à ce que Victoria m'a dit plus tôt et dont je n'ai pas de réponse.

- Au fait, pourquoi Léo s'est battu avec Charles ?

- Léo est fou de toi depuis des années, vous avez souvent fait des promenades ensemble, mais il est assez... turbulent. Il n'est pas vraiment l'homme que ta famille recherche.

- Et moi ? Est-ce que je l'aime ?

- Je ne crois pas. Tu ne m'as jamais vraiment parlé de lui, j'avais espéré en parler avec toi cet après-midi, mais tu ne m'as pas l'air en état.

- Je ne pense pas l'aimer, je ne crois pas que ce soit quelqu'un qui me convienne.

Même si je ne connais pas Léo à cette époque, je connais celui de la mienne et son visage me fera toujours penser à ce Léo et ce qu'il m'a fait. Je ne pourrais pas le regarder sans penser à cet acte et l'aimer comme il le mériterait si c'était un homme bon.

- Léo Germain vient souvent dans ton jardin le soir, il espère toujours que tu sortiras par la fenêtre pour lui parler mais tu as eu raison de lui demander d'arrêter, il est complètement fou et la plupart du temps, complètement soûl.

Il est donc aussi idiot que dans mon monde.

- Tu sais, Léo est compliqué, il n'est pas vraiment bien vu par la société, je n'ai jamais compris ce que tu pouvais trouver d'attirant chez lui. Certes, il est mignon, mais il n'est pas poli et ne respecte pas vraiment les personnes en général.

- Je ne sais pas, il était bon à sa manière, j'aimais ses petites attentions, ses mots doux et son odeur. Tu sais qu'il sentait toujours le pain, c'était incroyable. Il m'emmenait toujours une pâtisserie lors de nos promenades et je trouvais cela charmant. Mais c'est vrai qu'il était aussi très sombre, sa jalousie me faisait peur et son comportement n'était pas toujours exemplaire.

- Pourquoi est-ce qu'il sentait toujours le pain ?

- Il allait toujours dans une boulangerie avant nos promenades, tu sais, pour m'acheter une pâtisserie, donc l'odeur restait sur lui, je suppose.

Je ne sais pas si mon histoire tient la route ; à mon époque, Léo travaille dans une boulangerie en plus de ses études donc l'odeur du pain ne le lâchait jamais et c'est vrai qu'il m'emmenait toujours un gâteau quand on se voyait mais sa colère et sa jalousie excessive étaient trop toxiques et me faisaient souffrir. Je sens mes yeux se remplir de larmes, il était possessif et sur ses gardes sans aucune raison, car j'étais folle amoureuse de lui et rien n'aurait pu changer ça, je me suis pliée en deux pour lui plaire et en retour, il s'est bien fichu de moi.

- Pourquoi tant de larmes mon amie ?

- Ce n'est rien, je suis simplement fatiguée et cela m'ennuie de ne pas me souvenir d'autant de choses. Comment vais-je m'en sortir ce soir ?

- Je serais à tes côtés ne t'en fais pas. Léo ne t'approchera pas et Liam va rester loin de toi lui aussi, tu n'as pas besoin de perdre la mémoire une deuxième fois et encore moins d'abuser de la boisson devant ton futur fiancé. Qui sait ce que tu pourrais dire ou faire avec de l'alcool qui embaumerait ton esprit.

Victoria rit et me caresse les cheveux, j'en profite pour poser

ma tête sur son épaule et fermer les yeux.
- Si je peux te rassurer un peu, Charles à l'air d'être quelqu'un de bien. Il a vingt-deux ans, soit deux ans de plus que nous, ce qui n'est pas excessif. Il est charmant de ce que j'ai ouïe dire. Je pense que c'est un homme qui saura être bon avec toi.
Notre petit moment est interrompu par Liam qui ouvre la porte brutalement. Je m'éloigne de mon amie rapidement et me relève.
- Emilie !! Nous partons. Tout va bien ?
- Oui, j'arrive.
Je lui lance un petit sourire et Victoria m'aide à me lever.
- Je vais arriver chez toi en avance ce soir, ne t'inquiète pas, le bal va très bien se passer et le duc Bennett va te plaire, je le sens.
Elle me prend dans ses bras et chuchote à mon oreille quand sa tête se pose sur mon épaule.
- Tu mérites d'être heureuse et nous allons tout faire pour y parvenir. Dépêche-toi, Lady Atkins va être furieuse si tu décales son programme et qu'elle est en retard pour son propre bal.

Chapitre 4

Emma est en train de me couper la respiration en serrant les rubans de mon corset, je ne sais pas si je vais réussir à m'habituer à cette sensation. Elle s'est occupée de moi depuis des heures et mon reflet dans le miroir me plaît beaucoup. Elle s'éloigne de la coiffeuse où je suis assise puis ouvre mon armoire.

- Maintenant, nous allons choisir une magnifique robe pour mademoiselle, je pense qu'une robe bleu pastel serait parfaite ; peut-être avec des manches en dentelles !

Elle passe sa main sur les tissus puis finit par sortir une magnifique robe bleue. Elle est discrète et incroyablement belle. Je n'en reviens pas, je vais assister à un bal, ce n'est pas croyable. Je ferme les yeux et pose mes mains sur mon front. Si après cette soirée, je suis encore dans ce monde, une chose est certaine, tout cela ne vient pas de mon imagination et je suis réellement dans une autre réalité. Je ne sais même pas comment je vais survivre face à ce qui m'attend ce soir ; je suis dans cet univers depuis moins de dix-heures et je n'ai pas encore eu le temps de me familiariser avec ce monde et ses formalités. Comment suis-je censée danser ? Me tenir ? Parler ? Ma tête explose et ma poitrine tente de se redresser contre mon corset.

- Faites attention à votre coiffure.

J'ouvre rapidement les yeux et aperçois le reflet d'Emma derrière moi, je baisse mes mains.

- Mademoiselle ? Vous êtes toute pâle, que se passe-t-il ?

Les yeux paniqués de ma domestique se posent sur moi et je me tourne pour lui faire face.

- Emma, je suis complètement paniquée.

- Pourquoi cela ?

- Je ne sais pas comment me tenir, ni comment me comporter…

- Respirez. Je vous promets qu'une fois en bas, cela va bien se passer.

- Je ne connais pas les formalités, je vais déshonorer ma famille.

- Mademoiselle, je sais que vous êtes capable de vous en sortir. Il vous suffit de faire la révérence dès qu'une personne vient vous parler. N'oubliez pas de donner votre carnet de bal à vos prétendants et surtout tenez vous bien droite.

- Et pour la danse ? Je ne sais pas danser.

- Ne dites pas de bêtises, je vous ai déjà vu à l'œuvre, vous êtes une excellente danseuse.

Elle lit la détresse dans mon regard et s'approche sans me toucher pour autant, un geste amical m'aurait vraiment fait du bien.

- Vous n'êtes pas obligée de danser, vous êtes en droit de

refuser, mais si l'envie vous vient, suivez les pas du gentleman qui vous aura offert la danse, regardez autour de vous et faites pareil. Je ne doute pas une seule seconde de vous et de vos capacités.

- Merci Emma.

Elle me sourit légèrement et s'éloigne pour prendre la robe qu'elle a déposé sur mon lit.

- Si vous voulez bien.

Je me lève lentement pour ne pas avoir la tête qui tourne, le manque d'air n'est pas à mon habitude. Elle m'aide à passer la crinoline, c'est un sous-vêtement jupon qui permet de supporter le poids de la robe ainsi que pour lui donner de l'ampleur. J'en ai déjà vu dans mon monde car certaines mariées mettent une crinoline sous leur robe. Le tissu de ma robe vient se poser par-dessus et Emma fait du beau travail pour qu'il soit parfaitement lisse. La matière est incroyablement douce et la dentelle qui orne la robe est splendide. Emma finit de m'habiller et me dirige vers le plus grand miroir.

- Vous êtes splendide.

Elle s'éloigne pour que je me regarde et je la vois poser ses mains sur sa bouche derrière moi. En voyant mon reflet, je suis subjuguée. Jamais quelqu'un n'avait pris autant de temps pour me rendre jolie et je suis heureuse d'avoir connu ce sentiment ce soir, cela me permet d'être plus sereine et confiante pour la soirée à venir. C'est vrai que je suis belle, le bleu fait ressortir mes yeux et mes cheveux magnifiquement ondulés. Emma revient vers moi avec des gants alors je me retourne.

- Voilà la touche finale. Voulez-vous un éventail ?

- Non, ça ira, j'ai peur d'être un peu trop prise.
- Vous risquez d'avoir chaud.
Je réfléchis pendant qu'elle m'aide à enfiler mes gants qui sont par ailleurs réellement doux, c'est surprenant. Je joue avec mes doigts qui sentent chaque bout de tissu et profite de cette sensation. Elle remonte le gant jusqu'à mon coude et chaque millimètre que le tissu parcourt sur ma peau me fait frissonner, c'est troublant comme une si petite sensation fait réagir mon corps, la soie est si douce et si fine que je me sens à l'aise rapidement.
- Tout compte fait, je veux bien un éventail s'il te plaît.
Emma baisse la tête en guise de révérence puis s'éloigne. Elle revient tout de suite avec un éventail bleu orné de motifs dorés.
- Merci Emma, il est magnifique.
L'objet à une petite ficelle à l'extrémité et je suppose que c'est pour le garder au poignet. Emma me tend un petit carnet ainsi qu'un petit crayon qu'elle coince dedans.
- N'oubliez pas de demander à vos prétendants de noter leurs noms, c'est important.
Prétendants. Noter. Noms. Cela ne devrait pas être compliqué, je devrais pouvoir m'en sortir. Je prends la plus grande inspiration que je n'ai jamais prise, redresse mon buste et relâche mes épaules.
- Bonne chance mademoiselle.
- Merci Emma.
J'ai envie de la prendre dans mes bras, mais je suis persuadée que ce n'est pas correct alors je me penche en avant et tente de lui offrir une belle révérence. À son sourire je me rends compte

que j'ai dû me débrouiller pour qu'elle soit convenable. Emma ouvre la porte de ma chambre et j'entends la musique qui retentit en bas et des discussions inaudibles. Je descends les escaliers en m'aidant de la rampe pour ne pas vaciller, tout va bien se passer. Une fois les trois étages descendus, j'arrive dans notre grand hall et j'aperçois Victoria qui m'attend.

- Victoria ! Tu es magnifique !

Elle se retourne et ses yeux s'agrandissent.

- Emilie ! Je ne t'ai jamais vue aussi resplendissante, cette couleur te va à ravir.

- Merci.

Je souris timidement puis je prends quelques instants pour observer mon amie. Sa robe rose pâle paraît si légère et douce, elle a peu de motifs et de reliefs, mais cela la rend incroyablement classe et distinguée.

- Emilie ?

- Oui ?

Je relève la tête pour plonger mon regard dans le sien.

- Tu es prête pour ce grand bal ?

Elle n'attend pas ma réponse, sourit de toutes ses dents puis elle attrape ma main. Je commence à angoisser au moment où nous approchons de la salle de bal et j'ai peur de ce que cette soirée me réserve. Lorsque nous entrons dans la salle, beaucoup de regards se tournent vers moi, je suppose que tout le monde est arrivé et que Charles et Léo doivent déjà être dans les parages. Les personnes qui avaient posé leur attention sur nous retournent aussi vite à leurs discussions et ne se préoccupent plus de nous hormis quelques hommes qui doivent déjà s'intéresser à notre carnet de bal.

- Ma chérie ! Tu es magnifique ! Edouard vient voir notre fille !

Mon père et ma mère s'approchent et sourient en me voyant.

- Charles va être fou de toi.

Mon amie en profite pour prendre la parole.

- Savez-vous où ce jeune homme se cache-t-il ?

Mon père prend un air sérieux, mais ne le garde pas longtemps avant de répondre à Vic.

- Je ne l'ai pas encore aperçu. Il saura vous trouver je n'en doute pas.

Ma mère prend à son tour la parole.

- Si c'est le véritable amour, vous le saurez aussi.

Ils rigolent avant de s'éloigner. J'essaie de sourire mais je sens que ce n'est pas naturel et ma tête doit être déplorable.

- Tes parents sont vraiment géniaux.

Je sais que je ne devrais pas dire ça, mais je les préfère en effet à mes parents de l'autre monde. Ce sont mes parents en quelque sorte, mais ce n'est pas vraiment pareil, ils sont différents, bien plus gentils et compréhensifs. Mes deux familles sont à l'opposé, elles sont totalement différentes, pas seulement à cause de leur manière de parler ou de se tenir, mais aussi dans leur manière de me traiter et de s'occuper de moi. Dans mon autre monde, je suis un poids pour ma famille, ma mère voulait un garçon et elle s'est retrouvée avec moi ; je suis une déception à ses yeux quoi que je fasse. Quant à mon père, il n'est jamais là et quand il revient de voyage, il sort avec des amis et ne s'intéresse pas le moindre du monde à moi. Tout est différent et plus fade là-bas, ici, c'est chaleureux et étrangement

rempli de bienveillance.
- Mademoiselle Johannson !
Je suis sortie de mes pensées par une voix masculine. Un homme plutôt grand et mate de peau s'approche de nous. Mon amie se redresse encore plus que sa posture précédente pouvait le permettre et son sourire prend une immense place sur son visage ; elle rayonne et je comprends tout de suite qui est l'homme qui nous rejoint.
- Monsieur Bigot !
Ils font la révérence et Victoria me regarde avec insistance alors je fais comme elle, ma révérence est peut-être un peu bancale, mais je viens de reproduire le geste de Vic alors je suppose que je m'en sors bien.
- Simon, j'avais hâte de vous présenter à mon amie. Emilie, voici Simon.
Le beau brun a en effet un charme fou, il a un sourire incroyable et des yeux si bleus que l'azur en serait jaloux.
- Vous êtes aussi belle que Victoria me l'avait dit.
- Merci.
Je ne sais pas trop quoi répondre de plus et me contente de sourire.
- Milord, comment votre journée s'est-elle passée ?
J'essaie de comprendre ce que ces deux-là racontent, mais Simon parle de travaux qu'il réalise et cela me perd. J'en profite pour regarder autour de moi, je tente d'observer les comportements, de bien me tenir et je m'attarde sur les pieds des gens dansant sur la piste. Comment vais-je réussir à danser comme cela ? La musique s'arrête, les couples se saluent et

l'orchestre fait une petite pause.

- Puis-je mademoiselle Johannson, vous demander de m'accompagner pour la prochaine danse ?

- J'accepte avec plaisir.

Elle tend son carnet au Lord Bigot qui inscrit son nom puis elle prend son bras. Il s'excuse auprès de moi puis demande à mon ami de le suivre et elle s'excuse à son tour. Avant de filer sur la piste, elle me murmure à l'oreille.

- Je reste à ta disposition, un signe et je te rejoins.

Je la remercie et souris à mon tour en la voyant heureuse. Ma Victoria n'est pas aussi heureuse, elle est très sympa et nous avons des fous rires ensemble, mais elle n'est pas pareille, sa joie de vivre est très éphémère. Je regarde comment les jeunes femmes qui ne dansent pas se tiennent et essaie de les imiter ; j'ouvre mon éventail et le fais bouger lentement devant ma poitrine, celle-ci est un peu cachée, car il faut avouer que le corset change la vision de mon corps, mes seins sont écrasés et j'ai l'impression d'avoir gagné des bonnets, mon corps est pour sûr, bien mis en valeur.

- Mademoiselle Atkins.

Un homme plutôt charmant s'approche et me salue de la tête alors je lui offre une révérence.

- Je suis Lord Chapelain, auriez-vous l'honneur de m'offrir cette danse ?

Je regarde autour de moi, à la recherche d'un visage familier, mais je ne trouve aucun soutien. Je prends sur moi et tente de paraître naturellement courtoise.

- Si vous me faites l'honneur de vous inscrire sur mon carnet de bal.

- J'en serais ravi.

Il note son nom à côté de la première danse ; je lis que c'est une valse, ce qui me réjouit et m'encourage. Il me tend son bras que j'attrape avec appréhension et nous approchons de la piste. De nouveau, nous nous saluons et cette fois la musique nous entraîne. Ses mains se positionnent et les miennes cherchent une place, hésitantes et tremblantes. Nous dansons en silence et mes premiers pas sont plutôt bien placés. J'arrive à tenir la valse, mes pieds suivent la danse et mon corps se tient bien droit. Je pense que je m'en sors plutôt bien jusque-là. J'arrive à éviter de marcher sur les pieds de mon partenaire alors que d'autres femmes sur la piste de danse sont plus maladroites. Mon regard se pose derrière l'épaule de ce gentleman et j'aperçois Victoria qui elle aussi est en train de danser, le sourire aux lèvres, elle semble porter par la danse, elle ressemble à un ange flottant sur la piste. Ses longs cheveux blonds et ondulés s'agitent en suivant ses pas, elle ressemble à Cendrillon incarnée par Lily James, Victoria a le même sourire que l'actrice, elle est tout aussi magnifique. Lord Bigot l'a fait tourner et c'est lui qui me fait face désormais. Ils rayonnent ensemble, c'est beau à voir et j'espère rester assez longtemps pour les observer s'épanouir tous les deux.

-Votre journée s'est elle bien passée mademoiselle ?

- Parfaitement. La vôtre ?

- Inspirante. J'ai pu aller visiter les écuries voisines, je suis médecin voyez-vous.

- Cela vous plaît-il ?

- Soigner les animaux ? Évidemment, c'est un métier passionnant bien que certaines personnes ne pensent pas pareil.
- Je trouve cela fort brave milord.
J'ai entendu Victoria dire ce mot plus tôt et je pense qu'il est approprié de l'utiliser pour éviter de me répéter et de l'appeler Monsieur toute la soirée.
- Que voulez-vous pour votre futur ?
Je suis prise de court par cette question. Hier, je pensais que mon futur serait d'enseigner les lettres modernes à des lycéens, je me voyais mariée avec Léo et vivre une petite vie paisible en dehors de Londres. Aujourd'hui, je me retrouve dans ce monde, sans savoir de quoi demain sera fait.
- Je veux être heureuse, je veux une vie qui ait du sens. Je ne sais pas si cela est compréhensible, je ne suis pas douée pour exprimer mes sentiments et mes envies.
- Je vois. Que pourrait rendre une dame comme vous heureuse ?
- Le grand air.
- Le grand air ?
- Une vie où je peux respirer, profiter de la nature et profiter de ma famille.
Il semble pensif mais compréhensif.
- Je comprends et je suis en admiration devant vos envies.
Il ne dit plus rien et se concentre pour finir la valse. La musique se fait plus douce puis les instruments s'arrêtent. Nous nous éloignons et j'entreprends une nouvelle révérence, il me ramène près de ma chaise sans s'attarder.
- Vous êtes une excellente partenaire de valse.

- Vous de même.

Je n'ai jamais pris un compliment autant à cœur que celui-ci, il est la preuve que pour le moment, je sais rentrer dans les normes de la société. Personne ne m'a encore fait de remarque et ne m'a regardé comme une étrangère donc je suppose que je joue bien mon rôle. Victoria et Simon ont eux aussi fini leur valse et me rejoignent.

- Comment était ton premier partenaire ?

- Plutôt… ennuyant.

Victoria rigole doucement et Simon émet aussi un petit rire.

- Pardonnez-moi, je n'aurais pas dû dire cela.

- Non au contraire ! Tu fais bien de dire ce que tu penses, et puis commencer un bal en compagnie de Lord Chapelain… il y a de meilleurs partis pour un début de soirée.

- Je n'en doute pas.

- Le duc Bennett n'a toujours pas fait son apparition ?

- Je ne sais point, je ne l'ai jamais vu.

- Moi non plus.

Nous rions avec Victoria mais Simon nous interrompt.

- Je connais Charles Bennett, je ne l'ai pas encore croisé, il ne va pas tarder, j'en suis sûr.

Pourtant, les danses s'enchaînent, les cavaliers sont tous aussi ennuyants les uns des autres et le duc ne fait toujours pas son apparition. Au bout de sept danses, Lord Hulton me raccompagne à ma chaise.

- Vous êtes une femme charmante, votre compagnie m'a beaucoup plu.

- La vôtre aussi milord.

- J’espère que nos chemins pourront se croiser de nouveau.

- Je n’en doute pas.

Il me salue avant de disparaître. Lord Hulton est sûrement le partenaire avec qui je me suis le plus amusée et entendue ce soir. Sa conversation était fluide et il a su parler de plusieurs sujets sans jamais me couper la parole comme Lord Fuild ou sans remettre mon opinion en cause comme le duc de Venice. Monsieur Hulton était passionnant et j’aimerais le revoir, ne serait-ce qu’en simple amitié, il me paraît être un homme de confiance. Alors que j’attends toujours le duc Bennett, une jeune femme s’assoit à ma table ; quand ses yeux de vipère se posent sur moi, je sais qu’elle est aussi mon ennemie dans ce monde.

Chapitre 5

- Emilie !
- Eloïse.

Je ne sais pas si cette dernière est mon ennemie jurée dans cet univers, même si ça m'en a l'air, mais dans mon monde Eloïse est la pire des garces.

- Comment se déroule ta soirée ?
- Parfaitement bien et toi ?
- Elle est magnifique. Tu me sembles… ailleurs… Cacherais-tu quelque chose Emilie ?
- De quoi parles-tu Eloïse ?
- Je ne sais pas, à toi de me le dire.

Je sens déjà la colère monter en moi, par pitié, que quelqu'un arrive et me sauve de cette conversation.

- Aurais-tu fait la connaissance d'un bon gentleman ce soir ?
- N'essaie pas de te montrer poli, je sais que tu m'en veux.
- Je t'en veux ?
- Comme toujours.

Je pars du principe qu'Eloïse est la même dans les deux

mondes, une manipulatrice jalouse prête à tout pour avoir ce qu'elle veut.

- Ne dis pas de bêtises Emilie, je t'estime un minimum et je te respecte malgré moi.

- Ton discours sonne faux Eloïse, tu peux garder tes formalités pour toi. Qu'est-ce que tu me veux ?

- Je t'ai déjà répondu, je veux savoir si tu as fait la connaissance d'un bon gentleman ce soir.

Oh mon Dieu, rapidement, tout est clair dans mon esprit et les pièces du puzzle s'assemblent.

- Les partenaires de danse étaient bons mais je suis déjà promise à quelqu'un, de tous les hommes avec qui j'ai dansé, il y en aura bien un pour toi.

- Qu'est-ce que tu insinues ?

- Je n'ai rien insinué, je t'informe simplement que je n'ai pas l'intention d'aller plus loin avec eux vu que je suis déjà promise au duc.

Son regard se noircit et je comprends que je touche juste, elle est jalouse. C'est elle qui voulait le duc.

- Nous ne jouons pas dans la même cour, le duc va vite se rendre compte qu'il se trompe de prétendante.

- Tu me brises le cœur Eloïse, sincèrement. Tu es tombée bien bas pour me rabaisser ainsi.

Je vois ses poings se serrer et elle se lève violemment.

- Nous n'en avons pas fini Emilie.

- Je n'en doutais pas une seule seconde.

- J'aurais ce qui me revient et tu verras, tu perdras tout.

Eloïse s'éloigne et je souffle un bon coup, elle est exaspérante ici aussi… Je n'ai pas hâte d'en savoir plus sur elle ni de savoir ce qu'elle me réserve. Je prends un verre d'eau qui est sur la table où je suis assise et le liquide me rafraîchit. Je profite de ce moment de calme car je vais sûrement devoir retourner danser ou devoir faire la discussion à quelqu'un. J'ai à peine le temps de reprendre mes esprits qu'une nouvelle personne arrive.

- Puis-je me joindre à vous ?

Quand je relève la tête pour voir qui est le gentleman qui me propose sa compagnie, je me retiens de souffler car ce serait mal vu, mais qu'est ce que j'aimerais lever les yeux au ciel et l'ignorer.

- Monsieur Germain.

Je me lève pour être face à Léo et éviter qu'il ne s'assoit à ma table.

- Mademoiselle Atkins, vous êtes vraiment charmante.

Je ne réponds pas et cherche Victoria à travers la salle, mais je ne la trouve pas. Léo reprend la parole et cela m'agace.

- Comment cela se fait-il que vous ne soyez pas accompagnée ?

- J'ai dansé avec plusieurs gentlemans, j'avais besoin de repos.

- Et votre fiancé accepte que vous dansiez avec d'autres cavaliers ?

- Mon fiancé et ses choix ne vous regardent aucunement.

- Je dis simplement qu'une belle femme comme vous mérite l'attention de son homme et celui-ci ne devrait pas s'en éloigner au risque de la perdre.

- La fidélité est peut-être un mot que vous ne connaissez pas ? Ou peut-être la confiance ?

- Je connais ces termes mademoiselle… En revanche, je connais

aussi le mot tentation, alors ne me tentez pas…
- Serait-ce une menace milord ?
- Certainement pas. Je dis simplement…
- Vous dites trop, milord.
- Vous en devenez sévère mademoiselle.
- Vos paroles risquent de dépasser vos pensées et les conséquences sont rapides.
- Je ne risque rien.
- Vous risquez gros en jouant avec une femme fiancée, qui plus est en la menaçant.
- Je ne vous menace pas, je suis juste inquiet que votre fiancé ne soit pas avec vous, et j'aimerais vous proposer une danse.
Par pitié, non, je ne veux pas danser avec lui et encore moins devoir me battre avec lui. J'ai peur de dire des mots qui dépassent mes pensées et qui risqueraient ma réputation et celle de ma famille. Où est donc passé le duc Bennett ? Il ne veut peut-être plus me rencontrer ni même se marier, et alors je finirais vieille fille ou pire, mariée à Léo. Je commence de nouveau à angoisser et le regard de Léo est de plus en plus glaçant.
- Mademoiselle Atkins, je vous cherche depuis quelques heures.
Nicolas ! Je me retourne pour voir le frère de mon amie Victoria.
- Monsieur Johannson, comme je suis heureuse de vous voir.
- J'espère que je n'interromps rien.
- J'allais en fait inviter mademoiselle Atkins à…
- Excusez-moi Lord Germain, mais puis-je vous emprunter la

demoiselle ?

- Je voulais en fait…

- Merci beaucoup mon ami. Mademoiselle ?

Il me tend son bras que je prends avec joie et souris poliment à Léo. Nicolas m'emmène sur la piste de danse.

- Est-ce que tout va bien ?

Nous nous mettons en position et lorsque la musique retentit, nous commençons à danser.

- Mieux maintenant. Merci d'être venu à mon secours.

- C'est tout à fait normal.

- Vous êtes au courant de la situation de Léo ?

- Toute notre famille et la vôtre sont au courant de ce qu'il vous fait endurer, ce n'est pas un homme bon et encore moins une bonne fréquentation lors des bals. Si quelqu'un est vu en sa compagnie, c'est tout de suite repoussant et il ne risque pas de lâcher cette personne.

- C'est aimable à vous d'être venu me sortir de cette situation.

- Il ne lâchera pas cette idée de vous épouser si rapidement. D'ailleurs, où est votre fiancé ? Ne deviez-vous pas le rencontrer ce soir ?

- Si, hélas, je n'ai pas eu l'occasion de le croiser et personne ne nous a présenté.

- Il ne me semble pas l'avoir aperçu, il se fait tard, j'espère qu'il ne tardera pas à arriver.

- Et s'il ne vient pas ?

- Il viendra, il faudrait être complètement inconscient pour rater la rencontre avec sa fiancée, surtout quand celle-ci est mademoiselle Atkins.

- Vous me flattez.
- J'espère bien, il faut que quelqu'un prenne sa place en attendant.
- Et vous le faites très bien.
Il me fait tourner et je lui marche sur le pied.
- Oh non, veuillez m'excuser ! Quelle cruche, je m'en sortais bien et voilà que je gâche tout.
- Ne vous en faites pas, j'ai des chaussures épaisses, je n'ai rien senti.
- Je suis si maladroite.
- Profitez de cette maladresse à mes côtés, elle n'arrivera pas en la présence de votre fiancé.
Je lui adresse un sourire embarrassé et il resserre sa main sur mon dos.
- J'espère que cette danse vous a fait du bien.
- Énormément, merci encore de m'avoir secouru et merci pour cet agréable moment. Nous devrions danser plus souvent.
- Réservez-moi une ligne dans votre carnet à chaque bal et je serais là.
- Je prends cela comme une invitation et je ne la refuse pas.
Nous nous saluons lorsque la musique se calme et il m'accompagne à ma table.
- Voulez-vous vous asseoir avec moi ?
- J'aimerais beaucoup, mais votre frère m'attend.
Je me retourne et aperçois Liam au loin qui nous fait signe.
- Merci milord.
- Je vous en prie, appelez moi Nicolas.
Il me salue de nouveau en baissant la tête puis il s'éloigne. Face

à moi, je vois une assiette remplie, je ne sais pas qui a mis la nourriture ici, ni quand, mais je m'aperçois que d'autres personnes autour se sont arrêtés pour manger. Je plante ma fourchette dans ce qui ressemble à de la purée et lorsque celle-ci rejoint ma bouche, la texture pâteuse me ralentit dans les bouchées. Je mange du pain pour accompagner ce repas qui a plus l'aspect de patates écrasées, et je suis calée rapidement. Un verre de vin rouge est face à moi, mais je ne sais pas si j'ai le droit d'en boire alors je l'approche de mon visage pour simplement sentir l'odeur ; le sucre qui en ressort me repousse et je repose le verre sur la table pour prendre un simple verre d'eau. La pièce est si bruyante que je n'entends pas ma mère s'approcher.

- Ma chérie, comment se passe la soirée ?
- Très bien, j'ai eu la chance de danser avec des gentlemen bien que Léo soit venu m'embêter.
- Léo t'a approché ?
- Qui a approché notre fille ?

Mon père arrive à son tour et s'assoit face à moi en posant une main sur l'épaule de ma mère.

- Léo Germain.
- Tu n'avais pas de chaperon ? Où était le chaperon de notre fille ?
- Liam a dû s'absenter, mon chéri, mais ce n'est rien, comprend ton fils, c'est une grande responsabilité de surveiller les faits et gestes de sa propre sœur.

Je me contiens de leur dire que je n'ai pas aperçu Liam de la soirée sauf de loin quand il est venu danser avec Nicolas.

- J'ai pu danser avec Nicolas Johannson !
- Oh, c'est très bien ça ma chérie, bien qu'il soit plus jeune, c'est un homme bon, un très bon ami comme Nicolas n'est pas de refus.
- C'est déjà un ami de la famille Edouard.
Ma mère voit juste, il est déjà notre ami donc il n'y a pas à se méfier de lui et je suppose que la société connaît les relations amicales qui l'entourent.
- Nicolas est un bon danseur, je l'ignorais.
- As-tu pu rencontrer d'autres prétendants ? Et qu'en est-il du duc Bennett ? Pourquoi n'est-il pas à tes côtés ?
- Edouard, laisse ta fille répondre par l'amour de Dieu.
- J'ai pu danser avec d'autres prétendants, dont Lord Hulton qui a retenu mon attention.
- Lord Hulton est en effet un très bon parti.
- En ce qui concerne le duc… Je ne l'ai toujours pas vu.
- Comment ?
- Je suis désolée maman, mais il n'est pas là… Imagine qu'il ait changé d'avis et qu'il ne veuille plus me rencontrer.
- Ne dis pas d'idioties pareille ma chérie. Tout homme qui passe à côté de toi est un idiot.
- Nicolas pense pareil.
- Nicolas a raison. Je ne comprends pas, le duc a pourtant vu ton père ce matin et lui a assuré de sa venue et sa hâte de te voir.
- Les gens changent, maman.
- Pas en une journée enfin Emilie !
Si seulement elle savait, elle ne comprendrait pas que je ne suis pas son Emilie, pas la fille qu'elle a mit au monde ; je suis

Emilie Atkins d'un autre univers et ça n'aurait aucun sens pour elle et elle se demanderait où est sa vraie fille et ça, je n'en ai aucune idée. Peut-être que son autre fille a pris ma place dans mon monde ou peut-être que je l'ai juste effacé et remplacé… Je ne sais pas et je n'aurais aucune explication à donner à ma nouvelle mère. Je manque soudain d'air, je panique encore face à toutes ces questions et ce manque de réponses.

- Tu es toute pâle ma chérie, est-ce que tu vas bien ?

- Oui maman, ne t'inquiète pas.

Je prends mon éventail et essaie de me faire de l'air, mais j'étouffe tout de même.

- As-tu apprécié ce bal ?

Mon père relance la conversation, mais je n'arrive pas à lui répondre. Les mots sont bloqués dans ma gorge, j'aimerais lui dire que cette soirée était incroyable et que jamais je n'avais assisté à un si beau bal mais je n'y arrive pas.

- Veux-tu de l'eau mon ange ? Nous avons su que ton frère t'a fait abuser de la boisson hier donc mieux vaut-il éviter de reproduire cela aujourd'hui.

Je hoche la tête et elle me tend un verre d'eau fraîche. Le liquide détend les muscles de ma gorge nouée et répand sa fraîcheur dans tout mon corps.

- Je vais beaucoup mieux, merci.

Les deux se lancent dans une conversation et je fais mine d'écouter, mais mon esprit est ailleurs et mon corps est épuisé ; il faut dire que je n'ai jamais dansé autant dans ma vie et encore moins des danses comme celles-ci qui sont très calculées et endurantes et surtout, le pire dans tout ça, c'est le corset. Il n'est

pas désagréable en soit, juste inhabituel mais l'air est réellement réduit et mon souffle n'étant pas habitué, j'ai du mal à respirer sans avoir un point de côté.
- Nous avons croisé Eloïse tout à l'heure.
Mon attention est retenue par cette phrase qui visiblement m'est adressée, je me redresse pour rejoindre convenablement la conversation.
- Que voulait-elle ?
- Elle nous a dit que tu étais seule et qu'elle aurait aimé te tenir compagnie.
- Pourquoi ne l'a-t-elle pas fait ?
- He bien, elle nous a confié que tu avais l'air triste.
- Et que nous devrions venir te voir.
Son plan fonctionne… Elle a ce qu'elle voulait depuis le début, le champ libre pour trouver le duc avant moi.
- Je m'excuse, mais je dois y aller, le duc ne devrait pas tarder, j'en suis sûre et j'aimerais le trouver en première.
- En première ?
- Je suis sa fiancée, j'aimerais juste qu'il me voit avant de voir d'autres filles.
- N'aie pas peur, même si tu n'es pas la première qu'il regarde, tu es la première dont il se souviendra.
Je me lève et quitte la table. Mes parents sont si naïfs et moi j'ai baissé ma garde trop rapidement, Eloïse doit déjà avoir trouvé le duc et je suis ici comme une idiote, seule, sans même savoir comment reconnaître l'homme qui passera sa vie avec moi si Dieu le veut. Bon sang, il me faudrait ne serait-ce qu'un indice. Je me souviens que Lord Bigot nous a confié connaître le duc,

peut-être pourra-t-il me tenir compagnie à l'entrée afin de me dire quand le duc arrivera.

Chapitre 6

Je décide de faire le tour de la piste de danse, si seulement cette pièce existait chez moi, cela serait magnifique, bien qu'elle ne servirait pas grandement. Je m'arrête près d'un mur pour ne déranger personne et pour chercher Simon dans la foule. Lorsque je relève la tête, son visage m'attire ; je pose instinctivement mes yeux sur lui et je l'observe, il est vraiment beau. Il est à l'autre bout de la pièce, mais lorsqu'il relève à son tour les yeux, son regard croise le mien. Nous ne bougeons pas, nous nous fixons simplement, ses yeux sont d'un incroyable marron, quasiment noisette, ses lèvres sont rosées presque rouges. Son costume me semble être en velours bleu mais ce n'est pas ce qui retient mon attention. Ses mèches brunes tombent sur son visage, il ressemble à un prince. Je m'approche lentement, passant entre les invités, me frayant un chemin jusqu'à lui. J'espère de tout cœur que cet homme qui m'attire autant est le duc, j'espère que cette connexion aussi belle soit-elle ne soit pas avec un homme qui ne m'appartient pas. Nous avançons, toujours très lentement, l'un vers l'autre ; mes chaussures claquent contre le sol et j'ai l'impression qu'elles couvrent le brouhaha des personnes qui nous entourent. Lorsqu'il arrive à ma hauteur, je lève légèrement le menton pour le regarder dans les yeux, il est élégant, imposant mais rassurant. Ses yeux marrons sont perçants et il fronce les sourcils avant de parler.

- Mademoiselle Atkins ?

Sa voix est à peine grave, juste assez pour ne pas être plate et ennuyante à écouter ; il n'a dit que deux mots et pourtant je sais que je pourrais l'écouter parler pendant des heures.

- C'est moi, et vous êtes...

- Le duc Bennett.

Nous l'avons dit en même temps, ce qui nous fait sourire.

- Ce que nos parents ont fait pourrait nous mettre dans une drôle de position, mais je vous trouve réellement charmante.

- Je ne vais pas vous mentir, j'appréhendais beaucoup ce moment.

- Vraiment ? Pourquoi ?

- J'avais peur de ne pas vous plaire et peur que vous ne me plaisiez pas. Pardonnez-moi.

- Je vous pardonne si vous me pardonnez, car mes pensées étaient les mêmes.

- Je vous pardonne avec joie. Je vous retourne d'ailleurs le compliment, vous êtes charmant.

Nous restons quelques instants sur place, à nous découvrir rien que par le regard.

- Est-ce que vous voudriez bien m'accorder une danse ? Nous pourrons faire plus ample connaissance en même temps si cela vous convient.

- Avec plaisir.

Il me tend sa main à l'inverse de mes précédents prétendants qui me tendaient leurs bras. Je glisse ma main dans la sienne et sa chaleur remplit ma paume avant de se transmettre dans tout mon corps. Une sorte d'électricité me traverse et je pense en voyant sa tête, qu'il l'a aussi ressenti. J'espère du plus profond de mon être que ce n'est pas un signe de l'univers me disant que je vais bientôt rentrer, je ne suis pas Cendrillon et ce soir n'est certainement pas mon dernier moment ici. Nous avançons vers la piste, il se tient très droit et sa main libre est posée contre son dos ; je me redresse pour ne pas paraître cruche à ses côtés, les gens vont parler vu que c'est la première fois qu'ils vont nous voir ensemble, les chroniques matinales vont parler de nous et les potins lors du thé de demain vont être plus croustillants que les gâteaux qui les accompagnent. Je redresse le menton et tente de montrer un léger sourire, si les yeux sont sur nous, autant faire ça bien. Le duc fait les choses en grands et nous traversons la piste pour nous retrouver au centre, les couples qui nous ont laissé passer se positionnent et nous sommes maintenant entourés. Lorsque le violon commence, je me penche pour lui offrir la plus belle révérence que j'ai réalisé ce soir et il me salue à son tour. Il pose sa main droite contre mon dos et sa main gauche vient prendre la mienne, l'écart entre nous se rétrécit et nous ne sommes maintenant qu'à quelques centimètres. Les autres instruments rejoignent le violon et nous commençons à enchaîner les pas de danse. Tout d'abord, le silence règne entre nous, nos yeux ne se quittent pas et la connexion que nous ressentons ne mérite pas d'être polluée par la discussion. Je me concentre pour effectuer correctement la danse, je ne voudrais pas lui marcher sur les pieds ou rentrer dans un autre couple, cela serait bien trop embarrassant. Finalement, au bout de quelques minutes, nous rompons ce silence en même temps.

- Votre soirée…

- Je suis désolé…

Nous rions et arrêtons notre phrase pour laisser la parole à l'autre.

- Je vous en prie, milord.

- Je vous remercie, je voulais m'excuser d'arriver si tardivement.

- Ce n'est rien, vraiment ne vous excusez pas.

- Je ne voulais pas vous mettre dans une mauvaise situation, ne vous méprenez pas mon retard n'a rien à voir avec vous.

- Je n'en ai jamais douté.

Nous tournons de nouveau sur la piste quand je ressens le soudain besoin de lui dire la vérité.

- En fait, je ne voudrais pas que notre histoire commence sur un mensonge. J'ai bien cru que vous ne veniez pas car vous ne vouliez pas me voir, que vous ne vouliez pas m'épouser et me rencontrer.

- Merci pour votre honnêteté, mais ôtez ces idées de votre esprit. Si je n'avais pas voulu me marier, je serais venu de moi-même pour annoncer mon choix. Et j'avais hâte de vous rencontrer, les hommes parlent beaucoup de vous.

Je suis offensée par cette remarque et un petit coup de pression s'empare de moi faisant accélérer mon cœur, pourquoi les hommes parlent-ils de moi ? Il semble comprendre mon inquiétude en voyant mon visage car il s'arrête de parler et se redresse avant de reprendre.

- Je veux dire que nous parlions de vous récemment, car vous êtes ma future femme et que ceux qui vous connaisse viennent parler de vos mérites. Vous avez de bons amis et une bonne famille.

- Vous avez déjà rencontré mon frère ? Liam ?

- Bien sûr. Vous savez, les hommes se rejoignent dans un bar ou un lieu pour parler et s'amuser. Nous jouons en buvant, ce n'est pas très beau à savoir, mais comme vous le dites, ne commençons pas à nous mentir ou à nous cacher la vérité, n'est ce pas ?

- Exactement.

Je souris encore et cette joie ne quitte pas mon corps et commence à me faire mal aux joues.

- Ne pensez donc pas que je vous fuis, j'avais plus que hâte de vous découvrir à mon tour.

- Vous risquez de devoir répondre à beaucoup de questions demain si vous rejoignez les hommes.

- Je le sais, et je serais ravi d'enfin parler de vous.

- Vous me flattez.

- Comment une femme comme vous a-t-elle pu finir par être fiancée avec un homme sans le connaître ? Vous m'avez l'air d'avoir du caractère, c'est un compliment bien sûr.

- Je vous avoue que je n'en ai aucune idée.

Il rit et me fait tourner sur place. Nos corps s'éloignent et ses bras quittent mon corps, nous nous rapprochons et nos mains opposées viennent se frôler restant à hauteur de nos visages. Nous tournons dans cette position quelques instants, soutenant nos regards avant de reprendre notre position précédente.

- Je vous assure, je me suis levée un matin et j'ai appris que j'allais épouser quelqu'un. Je n'ai pas vraiment su quoi dire ni comment réagir alors j'ai décidé d'apprendre à vous connaître avant d'en vouloir à mes parents de m'imposer un mariage forcé et sans amour.

- Attendre de me connaître ?

- Si vous n'êtes pas un homme avec des valeurs ou que nous n'avons pas de points communs, j'ai bien peur que nous n'arrivions pas à développer des sentiments.

- Donc, vous voulez un mariage d'amour.

- Exactement. Mes parents sont tout à fait d'accord avec moi de ce que j'ai pu comprendre.

- Ma mère veut aussi que j'ai un mariage d'amour.

- Alors pourquoi nous fiancer sans même nous laisser nous rencontrer avant ?

- Pour avoir une surprise, être impatients d'apprendre à nous découvrir et à développer un certain besoin entre nous. Les parents sont parfois pervers et vicieux, mais ce n'est que pour notre bien. Je suppose.

Je hoche la tête et avoue qu'il a raison, bien que je sois perplexe sur le fait de nous fiancer sans nous laisser nous voir avant.

- Je suis désolé que nous ne nous soyons pas rencontrés avant la décision de nos parents, mais je peux vous promettre que je ne vous forcerais à rien, si vous ne voulez pas m'épouser, ce mariage n'aura pas lieu.

- C'est agréablement surprenant d'entendre autant de compréhension de la part d'un homme, merci pour cette attention. Cela va de soi que si vous ne voulez pas de ce mariage non plus, il n'aura pas lieu. Je ne veux pas d'un mariage forcé, d'un futur triste et morose.

Il me sourit en resserrant sa main contre la mienne. Je ne lâche pas son regard, si perçant et rassurant ; nous continuons de danser sur la piste et étrangement, je m'en sors bien, je pensais que cette soirée serait un échec et que j'allais enchaîner erreur sur erreur mais au final, je n'ai fait aucun faux pas. J'ai parlé trop vite comme à mon habitude car je sens une pression dans mon dos et bascule en avant ; par chance les mains de monsieur Bennett sont rapides et fortes et elles me retiennent pendant ma chute. Nous sommes bien trop proches, à tel point que je sens son souffle contre ma peau, il me retient et m'aide à me redresser lentement. Nos yeux ne se quittent pas et me procurent un sentiment de bien-être alors que je viens sûrement de m'humilier devant toute la société. Une main se pose sur mon épaule et lorsque je me retourne, je me rends compte que je n'ai pas trébuché seule. Ses yeux de vipères seront toujours présents pour me déstabiliser.

- Oh mon Dieu Emilie, je suis si désolée, je ne vous avais pas vu.

À la fin de sa phrase, elle émet un petit sourire en coin avant de retirer sa main de mon épaule.

- Je n'en doute pas, Eloïse.

- Je suis sotte, j'ai pris trop d'élan et mon cavalier n'a pas réussi à me retenir dans notre danse.

- Ce n'est rien…

Je vais pour me retourner vers le duc, mais celle-ci continue.

- Monsieur le duc.

Elle se penche pour faire la révérence et j'en profite pour lever les yeux au ciel en espérant que personne ne me voit faire. Le monde s'est arrêté autour de nous, les regards sont tous rivés sur la scène, les musiciens ont arrêté de jouer et les discussions se font à voix basse. Les potins vont être bien chauds après cette soirée.

- Et vous êtes ?

- Je suis Eloïse Delacroix, ravie de faire votre connaissance.

- De même mademoiselle.

Elle me lance un regard mauvais avant de s'approcher plus près du duc.

- Emilie, pourquoi n'iriez vous pas danser avec mon cavalier, il se ferait une joie de vous accompagner.

J'aurais dû me douter que, peste comme elle est, elle ne lâcherait pas l'affaire si rapidement et qu'elle n'hésiterait pas à tout faire pour me nuire. Je regarde le duc Bennett, mes yeux sont certainement remplis de panique et d'angoisse ; il sourit à Eloïse et s'approche de moi, je sais ce qu'il vient me dire et je fais la révérence avant même qu'il ne parle.

- Mademoiselle Atkins, cette jeune femme voudrait m'inviter à danser, ce serait mauvais de ma part de refuser comprenez vous…

- Je comprends milord…

Je baisse la tête, c'est perdu d'avance ; une fois de plus je me retrouve seule et abandonnée.

- En revanche…

Je relève brusquement la tête et le duc attrape ma main.

- Je ne voudrais pas laisser ma cavalière seule.

Il se penche vers Eloïse et parle bas pour que personne n'entende à part nous.

- Je ne peux pas laisser ma fiancée en plein milieu de la piste de danse, cela serait encore plus mauvais de ma part.

Il se remet droit et d'une voix forte annonce la phrase suivante.

- Cette danse était notre dernière.

Puis il salue Eloïse et me tire hors de la piste de danse.

- Je suis désolée monsieur pour cette scène, nous venons de nous afficher en public, oh mon Dieu comment allons nous faire?

- Mademoiselle Atkins, calmez-vous, voulez-vous. Il n'en est rien, les dames parleront peut-être de ce petit scandale demain mais elles auront d'autres potins je n'en doute pas, nous ne serons certainement pas le plus gros ; quand bien même, nous n'avons que faire de leurs paroles, avez-vous passé une bonne soirée ?

- Très bonne milord, je suis un peu fatiguée je dois l'avouer, ce n'est pas à mon habitude de danser autant.

- Vous n'aimez pas danser ?

- Oh si, détrompez-vous, j'adore cela, mais je n'ai jamais fait plus de quinze danses en si peu de temps et avec autant de monde.

- Vos cavaliers étaient-ils charmants ?

- Pas autant que vous milord, de plus, leurs conversations

étaient d'un ennui…

Il rit encore et mon cœur saute dans ma poitrine, son rire est incroyablement beau.

- Vous m'en voyez ravi.

Nos rires sont interrompus par l'arrivée de Victoria et Simon. Mon amie approche à grands pas et attrape mon bras, son regard est... fier ? C'en est presque inquiétant.

- Monsieur Bennett.

Elle se penche pour le saluer puis son sourire s'agrandit.

- Vous avez été incroyable, vous rendez-vous compte ? Vous venez de remettre Eloïse Delacroix à sa place. Personne n'ose jamais lui fermer le clapet… mais vous, vous avez été génial !

- Ah ah, ce n'est rien, je n'ai fait qu'appliquer mon devoir.

- Vous êtes un réel gentleman.

- Simon, mon ami, quelle joie de te voir.

Le duc serre la main de Simon et leurs sourires s'agrandissent.

- Je ne t'ai pas vu de la soirée Charles, où étais-tu passé ?

- J'ai eu un léger souci qui m'a retardé… mais je suis arrivé et c'est le plus important.

Les deux hommes échangent un regard puis hochent la tête, ils doivent être vraiment proches pour se comprendre sans dire un mot.

- Mademoiselle Atkins, j'ai passé un très bon moment à vos côtés.

- Le plaisir est partagé milord.

- Je dois malheureusement vous laisser pour ce soir, j'espère cependant que nous nous reverrons vite.

- Je l'espère aussi.

Nous nous saluons puis Simon et lui s'éloignent. Victoria me prend par la main et saute de joie. Elle me tire par le bras jusqu'au couloir afin de parler librement.

- Quelle soirée ! Simon ne m'a pas lâché une seule minute, nous avons danser et danser, encore et encore, c'était fabuleux. Et Charles et toi ! Vous étiez incroyablement beaux sur la piste de danse. C'est comme si vos deux êtres avaient trouvé leur part manquante, vous vous assemblez si bien.

- Respire Victoria.

Nous rions ensemble et elle me raconte plus en détail ses danses avec Simon bien que je ne comprenne pas tout. Des bruits de talons approchent et mon instinct me dit de nous éloigner.

- Quelqu'un arrive, suis moi.

Je prends le bras de mon amie qui ne bouge pas puis la tire vers un recoin où nous pouvons nous cacher.

- Emilie, ce n'est pas bien d'espionner une conversation.

- Nous n'espionnons personne, nous sommes simplement à l'abri des regards.

Soudain, une voix stridente retentit dans le hall.

- Je la déteste ! JE suis censée être avec lui, pas elle.

- Calme-toi mon ange.

- NON !

Je tourne la tête pour regarder Vic qui est aussi choquée que moi.

- Ma chérie, tu trouveras un bon parti je n'en doute pas.

- Mais je m'en fiche complètement des autres, le duc est à moi et ce n'est certainement pas cette idiote d'Emilie qui va m'empêcher de vivre la vie que je mérite.

- Eloïse…

- Non maman, c'est non négociable, j'aurais le duc même si je dois passer sur le corps de cette Atkins.

Je reste immobile, choquée par la conversation que nous venons d'entendre. Les pas s'éloignent et la porte d'entrée claque. Je me retourne pour voir la tête de Victoria tout aussi choquée que moi.

- Emilie, tu te rends compte de la conversation que nous venons de surprendre ?

- Cette fille est complètement folle.

- Il faut prévenir quelqu'un.

Elle se relève mais je la retiens.

- Non, nous devons garder cela pour nous.

- Pourquoi ? Tu l'as entendu, elle est capable de tout faire pour te nuire et arriver à ses fins.

- Je sais, j'ai entendu mais je suis forte et plus maligne qu'elle. Nous allons devoir rester sur nos gardes et si nous perdons le contrôle, alors à ce moment-là, nous préviendrons quelqu'un.

Le visage de Victoria est tendu et je sens le stress monter en elle.

- Eh, Vic, ça va aller, ne te prends pas la tête pour si peu.

- Si peu ?

- Nous venons de passer une soirée de rêve, avec deux hommes incroyables, ne laissons pas les pulsions haineuses de cette fille gâcher cela. Nous allons passer une bonne nuit, et demain la journée sera tout aussi bien.

- Tu me promets de faire attention ?

- Bien sûr.

- Comment comptes-tu t'y prendre ?
- En restant sur mes gardes et ne jamais être seule. Tout va bien se passer.
Au fond de moi, j'aimerais croire en mes propres paroles, mais ce ne sont que des mensonges pour rassurer mon amie et me réconforter moi-même. Ses menaces ne sont que le début.

Chapitre 7

Le réveil n'est pas facile ce matin, moi qui pensais que celui de la veille était intense, celui-ci est bien pire que de se réveiller dans un autre univers. Je regarde autour de moi pour m'assurer que je n'ai pas rêvé, que je suis encore dans ce monde et non pas de retour dans mon époque. Je n'ai pas encore assez profité d'ici, pas assez découvert la réalité de cette époque et surtout, je ne connais pas assez Charles Bennett et c'est devenu primordial d'en savoir plus sur lui. En une journée dans ce monde, j'ai vécu plus de choses que mes vingts ans dans l'autre monde. Je me redresse et aperçois un petit mot sur ma table de nuit ainsi qu'une petite cloche.

"*Cette fois-ci faites moi savoir quand vous êtes réveillée.*"

Ce mot ne peut provenir que de ma domestique Emma. Je prends la petite cloche froide entre mes mains et la fait aller de droite à gauche deux fois, ce qui est suffisant pour faire apparaître Emma en deux minutes. La porte s'ouvre sur le sourire rassurant d'Emma.

- Mademoiselle, avez-vous bien dormi ?

- Mieux que la veille.

Emma rigole et s'approche de la fenêtre pour ouvrir les rideaux et aérer la pièce.

- Votre frère ne vous a pas donné à boire la nuit dernière ?

- Non, à vrai dire, je ne l'ai pas croisé de la soirée.

- C'est un mal pour un bien, croyez moi, vous avez meilleure mine ce matin.

- J'ai passé une agréable soirée.

Elle s'approche et attrape mes mains pour me faire sortir du lit puis me désigne la coiffeuse. Je m'approche donc de celle-ci pour m'asseoir. Elle prend mes draps et les mets au pied du lit, certainement pour aérer.

- Voulez-vous m'en parler ?

- Avec plaisir ! J'ai pu danser avec beaucoup de gentlemen, mon carnet de bal est rempli. Les hommes n'étaient cependant pas très intéressants… Leurs discussions étaient sans intérêt et ils n'étaient pas très beaux pour tout vous dire.

Son petit rire remplit la pièce et elle s'approche de moi pour s'occuper de ma coiffure.

- Qu'en est-il du duc ?

- Il a mis un temps fou à se montrer, il n'est arrivé que tardivement dans la soirée mais quelque chose d'étrange s'est produit.

Je marque une pause en revoyant la scène dans ma tête.

- C'était irréel, comme dans un film.

- Un film ?

J'ouvre mes yeux en grand quand je me rends compte de la boulette que je viens de dire.

- Euh, comme dans les livres, les scènes dans les livres.
- Ah d'accord, je vois mieux. Et donc cette scène ?
Je me tiens droite et reprends mon souffle, en soit, je n'ai pas dit de bêtises qui puissent remettre mon existence dans ce monde en question, c'est cependant épuisant de devoir faire attention à tout ce que je dis, le vouvoiement ne me dérange pas et je me prête au jeu, en revanche certaines choses n'existent pas encore dans ce monde et je n'y pense pas forcément quand je parle.
- Mademoiselle ?
- Pardon Emma, je disais donc que c'était irréel comme les scènes que l'on lis dans les livres.
- Je ne lis pas beaucoup, mais des amies aiment me faire la lecture, j'adore laisser les images prendre forme dans ma tête, les scènes qu'elles me décrivent prennent vie, c'est une sensation magnifique.
- Parfait ! C'est exactement ce dont je vous parle ! J'avais l'impression d'être l'héroïne d'un roman, j'ai passé une soirée digne d'un livre.
Emma m'aide à me lever pour enfiler mon corset, ce qui me fait saccader mes phrases.
- J'ai eu… un souci avec… Eloïse… Elle voulait retrouver le duc… avant moi…
- Oh non, avez-vous trouvé le duc avant elle ?
- J'y viens. Je me baladais… dans la salle… quand nos yeux se sont… rencontrés.
Elle serre le corset une dernière fois et j'émets un bruit sans le vouloir.

- Pardon, j'ai peut-être serré un peu fort.
- Ce n'est rien.
Elle s'éloigne pour choisir une robe puis continue de m'habiller.
- Je suis tombée sur les yeux du duc Bennett, je ne saurais pas comment expliquer mais j'ai tout de suite senti une connexion entre nous, j'ai prié pour que ce soit le duc et il s'est avéré que c'était lui. Il était charmant et grand, ses yeux sont magnifiques, comme il me tarde de le revoir. Nous avons dansé ensemble, c'était un moment merveilleux.
Je lui raconte rapidement ce que Eloïse a fait et elle me fait rire à s'énerver toute seule, je l'entends râler quand elle me pousse hors de la chambre pour rejoindre ma famille qui petit-déjeune.
Je descends les marches et Liam me rejoint.
- Je ne t'ai pas vu de la soirée petit frère.
- Je t'ai vu plus que tu ne le penses.
Il me fait un clin d'œil et part devant moi.
- Liam !
Je descends rapidement les marches pour le suivre mais lorsque nous arrivons dans la salle à manger, le regard lancé par ma mère nous calme directement et nous nous asseyons en silence.
C'est étrange de se sentir autant à sa place, c'est comme si j'avais toujours été ici et que tout était normal, pourtant rien ne l'est.
- Liam, ta soirée s'est-elle bien passée ?
- Très bien papa, nous avons passé la soirée à parler avec Nicolas.
- Tu n'as pas dansé ?
- Pas une seule fois.

- Il serait temps que tu commences à inviter des jeunes femmes…

- Maman…

Ma mère lève les mains au ciel pour montrer qu'elle ne se battra pas avec lui sur ce sujet, mais je vois sur son visage qu'elle aimerait qu'il fasse des efforts. Comme je m'en doutais, les cinq regards se tournent vers moi.

- Que se passe-t-il ?

- Tu ne comptes pas nous raconter ta soirée ? Nous avons bien ri en ta compagnie hier soir, tu es encore plus drôle quand tu es fatiguée que quand tu as abusé de la boisson.

Je ne comprends pas ce que ma mère insinue alors elle continue.

- Tu as de réels problèmes de mémoire, jeune fille. Tu étais si fatiguée que tu t'es endormie sur le sofa et ton père a dû te porter jusqu'à ta chambre. Emma s'est occupée de toi par la suite et rien n'y faisait, tu dormais comme un bébé.

Elle a dit "jeune fille" sur le ton de l'humour, mais cela me donne des frissons en me rappelant que ma mère de l'autre monde me le dit souvent avec un ton bien différent qui n'annonce jamais rien de beau derrière.

- Oh non, je suis désolée.

- Ce n'est rien enfin, tu t'es amusée hier soir, c'est le principal, raconte nous maintenant.

Je rigole car en effet quand je suis fatiguée rien ne peux me réveiller. Je ne me souviens pas du tout qu'Emma ait dû s'occuper de me dévêtir, je devrais aller m'excuser auprès d'elle.

- Il n'y a pas grand chose à dire. Le duc est un homme bon et nous nous entendons bien.

Je croque dans ma tranche de pain qui est délicieuse, bien craquante et dorée comme j'aime.

- Pas grand-chose à dire ? Emilie enfin, ta rivale et ennemie jurée a encore frappé !

Je souris ironiquement à Liam et ma petite sœur Louise se cache la bouche pour rire, quant à Georges, il tente d'imiter un rire maléfique mais c'est un échec et nous finissons tous en fou rire. Je regarde autour de la table, tous ces sourires de bon matin, cette joie qui emplit la pièce, je suis exactement où je mérite d'être.

- Eloïse va finir par se lasser d'être mauvaise avec toi, si tu épouses le duc, elle n'aura plus rien à te dire. Cela va cesser j'en suis certaine.

- Je le sais maman, mais cela m'inquiète, je ne connais pas ses intentions.

- Les intentions du duc ?

- Non, celles d'Eloïse, qui sait de quoi cette fille est capable pour avoir la vie de ses rêves.

- Ne sois pas si dramatique Emilie, elle ne fera rien, n'est ce pas Edouard.

- Bien sûr, ta mère à raison.

Mon père relève la tête rapidement pour me sourire et cela suffit à me rassurer. C'est très perturbant de voir les mêmes visages que ceux de l'autre monde et pourtant de voir un comportement si différent, cela me trouble bien plus que je ne le pensais. Nous sommes coupés dans notre petit-déjeuner par le bruit de la porte d'entrée qui résonne. Un domestique s'occupe d'aller répondre puis nous entendons la porte se fermer et des pas s'approcher de la salle où nous déjeunons. La porte s'ouvre et un énorme bouquet de roses apparaît.

- Mademoiselle Atkins, les fleurs sont fraîchement livrées pour vous.

Il me donne le bouquet avant de me saluer et de quitter la pièce.

- Elles sont magnifiques ma chérie, y a-t-il une note avec ?

Je regarde le bouquet et attrape une petite enveloppe accrochée.

"*J'espère que votre nuit s'est bien passée et que vos talons ne souffrent pas trop après autant de danse. J'ai passé un agréable moment en votre compagnie. Avec l'impatience de vous revoir, je vous souhaite une bonne journée.*

PS : Je m'excuse de ne pas pouvoir vous inviter en promenade cette semaine et j'espère vous voir au bal que je donne ce vendredi".

Je souris en lisant le mot puis le fait passer à ma mère qui le lit à haute voix.

- Comme cela est charmant de sa part.

Les fleurs sont magnifiques, mais l'attention qu'offre le mot me touche encore plus. Cependant, je ne cache pas ma déception, je vais devoir attendre cinq jours avant de le revoir, je sais que je vais trouver de quoi m'occuper mais j'ai bien peur de ne pas rester assez longtemps, et si je rentrais sans même avoir l'occasion de mieux le connaître ?

- Victoria ne devrait pas tarder.

Je croque dans mon fruit et relève la tête en ouvrant les yeux en

grand. Je prends quelques secondes avant de répondre pour savourer mon raisin.
- Nous avons prévu quelque chose aujourd’hui ?
- Nous devions aller en promenade avec sa famille mais hier soir nous avons convenu de rester chez nous pour nous reposer un peu, le bal était épuisant pour la plupart d'entre nous, mais nous ne voulions pas te priver de voir ton amie donc vous pouvez sortir, a moins que tu ne sois trop fatiguée aussi ?
- Non, tout va très bien ! J’ai hâte d’aller me promener.
- N’oublie pas ton chapeau.
Je souris à ma mère en continuant de manger mon raisin, la saveur est exquise. Quelques minutes plus tard, Victoria entre dans la pièce, je n’ai même pas entendu la porte s’ouvrir.
- Tu es prête ?
- Totalement.
Emma m'accompagne jusqu’au palier et me tend mes affaires pour sortir, chapeau, sac, tout y est.
- Passez une bonne journée mesdemoiselles.
- Merci Emma !
Nous répondons en cœur en traversant la cour. Nous prenons garde à refermer la grille derrière nous puis je suis mon amie dans les rues de Londres.
- Si tu savais comme j’ai bien dormi, je pense que je n’ai jamais été aussi sereine à vrai dire, je me suis endormie si vite.
- Je me suis endormie sur le sofa, papa a dû me porter jusque dans ma chambre, j’ai si honte.
Mon amie rigole, enfin plutôt, se tord de rire, ce qui me fait sourire.

- Tu es vraiment hilarante ! Tu as gagné, moi qui pensais avoir bien dormi, tu es pire que moi. Le duc t'a-t-il autant épuisé que ça ?
- Non, ce sont les autres cavaliers, j'ai dû supporter quinze danses sans compter celles avec monsieur Bennett.
- J'ai dû danser autant avec Simon, j'avoue que c'est beaucoup mais que veux tu, avons-nous vraiment le choix ?
- Nous devrions. Faire autant de danse en une soirée n'est pas humain, c'est un supplice ! De quoi sommes-nous punis ?
- Je me le demande bien.
Nous continuons d'avancer dans les rues de Londres, c'est surréaliste. Certaines rues sont reconnaissables mais alors les bâtiments et les jardins sont tellement différents. Les rues sont comme sur les photos que nous avons dans les manuels d'histoires et les reportages télé ; les enseignes sont vintages et les prix sont si bas ! Quand nous passons devant une boulangerie, je ne peux me contenir.
- Victoria, est-ce que tu penses que nous pourrions nous arrêter ?
- Oui bien sûr, pourquoi ?
- Est-ce que j'ai le droit d'acheter une viennoiserie ?
- Évidemment. Tu as vu quelque chose ?
- J'aimerais bien goûter ceci.
Je lui montre le gâteau dans la vitrine de la boulangerie. Elle me prend la main et entre dans la boutique ; c'est la première fois que je vais faire entièrement partie de ce monde, c'est étrange. À l'instant où le vendeur nous fait face, j'oublie comment dire bonjour, comment demander ce que je veux, et comment payer.

Bon sang.
- Bonjour mesdemoiselles, que puis-je faire pour vous ?
- Bonjour, mon amie et moi aimerions goûter votre sponge cake si vous le voulez bien.
- Pas de soucis, je vous donne cela.
Je connais actuellement ce gâteau, il existe encore de nos jours mais je pense que son goût doit être complètement différent, moins artificiel. Le jeune homme qui doit avoir notre âge nous tend une petite boîte puis nous annonce la somme. Je cherche dans mon petit sac mais Victoria pose ma main sur la mienne.
- C'est pour moi. Tenez.
Elle tend les pièces au jeune homme que nous saluons avant de sortir.
- He bien, c'est ce jeune pâtissier ou la pâtisserie qui te met dans cet état ?
- De quoi parles-tu ?
- Tu viens de perdre tous tes moyens ma grande, tu es sûre que ça va ?
J'aimerais tellement dire à Victoria ce que je suis en train de vivre, mais je ne sais pas vraiment si elle va me croire, je ne sais pas si je peux lui faire confiance... Si elle en parle à quelqu'un, je finirai en asile et c'est la dernière chose dont j'ai besoin.
- La pâtisserie, définitivement. Elle me donne vraiment envie.
- Ne m'en parle pas. Suis-moi, nous allons trouver un endroit pour manger calmement.
Victoria me prend la main et je la suis dans les rues éclairées par le soleil qui rejoint enfin le ciel. Nous sommes à Londres en

plein mois de mai et le temps est fabuleux. Nous tournons dans une rue et un énorme chantier nous fait face.

- Waouh.

- Emilie ?

- C'est Big Ben ?

- De quoi parles-tu ?

- Ce qui est en construction ?

- Oh la tour horloge ? Elle est en construction depuis douze ans, tu devrais avoir l'habitude maintenant.

Je reste bouche bée devant le bâtiment en construction. L'horloge la plus connue au monde et la fierté de notre ville n'est pas finie, elle est encore en construction, cela paraît vraiment impossible. La tour ne devrait pas tarder à être fini, nous avons appris à l'école qu'elle se construit de 1843 à 1859. Je suis arrivée au bon moment car la cloche n'a pas encore eu de soucis, elle n'est remplacée qu'en 1858 ce qui veut dire que la première cloche est encore un état. C'est magnifique de connaître l'histoire et de la vivre.

- Nous allons nous asseoir ici, ça te va ?

- C'est parfait.

Nous trouvons un banc sous un arbre, parfait pour nous abriter du soleil et de la chaleur qui surplombe l'air. Victoria ouvre la petite boîte et me donne une part du petit gâteau. Le jeune pâtissier a fait du bon travail ; il nous a donné deux petites parts, une petite fourchette et des serviettes, nous allons nous régaler. Je plonge ma fourchette dans le gâteau et la porte à ma bouche. Le sponge cake est un gâteau typiquement anglais fait de génoise, quand celui-ci rencontre mon palais, le gâteau éponge est si aéré que je me laisse tomber contre le dossier du banc, c'est incroyablement bon.

- Emilie ! Qu'est-ce que tu fais ?

Victoria se moque de moi et je me redresse.

- C'est le meilleur gâteau que j'ai mangé, c'est incroyablement bon.

- Ce n'est pourtant rien de plus que des œufs, du sucre glace, de la margarine et de la farine. Tu en as déjà mangé en plus.

- Tu ne comprends pas. C'est vraiment un délice.

Je suis à deux doigts de tout lui dire mais une fois le gâteau en bouche, je ne peux plus me le permettre.

- Tu es étrange depuis hier Emilie, tu es sûre que ça va ?

- Bien sûr, c'est juste que rencontrer le duc m'a un peu perturbé…

Je reprends une bouchée de mon gâteau et observe mon amie qui paraît concernée. Je sais que je peux lui faire confiance mais j'ai tout de même peur. Si elle ne me croit pas, rien ne sera pareil après la révélation… D'un autre côté, si elle me croit, elle pourra m'aider dans ce monde, m'aider à être parfaite et réussir chaque épreuve. J'ai pris ma décision.

- Victoria, il faut que je te dise quelque chose.

- Je t'écoute.

Nous posons nos fourchettes dans le carton que Vic éloigne de nous pour s'approcher et attraper mes mains.

- Tu sais que tu peux tout me dire Emilie. Tu n'as rien à craindre avec moi.

- Je sais.

Je prends une grande inspiration et me lance.

Chapitre 8

- Écoutes Victoria, je ne sais pas comment je suis arrivée ici. Il s'est passé quelque chose d'étrange.
- Je ne comprends pas de quoi tu parles.
- Je pense que je viens d'un…
- Bonjour mesdemoiselles ! Belle : journée pour se promener.
Nous sommes interrompues par la pire voix qui existe après celle de la vipère.
- Monsieur Germain.
Nous le saluons à contre cœur et comme aucune de nous deux ne lui adresse un mot, il tente de lancer une conversation.
- Comment s'est passée votre soirée ? Le bal était époustouflant, vous remercierez votre mère pour l'invitation.
- Je n'y manquerais pas.
Je lui lance un sourire forcé puis l'observe rester debout devant nous, pourquoi ne part-il pas ?
- L'air est frais, voulez-vous m'accompagner près du lac ?
- Nous avons déjà un programme chargé.
- Je vois. Cependant, vous pourriez peut-être me tenir compagnie une petite heure, vous comptez rester sur ce banc un

bon moment, je me trompe ?
- En fait non. Comme je vous l'ai dit, nous avons un programme chargé et des choses à faire.
- Des choses comme ?
- Cela ne vous regarde pas.
Il s'approche du banc où nous sommes assises puis se fraie une place entre nous deux. Comme je le déteste, avec son air supérieur, il m'exaspère même plus que Léo de mon monde.
- Mademoiselle Atkins, je suis désolé si je force la main pour passer du temps avec vous mais depuis que vous êtes au courant de vos fiançailles, nous n'avons pas pu passer de temps ensemble.
- C'est le principe d'être fiancée. Je dois me concentrer sur mon futur et mon fiancé, je ne me permettrais pas de voir d'autres hommes alors qu'un homme m'attend à la maison.
- Il ne vous attend pas encore, vous n'avez pas de maison, sauf votre respect. Charles Bennett n'est pas l'homme qu'il vous faut, vous ne le connaissez même pas ; en revanche nous nous connaissons bien, nous avons partagé des promenades ensemble, de bons moments, vous ne pouvez pas dire le contraire. J'aurais aimé partager ma vie avec vous mademoiselle.
- Je suis désolée mais c'est impossible.
Je me lève pour être supérieure à lui.
- Nous n'avons plus rien à partager monsieur, même si mes fiançailles avec monsieur Bennett venaient à ne pas avoir lieu, jamais je ne vous épouserais. Nous ne sommes pas faits pour être ensemble c'est pourtant évident. Je vous remercie pour les

moments que nous avons partagé, mais c'est fini.
Il se lève à son tour et me fait face. Je vois Victoria se lever derrière lui mais elle est plus petite et je n'arrive pas à croiser son regard.
- Vous commettez là une grave erreur.
Je ne sais pas quoi répondre, Léo s'approche dangereusement de moi et je suis paralysée, je ne sais pas quoi faire pour calmer la colère que je vois naître dans ses yeux.
- C'est vous qui risquez de commettre une grave erreur en abusant de la liberté de ces dames Léo.
Je reconnais la voix de Nicolas derrière moi ; je me retourne pour m'assurer que c'est bien lui. Il passe à mes côtés et se met face à Léo. Victoria contourne celui-ci pour nous rejoindre, nous sommes maintenant trois contre un.
- Retournez chez vous Léo, restez loin de ma sœur et Emilie, je ne vous le répéterai pas ; votre place n'est plus parmi nous et il faudra vous y faire.
Je suis sans voix, Nicolas a eu le courage de venir nous sauver de ce porc, Léo n'est vraiment pas une bonne fréquentation dans cet univers et il est tout aussi venimeux et dangereux qu'Eloïse. Léo fait craquer ses doigts et Nicolas remonte ses bras croisés sur son torse, c'est une guerre de regard et de masculinité entre les deux hommes. Nicolas est plus jeune que Léo et pourtant il ne se laisse pas faire et ne lâche pas mon ex du regard, il le foudroie même. Léo finit par capituler et faire demi-tour. Nous le voyons s'éloigner et une fois qu'il est hors de vue, Nicolas se tourne pour nous regarder.
- Vous allez bien ?

Nous hochons la tête toutes les deux, il se tourne légèrement pour me regarder.

- C'est la deuxième fois en moins de vingt-quatre heures que je vous sauve la mise face à lui, je vais finir par croire au destin et ne plus vous lâcher.

- N'abusez pas Nicolas, mais merci tout de même.

- Puis-je vous conduire quelque part ?

Je regarde mon amie ne sachant pas où aller.

- À vrai dire, je comptais emmener Emilie au parc.

- Hyde park ? Je peux vous y accompagner, je vais dans cette direction.

- C'est d'accord pour moi, Emilie ?

- Avec plaisir, une compagnie de plus n'est jamais de refus.

- Sauf celle de Léo Germain !

Nicolas nous fait rire avec cette remarque et cela détend l'atmosphère qui était devenue lourde à cause de ce brusque. Nous commençons à marcher, par politesse et respect, Nicolas reste en retrait, ce que j'apprécie venant de lui.

- Tu me disais quelque chose avant que Léo arrive, de quoi s'agit-il ?

Je me suis dégonflée, entièrement, c'est impossible de me confier à elle maintenant ; de plus, Nicolas est juste derrière et je n'ai pas assez confiance en lui, il vient peut-être de me sauver la vie, de même qu'hier soir mais je ne sais pas si je peux lui faire confiance sur un sujet aussi fou. Il me prendra certainement pour une folle puis en parlera à Liam, qui en parlera à mes parents, qui me prendront pour une folle et je finirais en asile pour éviter un scandale. C'est hors de question.

- Nous en parlerons plus tard, ce n'est pas important.

- Tu en es sûre ?

- Oui, ne te fais pas de soucis.

Je suis mon amie jusqu'à Hyde Park, il existe toujours aujourd'hui mais ne ressemble pas vraiment à ce qui nous fait face. Il fait bon, les fleurs sentent bon autour de nous et les oiseaux qui chantent m'apaisent.

- Nicolas.

- Chère Sœur ?

- Penses-tu que ce serait une bonne idée d'organiser un bal de dernière minute ?

- Ce soir ?

- Non, je pensais plutôt à demain.

J'écoute attentivement, essayant de comprendre pourquoi mon amie veut organiser un bal. Nous nous arrêtons près d'un arbre et Victoria s'assoit sur le banc, son frère et moi-même restons debout face à elle.

- Maman risque d'être angoissée, pourquoi ?

- J'ai envie de danser avec Simon.

- Vous avez dansé ensemble hier soir.

- Nicolas a raison Victoria, pourquoi votre envie de danser avec lui est déjà de retour ?

Mon amie pose ses mains sur ses genoux et baisse la tête.

- Je ne sais pas.

Je décide de m'asseoir à ses côtés et attrape sa main, ses yeux plein de panique se posent sur les miens.

- J'ai peur, je suppose.

- De quoi as-tu peur ?

- Qu'il se lasse de moi, qu'il ne m'aime pas.
- Tu racontes des bêtises, pourquoi monsieur Bigot se lasserait-il de toi ?
Nicolas ne dit rien mais nous observe attentivement, certainement pour mieux rebondir plus tard et trouver les bons mots masculins pour rassurer une dame.
- Simon Bigot est un homme bon Vic, il est fou de toi et peut-être que pour le moment, il ne te le montre pas de la manière dont tu le voudrais mais tu sais comment ce milieu fonctionne ; il faut de la patience.
- Et s'il n'a pas cette patience ? Si c'est trop pour lui ?
- Si cet homme n'est pas capable de t'attendre, il est idiot car cela lui causerait une grosse perte et de nombreux regrets. Tu es une fille formidable, ne laisse pas un homme te faire douter de cela.
Nicolas s'assoit à son tour et Vic tourne la tête vers lui. Il se racle la gorge comme pour trouver ses mots ou peut-être simplement montrer qu'il va parler.
- Écoutes Victoria, tu es ma grande sœur mais je me dois de te rassurer quand tu en as besoin. Les hommes ne sont pas simples, ils causent beaucoup de souffrances mais c'est aussi parce qu'ils ne soignent pas la leur. Une personne qui va mal ne va pas s'accorder le bonheur ; je connais Simon et cet homme est solitaire, cela fait des années qu'il n'a pas ouvert son cœur, qu'il n'ose pas éprouver quoi que ce soit.
- Par peur ?
- Non, enfin, il dit n'avoir peur de rien, bien que je ne pense pas cela possible, tout le monde a peur de quelque chose.

- Il doit avoir peur de la peur elle-même ? S'il ne veut pas ressentir des choses, ce n'est pas par peur de souffrir ou de perdre le contrôle, il a peur de cette peur. C'est un cercle vicieux…

Je n'ai pas totalement compris ce que tente de dire Victoria, mais je pense voir où elle veut en venir. Je n'aurais pas pensé cela de Simon, il paraît si serein, si sûr de lui et si attiré par mon amie, je ne suis pas douée pour cerner une personne en peu de temps. Nicolas reprend la parole, d'un air plus sérieux cette fois.

- Simon a perdu toute sa famille dans un accident de bateau, il s'en veut pour je ne sais quelle raison et je pense que cette douleur affecte tout ce qu'il fait.

Cette fois, je me permets de prendre la parole.

- Si Lord Bigot a perdu sa famille, il doit être dans une souffrance atroce, ce n'est pas facile de grandir sans repère, de devoir tout faire seul, prendre de grandes décisions, garder le contrôle… Je pense qu'il a peur bien qu'il dise le contraire ; qui n'a pas peur d'éprouver des sentiments ? Qui n'a pas peur de se donner à quelqu'un corps et âme et de voir un jour cette personne nous quitter ? C'est impossible, il refoule cette peur en refoulant la possibilité d'éprouver des choses, mais son comportement ne trompe pas ; il est souriant à tes côtés, il a envie de danser avec toi et je suppose que je ne sais pas tout sur vous deux.

Je regarde Nicolas qui me lance un sourire timide.

- Ce doit être compliqué pour lui, de voir qu'il peut éprouver des sentiments et qu'il perd le contrôle sur ceux-là. Il a été

habitué à la solitude pendant si longtemps et là, il se retrouve à avoir des attentions envers toi, il veut te voir et passer du temps avec toi ; il doit être effrayé pour le futur.
- Mais il n'y a pas de quoi être effrayé.
- Il ne s'en rend pas compte Vic.
Nicolas prend la relève.
- Vic, nous avons eu la chance de grandir dans une maison aimante, de passer chaque jour avec des parents qui nous ont appris ce qu'est la vie, ce que sont les sentiments, Simon n'a pas eu cette chance, ça doit faire beaucoup pour lui.
- Nicolas a raison Victoria, tout le monde n'a pas une famille en or, soudée, joyeuse et qui vous soutient… Ce n'est pas simple de grandir seul et de devoir accepter ce changement du jour au lendemain.
- Mais Simon n'a pas à douter de moi ou de notre futur, je sais que nous serons heureux, surtout que nous avons la chance de pouvoir développer des sentiments, ce qui est rare dans un mariage de nos jours. Je ne comprends pas, vous pensez qu'il préférerait avoir un mariage sans amour ?
- Je ne pense pas Vic.
- Personne ne veut d'un mariage sans amour chère sœur, sauf si cette personne ne voit que par l'argent, la sécurité et la triste solitude pour le restant de sa vie.
Un long silence règne autour de nous, je pense qu'ils sont comme moi, perdus dans leurs pensées, imaginant la phrase de Nicolas devenir réelle.
Je me vois près d'un feu de cheminée, mon mari qui passe dans le couloir en rentrant d'une longue journée de travail, mais

celui-ci rentre et s'enferme dans sa chambre, car sans amour, nous ne dormons pas ensemble. Les journées sont longues et se ressemblent. La solitude se transforme en vide, ce vide se remplit de tristesse et sans même s'en rendre compte, les rides se sont amplifiées, les mains ne peuvent plus caresser le piano et notre souffle se ralentit jusqu'à s'éteindre.

La vie est fade et amer sans amour, un mariage sans amour est voué à l'échec et à l'aigreur d'un mari. Je ne veux pas de cela ; mon moral est au plus bas, nous venons de déprimer en imaginant ce futur qui n'est pas fait pour nous.

- Ne pensons pas à cela !

Je ne veux pas me laisser avoir par ces ondes négatives et tristes, je me lève et leur tends la main.

- Nous n'en sommes pas là, nous ne savons pas ce que pense et ressent Simon. De plus, tu auras une discussion avec lui pour mettre tout cela au clair, s'il y a bien une chose que la vie m'a apprise, c'est que l'on ne sait jamais de quoi demain est fait et qu'il faut vivre comme si chaque jour était le dernier. Nous allons donc faire quelque chose qui nous rend heureux.

Mes deux amis prennent ma main et s'aident pour se relever. Nicolas a son regard dans le mien et sa main est chaude contre le léger tissu de mon gant en dentelle ; son regard me rassure et étrangement en quelques instants, il a toute ma confiance. Il lâche ma main et s'éloigne de quelques centimètres et Victoria prend sa place et porte mes mains sur son cœur.

- Je sais ce que nous allons faire, suivez-moi !

Chapitre 9

Victoria ne veut pas nous dire ce que nous allons faire, elle nous traîne dans les rues de Londres depuis quelque temps déjà et nous arrivons enfin dans une rue que je reconnais.

- Pourquoi sommes-nous à la maison chère sœur ?

- Nous allons nous changer.

- Nous changer ? Qu'est-ce que tu as prévu, Vic ?

Je suis confuse et l'expression de mon visage doit être humoristique.

- Suivez-moi ! Arrêtez de poser des questions.

Nous suivons donc Victoria sans ajouter un mot. Nous entrons dans la maison, saluons les domestiques que nous croisons sur le passage puis Vic nous fait entrer dans une pièce qui ressemble à un garage ; c'est très sombre, illuminé par une simple bougie, il y a pas beaucoup de cartons sur les étagères et plusieurs objets sur le sol. Elle s'approche d'une grande porte, l'ouvre et prend une sorte de malle qu'elle tire au centre de la pièce. Lorsqu'elle l'ouvre, la panique s'empare de mon corps.

- Prends ça Emilie, c'est à ta taille. Je n'ai pas envie d'attendre

que tu ailles prendre tes affaires chez toi, nous perdrons beaucoup de temps.
Elle me tend une robe.
- Tu peux aller te changer dans la chambre d'ami, tu peux déposer tes vêtements sur le lit, une domestique veillera à s'en occuper en notre absence ne t'en fais pas.
Je hoche la tête n'ayant pas pensé une seule seconde que les vêtements que je porte présentement allaient avoir autant d'attention.
- Nicolas, tu as des affaires ou je t'en sors ?
- Je vais chercher mes habits personnels si cela ne te dérange pas.
Il sort de la pièce et je fais de même, laissant Victoria sortir les vêtements de la malle.
- Nicolas ?
- Oui ?
- Pouvez-vous me guider jusqu'à la chambre d'ami ?
- Vous n'y êtes jamais allé ?
- Je ne crois pas.
Il hausse les épaules en souriant puis me fait signe de le suivre.
Nous montons les escaliers puis il s'arrête devant une grande porte.
- Voilà, c'est ici.
Sa main glisse sur la poignée de la porte puis il pousse celle-ci me faisant signe d'entrer.
- Si vous avez besoin, n'hésitez pas, le personnel peut s'occuper de vous.
Je hoche la tête et me rends compte que je ne sais pas du tout

comment enfiler cette robe et que je ne sais même pas enlever celle que je porte.

- En fait, je voudrais bien l'aide de quelqu'un si ce n'est pas trop demander.

-Non, bien sûr que non.

Il attrape la petite cloque sur la table de nuit et aussitôt, une jeune femme apparaît.

- Mélanie, puis-je vous laisser vous occuper de mademoiselle Atkins ?

La fameuse jeune femme salut Nicolas puis se tourne vers moi pour faire de même.

- Pas de soucis monsieur. Mademoiselle Atkins.

Elle me fait signe et je me dirige vers le coin qu'elle désigne. Mélanie ferme la porte et j'aperçois Nicolas qui me fait un signe de la main avant de disparaître.

- Je vais m'occuper de vous, je ne vous ai pas vu depuis un long moment mademoiselle, dites-moi si je vous fais mal.

Elle défait ma robe actuelle puis la porte délicatement jusqu'au lit ; elle me déshabille rapidement sans tout enlever puis elle revient avec ma nouvelle tenue.

- Mademoiselle Johannson aurait pu me laisser m'occuper de la tenue plus tôt, regardez l'état du tissu… Tout froissé.

Elle fronce les sourcils et sert ses lèvres.

- J'espère que cela ne vous gêne pas mademoiselle.

- Pas le moindre du monde.

Elle me sourit et m'aide à enfiler la robe, elle sent le renfermé et est, en effet, bien plissée. Mélanie m'aide à fermer les boutons sur le bustier et je suis assez rapidement prête. La tenue n'est pas confortable et je me demande ce que nous allons faire. J'ai déjà vu cette tenue dans les films mais je n'arrive plus à me souvenir de l'activité qui va avec… Peut-être du croquet ou du cricket, je ne sais plus. La robe est longue et étroite, pas l'idéal pour faire du sport en plein soleil ; ce doit être autre chose alors.

- Vous êtes une magnifique demoiselle. Pourquoi allez-vous faire une activité pareille sous cette chaleur et si soudainement ?

Je voudrais lui demander de quelle activité elle parle mais je n'ai pas le temps car la porte s'ouvre sur Victoria qui est dans une tenue semblable à la mienne.

- Nicolas nous attend, viens !

Je n'ai pas le temps de remercier Mélanie que mon amie me prend la main et me force à quitter la chambre et à descendre les escaliers en courant. Nicolas est en bas et nous attends, lorsqu'il se retourne j'aperçois un léger sourire naître sur son visage.

- Vous êtes fin prêtes, le cocher nous attend.

Nous allons donc en balade, comme c'est rassurant. Je suis mes amis et monte difficilement dans leur véhicule, le cocher s'assure que nous sommes assis puis il se met à sa place et nous entendons les deux chevaux commencer leur marche, faisant bouger la calèche fortement.

- Je suis contente que nous puissions faire cela.

- De même.

Les deux ont l'air bien plus excité que moi pour une simple balade en calèche. Je m'émerveille cependant du paysage qui défile, la nature est si dense et différente, l'ambiance me plaît

beaucoup. Je vois le monde extérieur ralentir très rapidement.
- Que se passe-t-il ?
- Eh bien, nous sommes sûrement arrivés !
- Arrivés ?
- Bien évidemment, ne fais pas l'idiote allons.
Mon amie se moque bien de moi mais je ne comprends vraiment pas de quoi elle parle et où nous sommes. Une fois la calèche à l'arrêt, le cocher nous ouvre et aide d'abord Victoria à descendre, puis il attrape ma main et m'aide pour que je ne tombe pas et enfin Nicolas nous rejoint. Autour de moi, il n'y a pas grand-chose ; simplement de grands espaces, de la verdure et un immense bâtiment en bois. Nous avançons en silence, Victoria est bien trop excitée et moi je panique à chaque pas que je fais. Soudain, un bruit résonne, provenant du bâtiment et je comprends où nous sommes. Ce n'est pas n'importe quelle structure, j'aurais dû mieux regarder, nous sommes face à une écurie et le bruit était le hennissement d'un cheval, bon sang qu'est ce qui m'attend ? Victoria est toute excitée quand les portes s'ouvrent.
- J'ai hâte, je ne suis pas montée à cheval depuis si longtemps.
- De même, je ne sais pas si je saurais encore en faire.
Je tente de me sortir de ce pétrin, je n'ai JAMAIS fais de cheval de ma vie, je ne sais ni comment me tenir, ni comment monter, rien du tout.
- Ne dis pas de bêtises, tu n'es pas la meilleure, mais tu sais monter, ça ne s'oublie pas.
Les chevaux nous regardent avancer, je n'ai aucune idée de la tournure que va prendre cette journée, mais je ne le sens pas du

tout, j'ai un mauvais pressentiment.
- Nous allons monter ceux-là, les autres ne sont pas à nous.
- Pourquoi sont-ils ici ?
- Nous n'avons pas tous les moyens d'avoir une grange ou de quoi loger les chevaux alors nous partageons ce lieu.
- Avec qui ?
- Emilie !
Oh non. Je me retourne calmement.
- Eloïse…
- Comme je suis ravie de te voir.
Je ne réponds pas, j'ai peur de l'insulter et mes mots ne sont pas appropriés dans cette époque. Nicolas et Victoria se mettent à ma hauteur, je me sens soutenue et rassurée.
- Je ne vous retarde pas, je dois moi-même monter à cheval.
Son sourire démoniaque me fait froid dans le dos, quand elle s'éloigne et s'approche d'un cheval assez loin de nous, je me retourne et fais face à ma meilleure amie.
- C'est avec Eloïse que vous partagez cet endroit ?!
Elle met son doigt sur sa bouche pour me réprimander et me demander de parler moins fort, nous continuons en chuchotant.
- Ne parle pas si fort. Nous sommes quatre familles, je croyais que tu t'en souvenais.
- Je ne m'en souviens pas, sinon je ne serais pas surprise.
- Ce n'est rien, elle ne nous dérange pas.
- Je ne lui fais pas confiance.
- Emilie, ne t'en fais pas.
Elle s'éloigne et s'approche du cocher.
- Nous vous attendons de l'autre côté.

Je suis mon amie en trottinant derrière elle, je n'en reviens pas que sa famille accepte de côtoyer des gens comme Eloïse et sa famille… Nous rejoignons la cour arrière et quelques minutes passent en silence avant que nous ne voyions trois chevaux arriver ainsi que des hommes à leurs côtés pour les tirer. Un s'approche de moi et me salue. Comme mes amis sont assez loin, j'en profite pour chuchoter avec l'homme.

- Je suis désolée, je ne sais plus du tout comment faire.

- Ne vous inquiétez pas, je vais vous aider, c'est mon travail après tout.

Je lui souris gentiment et il s'approche pour me montrer la selle.

- Sur la selle d'amazone, vous pouvez voir deux fourches, c'est pour garantir votre sécurité.

La selle est tellement différente de celle de nos jours, il ne faut pas s'asseoir dans l'axe mais mettre les deux jambes du même côté alors il fallait une selle confortable, mais surtout pratique. En revanche, je n'ai aucune idée de la posture que je dois adopter ; les deux fourches sont du côté gauche et ont peu d'écart. Le cocher me tend ses mains pour que j'appuie mon pied dessus et m'aide à grimper. Quelle horreur. Je me sens très mal de devoir faire ça. Je m'aide de mes mains pour m'agripper à la selle et passe mon pied libre dans le seul étrier disponible. Le jeune homme m'aide à me positionner correctement et moi qui pensais que la posture n'était pas confortable, je suis agréablement surprise ; ce n'est pas la meilleure posture au monde, mais ce n'est pas désagréable tout de même. Le cheval commence à marcher et une drôle de sensation s'empare de

moi, je sens mon corps se raidir.
- Oh. Doucement.
J'essaie de guider le cheval vers mes amis mais il ne m'écoute pas et reste sur place. Le cocher lui donne un coup et le cheval avance de nouveau.
- Tu es toute pâle Emilie.
- C'est vrai qu'elle ne paraît pas sereine.
Victoria rigole et Nicolas semble légèrement inquiet. Ma meilleure amie nous abandonne car son cheval part dans une course rapide qu'elle a engagé, ce devait être une de ses passions et vu qu'elle m'a confié ne pas en avoir fait pendant un bon moment, elle doit revivre, je ne peux pas lui en vouloir de m'abandonner. Mon cheval s'arrête de nouveau, ce qui fait rire Nicolas.
- Donnez un léger coup à l'aide de l'étrier.
Je fais ce qu'il me conseille et le cheval marche.
- Maintenant, il faut simplement mettre la tête du cheval dans la direction désirée en utilisant les rênes.
Je resserre les rênes et les dirige vers la gauche où se trouve Nicolas, mais le cheval ne m'écoute pas et tourne en rond.
- Ce n'est pas possible…
- Laissez-moi vous aider.
Je vois son cheval s'approcher de moi. Il tend sa main et la pose sur la crinière de mon cheval pour le calmer, celui-ci s'arrête enfin.
- Donnez-moi les rênes, je vais m'occuper de vous.
Nicolas est vraiment gentil, je suis ravie de l'avoir à mes côtés dans ce monde ; nous avançons et je me demande si je peux lui

parler ouvertement, je pense lui faire confiance mais j'ai besoin d'en être sûre.

- Puis-je vous poser quelques questions ?

- Bien sûr.

- Vous promettez de répondre même si cela semble logique pour vous.

- Jamais je ne vous jugerais mademoiselle.

- Bien. Pourquoi la selle est-elle comme cela ? Vous ne chevauchez pas comme les femmes, pourquoi ?

- Eh bien, c'est plus simple pour vous, à cause de votre longue jupe, de plus, comment dire...

- N'ayez pas de gênes en ma présence, vous pouvez parler librement.

- Très bien, il serait choquant de montrer les jambes d'une dame et encore plus de les écarter. Ce n'est pas bien vu alors cette selle spéciale est pratique pour appuyer vos cuisses et monter en sécurité.

- Oh, je vois.

Je savais que le corps de la femme était tabou à cette époque, mais au point d'avoir cette idée stupide selon laquelle il faut surveiller ce que font les femmes à ce point…

- C'est aussi pour contrôler les femmes…

- Que voulez-vous dire ?

- La façon dont les hommes s'assoient n'est pas bonne pour les femmes, c'est mauvais pour la grossesse, cela peut les rendre stériles et nous devons préserver l'avenir de notre lignée vous voyez.

La société est-elle à ce point dans le contrôle ? C'est effrayant.

Qu'une femme enceinte ne pratique pas, c'est une chose, mais une femme qui n'attend pas un enfant ne risque rien.
- Enfin, si une femme savait monter à cheval comme un homme, cela serait dangereux car elle gagnerait en liberté. Il serait difficile de surveiller une femme qui peut se déplacer seule. Attention, je ne dis pas que je suis d'accord avec ce que je vous dis, je ne fais que vous répéter les règles.
- Je n'en doute pas, milord.
- Vous semblez… déçue ?
- Non, je ne le suis pas, je suis simplement curieuse.
- Vous ne saviez pas cela avant ?
- Non, je n'étais pas au courant. Je suppose que ma famille me voit encore comme une enfant à certains moments donc ils veulent me préserver de tout ce que la société veut nous faire.
- Je comprends. Et une fois de plus, ne le prenez pas venant de moi, mais vous êtes une femme et malheureusement, c'est comme cela que l'on vous traite. Je suis désolé si je m'exprime mal.
- Vous vous en sortez bien, rassurez-vous.
Nous rions et regardons mon amie au loin qui s'amuse avec son cheval.
- Voulez-vous la rejoindre ?
- Je ne sais pas si j'en suis capable.
- Vous pouvez accélérer un peu. Je suis sûr que vous en êtes capable.
J'ai vraiment envie d'essayer alors je me lance et donne un petit coup à mon cheval, Nicolas lâche les rênes et mon cheval accélère. Je ressens un sentiment de liberté, je me sens légère ;

le vent fait voler mes cheveux et l'air frais vient frapper mon visage. J'entends les sabots de mon cheval résonner contre la terre puis passer sur l'herbe, le son est si plaisant. J'ai l'impression à ce moment même, d'appartenir à quelque chose, de faire enfin partie d'un monde et de respirer pleinement sans crainte. Je souris et me sens apaisée. D'un coup, je sens quelque chose d'anormal ; la selle glisse sous moi et fait des va et vient jusqu'à lâcher prise m'emportant dans la chute. Mon corps rencontre le sol à une vitesse impressionnante, ma tête ressent un choc énorme et mes paupières se ferment. Je tente de les ouvrir et je vois mon cheval s'éloigner et courir seul dans le champ. Une voix résonne derrière mon corps étalé sur le sol.

- Emilie ! J'arrive, ne fermez pas les yeux !

Je tente de garder les yeux ouverts, je tente de résister, qui sait où je vais me réveiller après une chute comme celle-ci ? Ma tête tourne et mes yeux se ferment malgré moi. Le vide est de retour, le noir apparaît et la liberté quitte mon corps. C'est le noir complet.

Chapitre 10

J'ouvre lentement les paupières, la pièce autour de moi est blanche et je grimace quand une douleur apparaît sur mon front. J'essaie de relever mon bras pour poser ma main sur la douleur, mais mon bras me fait tout aussi mal alors je le laisse contre mon corps. Je ne me souviens de rien, rien du tout. Mes yeux se ferment tant la lumière m'agresse et je tente de me remémorer pourquoi je suis sur un lit et pourquoi j'ai aussi mal. J'étais à l'époque victorienne, nous étions en balade mais comment j'ai pu passer de la promenade à ce vieux lit ; des ressorts grincent quand je bouge et rentre dans mon dos, le matelas est vraiment très fin. D'un coup, tout me revient, le cheval, la selle, l'accélération, la chute et le noir. J'ouvre les yeux à une vitesse folle, par pitié dites-moi que je suis encore dans ce monde, j'ai encore trop de choses à faire et je ne suis pas sûre de vouloir repartir un jour de toute manière. Il n'y a personne autour de moi, la pièce est entièrement blanche et il n'y a que mon lit et un petit sofa ; cet endroit pourrait très bien être un hôpital de mon époque actuelle !

La panique s'empare de moi, je me lève du lit malgré mon corps qui me crie de rester allongée. Mes pieds nus touchent le sol froid et étrangement, cette sensation me fait du bien et calme le feu intérieur qui me ronge depuis mon réveil. En voyant mes pieds sans chaussettes, je me rends compte que je porte une nouvelle robe, bien plus ample, sans corset et entièrement blanche, elle ressemble à une robe de chambre, c'en est peut-être une ? J'approche de la porte et tente de l'ouvrir, je pose ma main sur la poignée mais celle-ci a beau bouger au rythme de ma main, elle ne s'ouvre pas pour autant, je suis enfermée. Je m'acharne sur cette pauvre porte, des larmes de panique viennent troubler ma vue et mon souffle s'agite de plus en plus.

- Ouvre-toi ! Allez !

Je vais me mettre à hurler et à frapper contre la porte si personne ne vient m'ouvrir. Ma tête me fait mal, vraiment très mal et la porte devient floue. Au moment où j'ouvre la bouche pour crier, la poignée s'agite et la porte s'ouvre vers moi… Elle n'était pas verrouillée, je tentais juste d'ouvrir sur le mauvais côté, la panique m'a aveuglé et je n'ai fait que pousser sans me dire que je pouvais simplement tirer la porte… Une jeune femme me fait face.

- Mademoiselle Atkins ! Que faites-vous debout ? Vous devriez être couchée, suivez moi.

L'infirmière attrape mon bras et m'emmène jusqu'au lit où je dois me coucher sinon elle n'hésitera pas à appeler du renfort, ce sont ses paroles.

- Où suis-je ?

- Vous êtes à l'hôpital St Bartholomew's. Je vais devoir vous poser quelques questions.
- Où sont mes amis ?
Je tourne la tête pour fixer la porte, j'ai espoir de les voir entrer.
- Ils sont dans la salle d'attente, ils pourront venir vous voir quand vous aurez répondu à mes questions.
- Allez-y alors.
Je tourne brusquement la tête vers elle et me rends compte du ton que je viens d'employer. Lorsque je tombe sur ses yeux une pensée me vient, à l'époque les femmes n'avaient pas le droit d'être médecin… J'espère me tromper mais je sens mon cœur s'accélérer et une main glaciale se poser sur mon poignet.
- Respirez Mademoiselle, tout va bien. Pouvez-vous me donner votre nom complet ?
- Emilie Atkins.
- Quel âge avez-vous ?
- Vingt ans.
- Où vivez-vous ?
- À Londres.
- En quelle année sommes-nous ?
Et mince, si je dis la mauvaise année, je suis foutue.
- En 1857 ?
- Oui, c'est bien ça. Savez-vous pourquoi vous êtes là ?
Je relâche un soupir de soulagement, je suis encore dans cette époque, je ne suis pas folle et ma chute ne m'a pas ramener chez moi. À vrai dire, je ne sais même plus où est mon vrai "chez moi", je me sens à ma place ici donc je suppose que ce

doit être là, mais j'ai vécu toute ma vie au vingt-et-unième siècle.
- Mademoiselle ?
- J'ai eu une chute de cheval.
- Très bien.
J'ai répondu aux fameuses questions, ce qui veut dire que ma mémoire va bien et que la chute ne doit pas être si grave. Elle m'ôte les mots de ma pensée.
- Vous n'avez rien de grave, plus de peur que de mal par chance. Il faut juste faire attention à vous ces prochains jours.
- Je n'ai rien ? Pas de blessures ?
- Étonnement non. Après une chute à cheval, vous devriez en avoir quelques-unes mais vous n'avez que certains hématomes, rien d'inquiétant. L'endroit où vous êtes tombée devait être mou et vous a bien amorti.
- Je peux sortir alors ?
- Bien sûr. Je vais aller chercher vos amis.
Je la regarde sortir de la pièce. Lentement, je m'assois au bord du lit, j'ai paniqué pour rien, je suis encore ici et de plus, je vais bien physiquement. La porte s'ouvre et Victoria entre en courant, me sautant au cou sans me laisser le temps de lui parler.
- J'ai eu si peur Emilie !
- Moi aussi Vic, moi aussi.
Je ferme les yeux et profite de cette étreinte, ses cheveux sont si doux ; ses bras me caressent le dos ce qui me rassure et me calme. Mon amie s'éloigne pour me faire face.
- Ne me refais plus jamais de frayeur comme celle-ci.

- Je te le promets.
- Je n'aurais pas dû t'emmener faire du cheval, je suis si désolée, ce n'était pas au programme.
- J'ai adoré cette journée Victoria, ne t'en veux pas pour si peu s'il te plaît.
- La prochaine fois, nous resterons à la maison.
- Pourrons-nous manger des pâtisseries ?
- Avec plaisir !
Elle me prend une dernière fois dans ses bras puis s'éloigne et mes parents ainsi que mes frères et ma sœur apparaissent à leur tour. Ils sont un peu plus formels et leurs mains se posent sur mes épaules et mes cuisses.
- Nous avons eu si peur.
- Mon ange, que s'est-il passé ?
- La selle de mon cheval était mal accrochée, j'ai glissé avec.
- Nous savons, Nicolas a tout vu, il nous a raconté. Comment te sens-tu ?
- J'ai un peu mal partout, surtout à la tête.
- Nous allons rentrer et te préparer un thé, Emma saura comment te soigner ne t'en fais pas.
Ma famille quitte la chambre sauf ma mère.
- J'ai vraiment eu très peur mon ange. Je ne sais pas si je te l'ai déjà dit auparavant, mais j'ai perdu mon père quand j'étais jeune, je devais avoir à peine dix ans ; nous faisions une balade à cheval mais le sien à pris peur, il a cabré et mon père à chuter. La chute a été fatale, il n'a pas survécu.
- Oh maman, je suis désolée.
- Ce n'est rien mon ange, enfin, je vais bien, j'ai juste eu très

peur pour toi.
- Je vais bien.
Je prends ma mère dans mes bras et je sens son corps se détendre. Ses cheveux sentent tellement bon que je ferme les yeux et profite de cet instant. Nous sommes interrompues par quelqu'un qui frappe à la porte. Quand ma mère s'éloigne, je la vois sécher ses larmes et cela me brise le cœur de lui avoir fait revivre ce moment et cette peur. En même temps, je suis heureuse de l'avoir, mon autre mère n'aurait pas été si attentionnée, elle m'aurait sûrement fait des remarques sur la manière dont j'aurais dû vérifier la selle avant de partir, ou mon état actuel… Elizabeth ouvre la porte et je vois une ombre masculine derrière le petit corps de ma mère. Elle se retourne pour s'adresser à moi.
- Nous t'attendons à la maison.
Je lui souris puis l'observe s'en aller. Je plisse les yeux et vois enfin l'homme entrer dans la chambre.
- Monsieur Bennett ?
- Cela vous surprend-il autant de me voir ?
- C'est-à-dire que je ne m'y attendais point. Comment avez-vous su ?
- J'étais au travail avec votre père quand Liam est venu nous prévenir de votre accident.
- Depuis combien de temps êtes-vous ici ?
- Peut-être trois heures ou quatre.
- Je m'excuse d'avoir pris de votre temps.
Il s'approche et s'assoit à mes côtés.
- Ne vous excusez pas enfin, si j'avais voulu partir, je l'aurais

fait. Comment vous sentez-vous ?

- Mieux. Je ne comprends pas comment la selle a pu être mal accrochée.

- C'est vrai que cela n'arrive pas souvent, les cochers savent ce qu'ils font, c'est leur devoir après tout. L'important est que vous alliez bien.

Je souris et me sens de mieux en mieux.

- Puis-je vous confier quelque chose ?

- Bien sûr milord.

- J'ai eu très peur quand Liam a annoncé votre accident.

- Vous dites vrai ?

Je tourne la tête pour regarder son visage, il semble apeuré et fixe ses doigts.

- J'ai réalisé que je n'avais pas passé assez de temps à vos côtés.

- Nous n'avons pas vraiment eu le temps, cela ne fait que deux jours que nous nous connaissons officiellement.

- Je sais mais, comment dire cela ?

- Faites avec les mots qui vous viennent, ne réfléchissez pas.

- Lorsque je vous ai vu lors du bal, j'ai eu cette envie de passer du temps avec vous, de jouer du piano à vos côtés, de vous voir peindre, bien que je ne sache pas si vous savez peindre, de faire des promenades avec vous. Et cet après-midi, j'apprends que vous avez eu un accident, je vous avoue que j'ai eu un sentiment de regret, de ne pas vous avoir dit cela et de ne pas avoir eu le temps de le faire.

Je ne sais quoi répondre, je suis effectivement attirée par lui, c'est évident, et j'aimerais aussi apprendre à le connaître et à partager des moments avec lui. Ma chute m'a rappelé qu'à n'importe quel moment je pouvais repartir ou tout simplement mourir sans avoir eu la chance de vivre réellement et pleinement, bien que ces deux derniers jours ont été les plus intenses de ma vie.

- Êtes-vous libre demain après-midi ?

- Je le suis mademoiselle, qu'avez vous en tête ?

- Peut-être pourriez-vous passer boire un thé, nous avons un piano dans notre salon et je crois qu'il n'attend que vous.

Son magnifique rire remplit la pièce et me réchauffe le cœur.

- J'en serais ravi, je passerais après mon travail, je vais m'arranger.

- Si vous ne pouvez pas, nous pouvons décaler.

- Non, je serais disponible. Vous êtes ma priorité.

Il relève enfin la tête et me regarde, je n'arrive pas à supporter son regard sans ressentir tous ces papillons dans mon ventre alors je tourne la tête vers la porte. À ce moment, mes yeux croisent les siens et je penche la tête sur le côté pour attirer son attention.

- Nicolas !

Il approche de la chambre et je lui fais signe d'entrer.

- Je vais vous laisser. Nous nous verrons demain.

Je hoche la tête et sens le poids de Charles quitter le lit. Il passe devant moi et attrape ma main.

- Reposez-vous.

Il me salue puis serre rapidement la main de Nicolas avant de sortir et de fermer la porte. Nicolas approche et je me lève pour le prendre dans mes bras. Il est d'abord surpris, mais il finit par poser une main sur mes cheveux et l'autre sur le haut de mon dos, cette étreinte me fait un bien fou.

- J'ai vécu la pire scène que je n'aurais jamais pu imaginer.

- Je suis désolée milord.

- Arrêtez avec ça, appelez moi Nicolas.

Ses pouces font des petits mouvements ce qui me détend fortement, je n'aurais jamais pensé que Nicolas était si tendre et attentionné.

- Je me suis senti tellement inutile, vous voir tomber devant moi était un cauchemar.

- Je m'en excuse.

- Vous n'avez rien à vous reprocher.

Il s'éloigne de mon corps de quelques centimètres pour me regarder dans les yeux ; ses mains attrapent les miennes.

- Vous ne pouviez pas savoir que la selle était mal installée. Quand j'ai vu votre corps au sol, j'ai eu réellement peur, il a été projeté d'une si grande force, j'ai cru que la chute allait vous tuer.

- Et pourtant je vais bien, je n'ai rien selon l'infirmière.

- En effet et grâce au ciel.

Je ne quitte pas son visage des yeux et celui-ci qui était un peu plus détendu se tend d'un coup.

- Vous semblez préoccupé.

- He bien, c'est peut-être idiot, mais je n'arrive pas à comprendre comment cette chute a été possible, mes cochers sont les meilleurs du pays, il ne leur ai jamais arrivé de mal accrocher une selle…

- Qu'est-ce que vous voulez dire ?

- Je ne veux pas dire quelque chose qui pourrait se retourner contre moi.

Je garde mes mains dans les siennes et les tires jusqu'au sofa pour que l'on puisse s'asseoir. J'ai conscience que rester seuls sans chaperon pourrait être très mal vu si quelqu'un entre, mais nous sommes amis, c'est suffisant pour rester entre nous.

- Vous pouvez tout me dire, cela reste entre nous.

- Très bien. Je pense que votre chute n'était pas un accident. Quelqu'un a fait exprès de mal accrocher votre selle ou pire…

- L'a décroché après son installation.

Chapitre 11

Je comprends tout de suite de quoi veut parler Nicolas, et cela fait complètement sens.

- C'est Eloïse…
- Vous me croyez donc quand je vous dis que ce n'était pas un accident ?
- Bien sûr que je vous crois et je suis persuadée que c'est Eloïse.
- Pourquoi aurait-elle fait cela ? Je sais qu'elle vous déteste mais pas au point de vouloir vous tuer…
- Vous promettez que cette discussion restera entre nous ?
- Je vous le promets.

Je garde mes mains dans les siennes, car étrangement, elles me rassurent.

- Victoria et moi, avons surpris une discussion entre Eloïse et sa mère après le bal. Elle a clairement fait entendre qu'elle était capable de tout.
- Vous souvenez-vous de ses mots ?
- Je crois qu'elle a dit "j'aurais le duc même si je dois passer sur le corps de cette Atkins", quelque chose comme ça.

- Ce sont de graves paroles ! Elle ne peut les tenir !

- Je me doute, mais qui va me croire.

- Moi ! Je vous crois et je pense qu'il faut en faire part à quelqu'un.

- Je ne peux pas Nicolas. J'ai bien trop peur, avez-vous vu ce qu'elle vient de me faire ? Cela prouve de quoi elle est capable, si c'est bien elle qui est l'auteure de cet accident.

- Je suis persuadé que ce n'était pas un accident.

- Nous ne pouvons pas le prouver.

Il fixe un point droit devant lui, il doit être en train de réfléchir bien que je ne sache pas à quoi, nous n'avons aucune solution à part rester prudents et faire attention chaque jour. Eloïse va rendre mon séjour ici bien plus compliqué que je ne le pensais.

- Il faut lui tendre une embuscade.

- Qu'entendez-vous par là ?

- La piéger.

J'essaie de voir comment, mais aucune idée ne me vient. Si cela se passait au vingt-et-unième siècle, nous pourrions le prouver en filmant mais là, même si nous la pigeons, personne ne va nous croire.

- Je ne sais pas encore… Je vais y réfléchir.

- Merci Nicolas.

Je me tourne pour le prendre dans mes bras de nouveau. Je finis par me lever et il se lève aussi.

- Je peux vous déposer ? Votre mère m'a demandé si je pouvais m'occuper de vous, comme ils sont tous rentrés.

- Avec plaisir.

L'infirmière revient dans la chambre et nous observe un à un

sans rien dire.
- Mademoiselle, voulez-vous remettre vos habits ?
J'acquiesce et elle demande à Nicolas de sortir afin de m'aider à m'habiller.
- Vous êtes une très jolie mademoiselle, vous avez de la chance que votre beau visage n'ait pas été touché par ce drame.
- Ce drame, en effet.
Je grimace et elle m'habille maladroitement, ce n'est pas à son habitude d'aider les jeunes femmes à mettre des corsets, je suppose, je n'en porte que depuis deux jours mais je me rends compte de la différence entre Emma et cette jeune femme, le corset est beaucoup moins serré et moins droit mais ce n'est rien. Elle enfile ma robe et me sourit quand c'est fini.
- Nous pouvons rejoindre Lord Johannson. Suivez-moi.
Nous sortons de la chambre et l'hôpital est vraiment vieux. Mais son ancienneté me procure une étrange sensation. Les lits sont bien différents et les tenues des médecins et infirmières sont déconcertantes, j'ai l'impression d'être dans un film.

Lorsque nous arrivons devant chez moi, il fait nuit et Nicolas me raccompagne jusqu'à la porte d'entrée.
- Je passerai demain si cela ne vous dérange pas, pour m'assurer que tout va bien.
- Pas de soucis, Emma préparera le thé et je demanderais qu'on nous fasse des gâteaux.
- Passez une bonne nuit.
Il me salue avant de me tourner le dos et de descendre dans l'allée.

- Nicolas !

- Mademoiselle.

Il se retourne au loin et sous le lampadaire, je peux voir son sourire.

- Merci.

Il ne répond rien et se contente de sourire et retourner à son véhicule. Lorsque l'on m'ouvre la porte, ma mère accourt aussitôt.

- Ma puce, comment te sens-tu ?

- Fatiguée.

- Le médecin a dit que tu allais te remettre rapidement, tu n'as rien de grave. As-tu besoin de quelque chose ?

- Un bon repas, un bon bain et une bonne nuit de sommeil.

- C'est réalisable. Viens là.

Elizabeth attrape mon bras et me guide au grand salon, toute ma famille est à table et mange un repas qui a l'air succulent.

- Tu es déjà de retour ?

- Liam !

- Je rigole maman…

Il me fait un clin d'œil et croque dans son pain en riant. Ma mère passe derrière lui pour aller s'asseoir à sa place et elle lui donne une tape sur la tête.

- Aie !

- Tu l'as mérité jeune homme, ne t'avise plus de te moquer de ta tendre mère comme ça.

Cette fois-ci, c'est elle qui me fait un clin d'œil et rigole. Le repas semble délicieux et j'ai hâte de le manger. Je me considère comme chanceuse d'être dans une famille mondaine

et aisée, nous avons une belle vie en comparaison à celles que d'autres peuvent vivre dehors. Je me rends compte que nous sommes une famille privilégiée et je me dois d'en profiter chaque jour.
- J'ai invité le duc Bennett demain après-midi, est-ce bien ?
- C'est une très bonne idée, n'est ce pas Edouard ?
Mon père, qui allait déguster son repas, relâche sa fourchette et tourne sa tête vers moi en souriant.
- Très bien ma puce. Il était très bouleversé quand Liam est venu nous apprendre ton accident au bureau.
- Vous travaillez ensemble ?
- De temps en temps oui.
Je hoche la tête et le laisse manger pour faire de même. Je sens une petite main se poser sur mon poignet et tirer sur ma robe. Je baisse mon regard sur la petite main frêle de Georges.
- Mon ange ?
- Est-ce que tu vas mourir ?
- Quoi ?
Je manque de m'étouffer et me penche vers mon petit frère pour être à la hauteur de son visage.
- Qu'est-ce qui te fait penser ça enfin.
- J'ai entendu maman, elle disait qu'elle avait peur et qu'elle avait déjà vécu la mort de quelqu'un.
- Je ne vais pas mourir d'accord. J'ai juste quelques bobos mais ce n'est rien, regarde, je vais bien.
Je prends sa main et attrape son petit doigt que je viens piquer sur la peau de mon bras.
- Tu as vu, je suis bien vivante et je n'ai pas mal.

- Tu promets que tu vas rester là ?
Je m'arrête quelques instants. Je regarde ce petit bonhomme, quelle chance j'ai de l'avoir rencontré ; j'ai conscience que c'est officiellement mon petit frère et plus je le regarde plus l'amour que j'éprouve envers lui grandit. Ses petits yeux bleus sont tout ronds et sa petite bouche se tord pour cacher sa grimace et sa peine, cela me tord le cœur.
- Je te le promets. Je ne vais nul part.
- Quand tu auras épousé le duc, tu vas partir…
- Ce n'est pas la même chose, je ne serais pas très loin et puis, tu pourras venir me voir autant que tu veux. Je ne serais pas enfermée là-bas, nos promenades vont continuer, nous pourrons boire le thé ici, rien ne va changer, je te le promets.
- Est-ce que tu appelleras ton fils Georges ? Je trouve que c'est un très beau prénom.
- Et si c'est une fille, comment est-ce que je fais ?
- Eh bien… Georgia. C'est beau aussi.
- J'y réfléchirais.
Je lui fais un clin d'œil et il se remet face à son assiette et continue de manger. Sa petite main ne lâche pas mon poignet et je dois manger de la main gauche ce qui n'est pas si simple. Ma mère me dévisage de l'autre côté de la pièce mais son regard s'attendrit quand elle comprend que je ne fais pas cela pour m'amuser, mais que je n'ai pas le choix. Une domestique vient chercher Georges qui commence à s'endormir à table, sa petite silhouette saute de la chaise puis disparaît dans le couloir. C'est ensuite au tour de Louise de nous quitter puis mon père nous quitte pour aller dans son bureau. Ma mère et Liam ont leur tête

baissée et je ne sais pas trop s'ils attendent que je parte ou si je dois parler. Une nouvelle domestique entre et débarrasse la table, personne ne bouge ou ne dit quoi que ce soit, c’est un peu pesant.

- Pouvons-nous parler de Charles ?

C’est Liam qui a rompu le silence, ma mère relève la tête et je tourne la mienne vers celle de mon frère.

- Pourquoi veux-tu parler du fiancé de ta sœur à cette heure ?

- Parce que j’ai vu son regard aujourd’hui, quand je suis venu annoncer l’accident.

- Que disaient ses yeux ?

Ils ont cette discussion sous mon nez et aucun ne s’adresse à moi pour l’instant.

- Il a eu peur.

- Peur de quoi ?

Cette fois, je décide d’intervenir car je suis au courant de sa peur, il me l’a confié plus tôt.

- Il avait peur de me perdre sans avoir eu le temps de me connaître davantage.

Les deux têtes se tournent enfin vers moi. Ma mère pose ses coudes sur la table et laisse sa tête rejoindre ses mains ; son regard semble loin, elle doit être si fatiguée.

- Il m’a confié qu’il aurait été triste de devoir dire au revoir à sa fiancée sans avoir eu le temps de partager des choses avec, ce que je peux comprendre.

- Hum.

Mon frère a quelque chose en tête mais il n’ose pas parler et m’en faire part. C’est incroyable cette manie qu'ont les gens de

laisser paraître qu'ils ont une pensée, mais de ne pas la dire.
- Qu'as-tu en tête, cher frère ?
- Rien.
- Arrête ça, dis moi.
- Emilie ! Sur un autre ton.
- Mais maman ! Je ne supporte pas son comportement, tu sais à quel point c'est insupportable quand quelqu'un agit comme Liam non ?
- Je te comprends mais cependant, je comprends aussi ton frère, il ne peut pas dire tout haut ce qu'il pense, c'est ainsi et ses paroles auraient des répercussions sur tes actes ou même tes pensées, ce n'est pas ce dont nous avons besoin.
- Je ne comprends rien. Tu es au courant de ce que pense Liam ?
- Non, et je ne veux pas le savoir pour le moment. Si ce que pense ton frère est juste, nous le saurons sous peu, rien ne presse.
- Et si sa pensée pouvait changer ma vie ?
- Si ton frère pouvait changer ta vie positivement, il le fera et si sa pensée est effrayante, je ne doute pas qu'il empêchera le pire d'arriver. Je vais me reposer, tentez de ne pas vous entre tuer…
Elle se lève et j'ai du mal à comprendre ce qu'il vient de se passer. Elle s'approche de moi et m'embrasse sur la tête.
- Tu as eu une très longue journée, tu devrais te reposer.
- Bonne nuit maman.
- Bonne nuit les enfants.
La porte claque et je relève la tête pour fixer mon frère à l'autre bout de la table.

- Comptes-tu me dire ce qu'il se passe ?
Ses coudes se posent lourdement sur le bois de la table puis il joint ses mains. Il me fixe et continue de réfléchir en silence.
- Liam, s'il te plaît, tu m'inquiètes.
- Très bien !
Il se lève et traverse la salle, il attrape la chaise qui est à mes côtés puis la tire sans la soulever ce qui émet un énorme bruit dans la pièce. Il s'assoit et me fixe, son regard est vraiment inquiétant.
- En tant que frère, je suis dans l'obligation de te protéger ; s'il t'arrive quoi que ce soit, je m'en voudrais terriblement et je devrais trouver une solution.
- Pourquoi devrais- tu trouver une solution ?
- C'est mon rôle. Je dois t'apporter de l'affection ainsi que l'aide nécessaire si tu ne te maries pas ou si celui-ci échoue. Nous avons la chance d'avoir une bonne relation tous les deux, mais ce n'est pas le cas pour tous, une sœur doit traiter ses frères comme elle doit traiter son mari en termes dc parole et bienséance.
- Nous nous traitons bien.
- Oui, mais nous n'avons pas de vouvoiements ou de barrières, nous sommes proches et par chance notre relation est encore plus particulière et singulière que la société l'exige ou le demande.
- Nous avons tout de même le droit ?
- Bien sûr, enfin, notre famille est la chose la plus importante pour nous, donc personne ne va nous enlever ce lien que nous avons, c'est si rare. C'est pour cela que je suis inquiet.

- Fais-moi part de tes inquiétudes, si notre relation est si forte alors nous ne devrions pas avoir peur de nous dire les choses Liam.
Il souffle et se laisse tomber contre le dossier de la chaise. Il a quelques minutes supplémentaires pour chercher ses mots puisqu'une servante vient nous déposer du lait chaud.
- Je pensais que cela vous ferait du bien.
- Merci Cléa, c'est vraiment une gentille attention.
Je découvre encore des choses dans cette maison, dont le rôle de certaines personnes et leurs prénoms, je n'avais jamais vu cette domestique, mais elle semble adorable. Elle nous salue puis fait demi-tour. J'attrape la tasse de lait qui réchauffe la paume de mes mains, l'odeur est agréable et me donne envie de boire bien que ce soit encore trop chaud ; par peur de me brûler, je décide d'attendre un peu.
- Notre famille a un lien indéniable et je voudrais que cela soit de même pour la famille que tu vas construire.
- Tu as peur que mon mariage ne soit pas heureux ?
- Je ne sais pas. Charles Bennett est un homme bon et il a l'air de se préoccuper beaucoup de toi.
- Alors qu'est-ce qui t'inquiète ?
- J'ai bien peur qu'il s'attache trop vite à toi, il ne te connaît même pas qu'il est déjà inquiet pour toi.
- C'est plutôt bon signe. Il faut dire que cela fait des semaines que vous parlez de nous fiancer et que l'arrangement a été fait, il est normal qu'il se soit fait à l'idée de vivre à mes côtés et qu'il s'inquiète. Pourquoi nous avoir fiancés sans même nous laisser nous rencontrer si ce lien est si important ?

- Parce que papa a trouvé cela nécessaire… Crois-moi je n'étais pas en accord avec ce geste.
- Pourquoi ?
Liam se pince les lèvres puis se redresse pour s'approcher de moi.
- Je veux ce qu'il y a de mieux pour toi, je veux que tu aies un mariage d'amour pas un simple arrangement. Nos parents veulent cela aussi bien sûr, c'est pour ça qu'ils ont mis une condition aux fiançailles disant que tu peux les rompre à tout moment si votre relation ne fonctionne pas ; mais ils sont persuadés que l'amour se développe et que vous finirez par vous aimer. Je ne suis pas du même avis, bien évidemment, un amour se développe mais pas de cette manière, il faudrait se connaître avant de se fiancer, ils n'ont pas fait les choses dans l'ordre. C'est pour cela que je suis tant préoccupé, je veux juste le meilleur pour toi, et si Charles te montre trop rapidement ses sentiments trop rapidement, il risque de tout gâcher et de te faire peur.
- C'est vrai que tu me connais… Je ne peux pas te cacher que les sentiments doivent se développer lentement ou cela m'effraie.
- Je le sais, c'est pour cela que je suis inquiet. Je ne suis pas en train de dire du mal sur le duc, je le connais et c'est un homme bien, il saura te rendre heureuse je n'en doute pas ; si tu ne te sens pas prête et que le mariage arrive trop vite, tu n'arriveras pas à t'épanouir, je te connais suffisamment.
Il a raison, si cela va trop vite, je vais prendre peur et me sentir submergée par tout cela. En revanche, mon temps dans ce

monde est indéterminé et j'ai peur de ne pas vivre mon mariage ni en découvrir plus sur Charles.

- J'ai invité le duc demain après-midi, nous verrons ce qu'il en est. Si je ressens le moindre doute, je t'en ferai part, et je te promets que je ne laisserais pas mon mariage se produire si je ne le veux pas.

Je ne sais pas comment je fais pour jouer si bien la comédie mais je me sens tellement à ma place que les mots et les comportements se font seuls sans même avoir besoin de réfléchir.

- Je te trouve en forme depuis quelques jours, comme si tu découvrais la vie, tu es heureuse et cela te réussit.

- Merci. C'est vrai que je me sens bien.

Un silence s'installe entre nous mais il n'est pas pesant et nous restons simplement là à boire notre lait qui a enfin refroidi, je n'ai jamais vraiment été fan du lait chaud, je n'aime pas trop mais celui-ci ressemble un peu à de la crème ce qui est assez plaisant.

- Tu sais que tu peux tout me dire chère sœur.

Je plante mes yeux dans les siens.

- Je le sais et tu peux te confier à moi quand tu le veux petit frère.

- Je ne suis pas si petit.

- Tu as deux ans de moins que moi, tu es plus jeune.

- Tu es juste vieille.

Il rigole, ses yeux se plissent à cause du sourire qui remonte sur ses joues ; à ce moment précis, je ressens le besoin de tout lui dire, mon arrivée dans ce monde et où j'étais avant, mon doute

sur Eloïse et ce qu'elle me veut, tout, mais à la place, je souris.
- Bonne nuit.
Je me lève et rejoins ma chambre en traînant des pieds. Liam a raison sur un point, je suis effrayée par les sentiments mais je n'ai pas le choix, si j'attends trop, plus personne ne voudra de moi et je serais dépendante de mon frère à vie. De plus, Charles Bennett est un duc, ce qui ferait de moi une duchesse, c'est un très bon titre et je ne manquerais de rien ; le duc est charmant et je pense que l'on pourrait bien s'entendre. J'attends avec impatience demain pour le découvrir davantage. Emma m'aide à me déshabiller et je m'excuse d'arriver si tard, elle est bien silencieuse ce soir alors je me contente de lui sourire pour la rassurer d'une certaine manière. Elle disparaît et éteint la bougie derrière elle, je m'allonge dans mon lit et passe la lourde couette sur mon corps. C'est la première nuit que je passe en me souvenant de cette sensation, j'étais inconsciente la première fois et morte de fatigue hier pour profiter du lit et bon Dieu, qu'on est bien dedans. Je ferme les yeux et tente de ne pas penser au pire mais comme à mon habitude, c'est un échec et des milliers de pensées viennent polluer mon esprit. Je passe la couette sur ma tête et me mets bien contre mon oreiller, tout va bien, demain, je vais me réveiller une fois de plus dans ce monde et apprendre à connaître l'homme que je vais épouser.

Chapitre 12

- Nicolas Johannson vient de frapper à la porte, quelqu'un l'a invité ?
- C'est moi !
- Emilie, tu aurais pu prévenir.
- J'ai complètement oublié, je suis désolée.

Le concerné entre dans le grand salon et nous salue, je me lève pour faire la révérence et il approche.
- Comment allez-vous depuis hier ?
- Bien mieux. Ce matin j'ai fait un peu de lecture à Emma.
- Qu'avez-vous lu ?
- Nous avons lu *On ne badine pas avec l'amour.*
- Je ne connais pas ce roman.
- En fait, c'est une pièce de théâtre, elle est écrite en trois actes par Alfred de Musset.
- Vous avez l'air de vous y connaître.

J'aimerais lui dire que je connais cette œuvre grâce au lycée et que j'en suis tombée amoureuse, mais cela s'est passé dans l'autre monde et je ne peux lui révéler cela.

- Je l'ai découverte par hasard, mais je suis folle de l'histoire.
- Est-elle récente ?
- Elle date de 1834 donc c'est plutôt récent oui.
- Il faudrait que je la lise.
- Vous pourriez vous joindre à nous la prochaine fois.
- Avec plaisir.

Nicolas s'assoit sur le sofa à quelques mètres de moi, je suppose que nous devons respecter une certaine distanciation pour ne pas troubler notre relation. Emma est assise et elle tricote dans un coin de la pièce et ma mère est près de moi sur le second sofa.

- Voulez-vous un petit gâteau Nicolas ?
- Avec plaisir Lady Atkins.

Ma mère lui tend le plateau en souriant. Je vois mon frère entrer dans la pièce et pour je ne sais quelle raison, je panique. Il s'arrête quand il aperçoit son ami.

- Nico ? Qu'est-ce que tu fais ici ?
- Ta sœur m'a invité, je venais voir comment elle allait après sa chute.
- Je vois.

Liam s'approche et prend une chaise pour s'asseoir avec nous.

- Maman, est ce que tu pourrais nous laisser ?
- Oh, vous voulez être entre jeunes ? Je comprends.

Elle se lève et s'approche de Emma.

- Je vous laisse en tant que chaperon. Bonne journée les enfants, ce fut un plaisir de vous voir Nicolas.
- Le plaisir était pour moi Madame Atkins.

Ma mère sort de la pièce et Liam reprend la parole.

- Comment te sens-tu, Emilie ?

- Je vais mieux, j'allais dire à Nicolas que je n'avais plus de douleurs et que je me sentais bien.

- C'est bon à savoir.

Liam se lève lorsque quelqu'un frappe à la porte, il se penche pour voir notre invité entrer.

- Monsieur Bennett !

Mon frère s'approche et lui sert vivement la main.

- Comme je suis heureux de vous voir.

Les deux hommes parlent dans l'entrée et Nicolas se tourne vers moi.

- Je ne savais pas que vous aviez de la visite, j'aurais pu venir un autre jour.

- Ne dites pas de bêtises, je suis ravie que vous soyez passé. Nous voyons-nous durant la promenade demain ?

- Bien sûr, vous pouvez compter sur moi.

Nous nous levons et au même moment le duc entre aux côtés de mon frère.

- Monsieur Johannson, Mademoiselle Atkins.

Le duc Bennett nous salue alors nous faisons de même par respect puis nous approchons.

- Monsieur Johannson, vous nous quittez déjà ?

- J'en ai bien peur Bennett. Nous nous verrons bientôt cependant.

- Je n'en doute pas.

Les deux hommes se charrient et Liam s'en va avec Nicolas en me faisant un clin d'œil, ce qui m'amuse plus que ne me rassure.

- Comment vous sentez-vous ?
- Bien mieux qu'hier. Voulez-vous un thé ?
- Avec plaisir.

Une domestique entre dans la pièce et je lui demande poliment de nous servir du thé et de nouveaux gâteaux.
- Ne restez pas debout, asseyez-vous.

Charles me sourit et s'assoit où Nicolas était assis quelques minutes plus tôt. Nous buvons notre thé sans trop parler et je finis par être assez gênée, je déteste les silences lourds comme ceux-là. Il y a tant de choses que je voudrais dire, mais je n'ose pas.
- Voulez-vous jouer du piano ?

Je ne sais pas pourquoi je sors cette proposition mais la musique saura enlever cette lourde ambiance qui s'est installée dans la pièce. Par chance dans mon époque j'ai fait du piano depuis mon plus jeune âge, c'est la seule activité que j'ai faite, je n'étais pas très sportive et pas très douée en art. La musique était une bonne option et après avoir échoué en guitare et en violon, mes parents m'ont inscrite au piano. C'était la chose la plus naturelle que j'ai eu à faire.
- Vous savez jouer ?
- Légèrement oui. Et vous ?
- Je préfère vous écouter.

Nous nous levons et nous dirigeons vers l'instrument, je m'assois sur le banc et lui laisse de la place pour qu'il s'assoit à mes côtés. Nous sommes très proches et je vois Emma qui se cache la bouche pour ne pas rire ce qui me fait sourire. Je pose mes doigts sur une touche et le son résonne dans toute la pièce, comme cela m'avait manqué. Je joue quelques notes simples et me mets à jouer un peu plus sérieusement, je joue un air que je connais et que j'ai appris il y a trois ans avant de renoncer au piano par manque de temps. Les notes s'enchaînent et je me sens libre et portée par la musique. Lorsque je finis le morceau, je tourne la tête vers le duc qui me dévisage, il me regarde, bouche bée.

- Ce n'était pas beau ? Pardonnez-moi, je n'ai pas joué depuis quelque temps.

- Non, au contraire, c'était… magnifique.

Je souris et me cache derrière ma mèche de cheveux.

- En revanche, je ne connais pas cette mélodie, l'avez-vous inventée ?

Tout d'un coup, je me rends compte de ce que je viens de faire, mes yeux s'agrandissent, mon souffle s'arrête et je m'immobilise. Merde. J'étais tellement prise par l'émotion de jouer que je n'ai pas une seconde réfléchi à la mélodie que mes doigts ont joué. Quelle idiote, j'ai laissé la mélodie de *Grenade* de Bruno Mars prendre le dessus sur la réalité, qui est que nous ne sommes pas en 2021 et que cette musique est loin d'être écrite… Je ne veux pas m'approprier les droits de la chanson. En soit personne n'est au courant et je ne compte pas la rejouer.

- Oui, c'est un morceau que j'aime beaucoup jouer.

- Vous l'avez donc créé, waouh, c'est magnifique. Le nombre d'accords et la vitesse que vous y mettez rendent le morceau si intense. Vous êtes très douée.

- Merci.

Plutôt merci Bruno Mars.

- Voulez-vous jouer avec moi milord ?
- Avec plaisir.
Il fait craquer ses mains et les pose sur les touches blanches. Il commence à jouer et je reconnais la mélodie, c'est Le Barbier de Séville par Rossini, datant de 1816 ; je l'ai tellement joué au conservatoire que je la connais par cœur et je connais tous les dérivés et l'original. Nos mains s'accordent pour jouer ensemble cette magnifique mélodie, étrangement, nous arrivons à être synchronisés alors que je n'arrive jamais à jouer avec quelqu'un. Nous jouons quelques minutes, le morceau est assez long alors nous n'en faisons qu'une partie. Sur les dernières notes, ma main frôle la sienne ce qui nous fait arrêter de jouer, le son s'évapore dans la salle, il s'échappe vers le haut plafond puis disparaît. Son petit doigt caresse le haut de ma main, c'est très léger mais suffisant pour le sentir. Nous fixons les touches du piano, têtes baissées et attendons en silence. Nous sursautons quand la porte d'entrée claque, nous éloignons nos mains et je sens notre connexion disparaître au même moment, cet éclair que nous avons ressenti est encore en moi, mais sa main me manque déjà. Ma mère entre dans le salon avec un énorme sourire aux lèvres.
- Ne vous arrêtez pas pour moi. Cela dit…
Elle s'arrête près de nous et regarde l'horloge face à elle.
- Il se fait tard. Monsieur Bennett, voudriez-vous vous joindre à nous pour le repas ?
- Oh, je ne voudrais pas vous déranger.
- Ne dites pas de sottises, nous avons des cuisiniers, ils sont payés pour cela, alors… restez-vous ?

- Eh bien, avec plaisir Madame.

- Parfait !

Ma mère frappe dans ses mains puis se dirige vers la cuisine et je l'entends hurler d'ajouter un plat. Elle réapparaît quelques secondes plus tard.

- Le repas est prêt, Henry avait prévu une assiette en plus pour Nicolas, mais il n'a pas pu se joindre à nous.

Une petite déception s'empare de moi, j'aurais bien aimé la compagnie de Nicolas ce soir, nous n'avons pas pu parler énormément tout à l'heure et je ne sais pas s'il a un plan concernant Eloïse.

- Les enfants ! Nous dînons !

Charles se lève et nous nous bousculons en voulant avancer.

- Pardonnez-moi, après vous.

- Merci.

Je lui adresse un simple signe de la tête avant de passer devant lui et de rejoindre la salle à manger. Ma mère est toute joyeuse et m'offre son plus grand sourire. Charles s'assoit et je m'assois à sa gauche. Le sourire de ma mère quitte son visage et elle me fait les gros yeux, je ne comprends pas ce qui lui prend ; une main amicale se pose sur mon épaule et Emma chuchote à mon oreille.

- Vous devez vous asseoir à sa droite mademoiselle.

- Oh, pardon, j'avais la tête ailleurs.

Il fallait bien que je fasse une nouvelle gaffe… Je ne savais pas que je devais m'asseoir à une place particulière, nous n'avons pas dîné avec des invités depuis mon arrivée et mes parents ne m'ont pas reprise pendant les repas entre nous. Des domestiques arrivent avec des plats, le premier est servi au duc, sûrement car il est invité ; les prochains servis sont Louise et Georges puis Liam et enfin, c'est à mon tour. Ces quatre derniers commencent à manger alors que mes parents ne sont pas servis, cela est étrange, dans mon quotidien, ma mère ferait un scandale si nous n'attendions pas pour manger alors qu'ici, cela semble normal. Je commence donc mon repas en fixant Elisabeth et Edouard pour être sûre que je ne fais pas une bêtise.

- Votre mélodie au piano était fabuleuse.
- Merci.

Je n'aime pas trop parler quand je mange, je déteste les bruits de bouche ou parler la bouche pleine et je suppose qu'ici ce ne doit de toute manière pas être bien vu, je me contente de manger mes pommes de terres soufflées. L'accompagnement n'est autre que du saumon, or je déteste ce poisson, je vais devoir me forcer sans faire de grimaces mais je sens que cela va être compliqué, rien que l'odeur qui remonte jusqu'à mon nez me donne envie de vomir. La première bouchée n'est pas si mauvaise, je tente de mâcher rapidement afin de faire disparaître le morceau le plus vite possible et c'est au moment d'avaler que le goût me répugne. Je prends le citron et en mets le plus possible pour masquer cette odeur. La nouvelle prise est pire que la précédente… C'est une texture pâteuse avec le citron rend la chose encore plus horrible, comme de la purée, le citron est acide ce qui me fait automatiquement grimacer.

- Le plat n'est pas à votre goût ?
- Oh si monsieur, j'adore ça.

- Vous n'avez pas l'air.
Son ton est plus enjoué et moqueur que dans le jugement ce qui me rassure.
- C'est juste que le saumon n'est pas mon poisson préféré, mais maman insiste pour que j'en mange car c'est bon pour la santé. Elle a entendu quelqu'un dire ça et maintenant, elle ne jure que par ce poisson. Le problème, voyez-vous, c'est que j'y ai mis du citron afin de cacher le goût et l'odeur.
- Mais vous en avez trop mis ?
- Oui. De plus, le citron est acide, d'où cette tête horriblement laide que je vous offre.
- Tenez.
Il me tend la corbeille de pain, j'en prends un morceau, mais il insiste.
- Prenez en plusieurs, le pain va vous caler l'estomac et vous pourrez renvoyer votre plat. Essayez encore un peu puis déposez dans votre assiette votre couteau et votre fourchette en parallèle, un domestique le verra et vous débarrassera.
- N'est-ce pas impoli ?
- Personne n'y fera attention de toute manière.
Il me sourit avant de retourner à son saumon pour lequel il profite pleinement du goût, contrairement à moi. Il est interpellé par mon père qui lui demande des nouvelles de sa mère.
- Vous savez, Madame Bennett n'est pas en pleine forme, j'espère tout de même que vous pourrez la rencontrer bientôt.
Edouard prend un verre de vin puis change de sujet lorsqu'il comprend la gêne qu'il a causé chez le duc.
- Nous organisons un repas après-demain à Hyde Park, les

Johannson seront bien évidemment là, vous joindrez-vous à nous ?

- Avec plaisir. Le souhaitez-vous mademoiselle ?

Il se tourne vers moi, ainsi que toutes les têtes qui règnent autour de cette table.

- Bien sûr monsieur, ce serait un honneur de vous avoir à nos côtés.

- Parfait alors je serais là. Et je vais essayer de faire sortir maman, peut-être que l'air frais lui fera grand bien.

- Je n'en doute pas monseigneur.

Ma mère lui parle avec une voix toute mielleuse, c'est fou cette manie qu'elle a de changer de ton pour lui parler, elle doit vraiment vouloir qu'il intègre la famille pour l'amadouer autant. Liam qui est assis face à moi me donne un léger coup de pied sur la table pour attirer mon attention.

- Qu'est ce qui ne tourne pas rond chez toi ? Tu ne pouvais pas te contenter de m'appeler ?

- Tu étais si prise par l'inutile conversation d'adultes… Comment te sens-tu ?

- Bien ? Je crois.

Nous ne parlons pas très fort, déjà pour ne pas déranger les autres discussions, mais aussi pour ne pas attirer l'attention sur nous.

- Tu es vraiment d'accord pour le repas dans deux jours ?

- Je n'ai pas vraiment le choix ni le temps de réfléchir.

Je ne m'étais pas rendu compte du stress qui naissait en moi jusqu'à ce que Liam mette l'accent dessus. Je ne sais pas vraiment ce qui me perturbe dans cette histoire mais mon petit frère ne rend pas cette histoire simple.

- Je pense que Madame Bennett ne viendra pas, tu ne la rencontreras pas tout de suite donc ne te mets pas la pression pour ça.

- Merci, ça me rassure.

En fait, je ne suis pas rassurée du tout. J'ai un peu peur de rencontrer la mère de mon fiancé, ce qui est un sentiment tout à fait normal mais dans ce contexte, je ne sais pas du tout comment cela doit se passer. Il faut absolument que je parle à quelqu'un, que je sache comment je dois me tenir avec ma future belle mère, j'ai enchaîné beaucoup de faux pas aujourd'hui et si j'en fais en sa présence, j'ai bien peur de continuer à les enchaîner et ne pas faire bonne figure.

- Qu'est-ce qui te passe par la tête.

- Rien.

- Je connais cette expression Emilie.

- Je…

Le duc se tourne vers moi et met un point final à notre conversation.

- Vous avez réussi à manger finalement ?

Il regarde mon assiette et se rend compte qu'elle a disparu.

- Non, j'ai suivi votre conseil, merci.

- Votre mère vient de me louer les compétences de votre chef cuisinier et apparemment, il a préparé un bon dessert, vous pourrez vous rattraper sur celui-ci.

J'aimerais en être aussi sûre mais je ne connais pas vraiment les capacités culinaires de notre cuisinier mais si ma mère le dit, c'est que nous allons nous régaler. Les plats de chacun de nous

sont renvoyés en cuisine et les domestiques apportent le dessert, c’est une sorte de tarte mais je ne reconnais pas vraiment le visuel, cela semble être des abricots. Nous sommes servis et lorsque je goûte, mes papilles s'émerveillent, ce sont des abricots frais et la tarte est divinement bonne. Nous nous régalons tellement que personne ne parle.
- Le dessert est divin.
- Votre cuisinier est, en effet, très fort. J’ai hâte que vous rencontriez le mien, il fait des plats tout aussi succulents.
Je souris et hoche la tête avant de la tourner vers mon frère qui hausse les épaules.
- J’ai hâte de goûter les talents de votre chef.
- Vous ne serez pas déçu.
Les domestiques nous servent du vin en tant que digestifs. Seuls les hommes en boivent, je ne sais pas si c’est par coutume ou car ma mère n’aime simplement pas boire, mais le duc, mon père et Liam semblent ravis de goûter la saveur exquise du vin. J’aurais aimé en prendre un verre mais je n’ose pas demander alors je fixe mon assiette pour ne pas être jalouse et énervée. Ma mère se lève de table, alors je la regarde s’éloigner, puis Louise fait de même. Je fronce les sourcils, sortir de table sans prévenir ou souhaiter une bonne nuit n’est pas très poli. Emma apparaît en trottinant puis s’approche de moi. De nouveau, elle se penche et chuchote à mon oreille.
- Que faites-vous mademoiselle ? Nous vous attendons.
- Oh pardon.
Je quitte la table et Emma me suit dans le couloir et m’arrête.
- Est-ce que vous allez bien ?

- Très bien, pourquoi ça ?
- Je vous trouve lointaine, vous semblez troublée.
- Je le suis un peu, avoir mon fiancé près de moi tout ce temps me rend nerveuse.
- Il n'y a pas de raison ma chérie, vous êtes parfaite, il ne peux que vous aimer.
Emma pose sa main sur ma joue avant de me laisser seule au milieu du couloir, je ne m'attarde pas et rejoins ma mère dans le salon. Nous sommes silencieuses alors je décide de m'asseoir au piano et de jouer de simples mélodies. Je vois Elizabeth s'approcher et s'asseoir sur un majestueux fauteuil face au piano, elle me regarde jouer avec le sourire aux lèvres, c'est plaisant d'avoir une mère qui est fière de nous sans avoir besoin de lui demander ce qu'elle en pense. Les hommes nous rejoignent dans la salle après une bonne heure, Liam sent le cigare à plein nez quand il s'assoit à mes côtés au piano.
- Ton fiancé est vraiment génial, j'espère que tu vas apprendre à l'aimer.
- Tu vas bien Liam ?
- Ton frère n'est vraiment pas fait pour le vin et les cigares… Edouard, je t'avais dit de ne pas le laisser abuser.
- C'est un homme et qui plus est majeur, je ne peux pas l'en empêcher.
Ma mère se lève et frappe l'épaule de mon père avant de venir chercher mon frère à mes côtés.
- Debout jeune homme.
- Maman… Tu sais, je crois qu'Emilie va être heureuse.
- Pourquoi ta sœur ne serait-elle pas heureuse ?

- Parce que la peur empêche les gens d'être heureux, elle dicte les choix que nous faisons et nous retient d'être libre. La peur, c'est la pire chose.
- Tu as raison mon fils, nous en parlerons mieux demain si tu veux, mais maintenant tu vas aller dormir.
Le salon se vide et je me retrouve seule avec le duc. Je ne sais pas ce qu'il se passe pour que je panique autant, mais sa présence me fait perdre mes moyens. Il s'approche et s'assoit face au piano, où ma mère était quelques minutes plus tôt. Je vois Emma du coin de l'œil qui rejoint le sofa avec un journal.
- Nous n'aurons plus de chaperon bientôt, ne vous en faites pas.
- Je ne suis juste pas habituée à être constamment observée, faits et gestes, mots et discussions, c'est assez pesant.
- Je n'en doute pas. Est-ce vrai, ce que votre frère a dit plus tôt ?
- Quoi donc ?
- Sur la peur.
- Oh.
Je cherche mes mots, mais tant d'entre-eux viennent à mon esprit que je ne sais par où commencer.
- Moi aussi j'ai peur vous savez.
- Ah oui ?
- Bien sûr. J'ai peur de vous perdre.
- Monsieur…
- Je ne veux pas vous faire peur, j'ai bien compris que ce dont votre frère parlait était notre relation.
- C'est le futur qui m'effraie pour tout vous dire.
Un silence s'installe entre nous mais il est léger, presque naturel

et accueilli.

- Je sais que le futur peut être une source d'inquiétude, il est si incertain, et même si nous le voulions, nous serions incapable de savoir de quoi il sera fait.

Il fixait ses mains depuis tout à l'heure mais il relève la tête et pose ses yeux sur les miens.

- En revanche, si vous acceptez, je peux vous promettre que jamais vous ne serez triste, je ferais tout pour vous rendre heureuse et pour que nos sentiments se développent chaque jour.

Il se lève et s'approche de moi.

- Je vous souhaite une bonne nuit, j'espère que celle-ci vous permettra de dissimuler vos peurs dans le monde de Morphée. Douce nuit à vous.

Il ne me laisse pas le temps de répondre et disparaît.

Chapitre 13

Je suis essoufflée quand j'arrive devant la maison des Johannson, je viens de courir de nuit dans les rues de Londres pour arriver le plus rapidement chez mon amie. Je dois avouer que je suis heureuse d'être arrivée en vie, les rues ne sont pas calmes et sûres de nuit, les lampadaires éclairent très peu et je ne connais pas encore assez les rues pour être certaines de ne pas me perdre, c'était un vrai parcours du combattant pour arriver ; me voilà maintenant devant chez elle, ne sachant comment faire pour annoncer mon arrivée. Je ne sais pas quelle folie m'a pris… Lorsque Charles a quitté notre maison, je me suis mise au lit mais je n'arrivais pas à dormir, mon esprit n'a pas voulu me laisser en paix, je n'ai pas réfléchi et je suis sortie de chez moi sans bruit. Le problème est que je ne peux pas prévenir Victoria par SMS que je suis devant chez elle, je ne peux pas non plus entrer par sa fenêtre qui est à l'étage et j'ai peur de frapper à la porte ; si je réveille la famille entière, je m'en voudrais fortement et puis ils risqueraient de le dire à mes parents pour ma petite escapade nocturne. Pourquoi est-ce que je prends toujours des décisions impulsives et que je réfléchis seulement quand je suis dans le pétrin ? Ce n'est pas possible d'être aussi stupide. Je tourne en rond devant la maison, fais les cent pas, je monte les escaliers puis une fois devant la porte, je descends et puis je recommence.

- Argh…

Je ferme les yeux et pose les mains sur mon crâne.

- Ce n'est pas possible.

Je panique déjà à l'idée de tout lui raconter mais mon niveau d'angoisse est monté bien plus haut que je le pensais pour ce soir.

- Emilie ?

Je me retourne en sursautant pour voir la silhouette de Nicolas qui passe le portail.

- Nicolas ?

- Qu'est-ce que vous faites devant chez nous à une heure si tardive ? Vous êtes venue seule ? Emilie, c'est dangereux.

- Je sais, je peux m'expliquer.

- Ne restons pas là.

- Je ne peux pas rentrer, votre famille risque de me voir et de prévenir la mienne au matin.

- Alors que faites-vous ici ?

- J'avais besoin de parler à votre sœur.

- Victoria doit sûrement dormir, cela ne pouvait pas attendre demain ?

- Je… je n'ai pas vraiment réfléchi, je n'arrivais pas à dormir et je suis sortie sans prendre le temps de comprendre ce que je faisais. Il faut absolument que je vide ce que j'ai sur le cœur ou

je risque d'exploser.
- Vous pouvez m'en parler si vous voulez.
- J'aimerais beaucoup, mais je ne peux pas.
- Oh.
Nicolas approche dans l'allée et monte les marches pour me rejoindre près de la porte d'entrée.
- Pourquoi rentrez-vous si tard ?
- J'avais des affaires à finir, le travail ne laisse que peu de repos, et puis je n'ai pas vu le temps passer.
- Savez-vous quelle heure est-il ?
- Il est trois heures du matin.
- Oh. Je comprends mieux votre inquiétude de me voir ici.
- Comment s'est passé votre soirée avec le duc ?
Je soupire et m'assois sur les marches, ce n'est pas comme ça que je voyais ma nuit.
- C'est compliqué.
Je le vois descendre quelques marches et s'asseoir à ma hauteur.
- Je vais vous donner le même conseil que j'ai récemment donné à ma sœur ; l'amour est effrayant tout comme le futur, mais si vous laissez cette peur prendre le dessus alors vous ne ferez que marche arrière alors que la vie continuera d'avancer.
- C'est beau ce que vous dites.
- Je ne cherche qu'à rendre la réalité moins effrayante. Vous ne devez pas avoir peur de vivre Emilie, la vie passe trop vite pour regarder les étoiles se moquer de nous.
- Les étoiles ne sont pas moqueuses.
- Peut-être que si. Finalement, elles passent leur vie à nous regarder nous affoler alors qu'elles sont sereines dans le ciel.

- Elles ne sont pas si sereines. Elles peuvent s'éteindre à tout moment, elles s'éteignent plus vite qu'elles ne se rallument.
- Je suis peut être idiot de faire cette comparaison, mais je pense que la vie se résume à cela, pour qu'une s'allume, il faut qu'une s'éteigne.
- Ce n'est pas idiot, cela a du sens.
- Vous pensez ?
Je hoche la tête et je finis par rapprocher mes jambes contre mon torse et je pose ma tête sur mes genoux. Nicolas est vraiment un homme extraordinaire et surprenant, je ne suis pas très proche de lui dans l'autre monde, mais ici, je ressens une connexion entre nous, une vraie amitié qui s'agrandit chaque jour. Je lève la tête pour regarder les étoiles, je suis apaisée par la présence de Nicolas et le calme du ciel.
- Je peux vous aider à entrer discrètement.
- Vous pouvez ?
Je me redresse pour regarder Nic dans les yeux, son regard est brillant et le reflet de la lune le rend incroyablement charmant.
- A une condition.
Si Nicolas me demande de lui raconter ce que je suis venue dire à sa sœur, je suis mal, je ne peux pas lui dire, pas pour le moment.
- Dites-moi.
- Je veux que vous me promettiez de ne plus avoir peur, de tout faire pour vivre votre vie comme bon vous semble.
- Je peux essayer.
- Je ne veux que votre bonheur Emilie, vous méritez d'être heureuse.

- Je suis en train de le devenir.

Je regarde rapidement le ciel, pourquoi les étoiles sont-elles si belles, j'ai l'impression qu'en les regardant, mes problèmes disparaissent. Je tourne la tête vers lui et mon sourire s'agrandit, c'est la vérité, je suis heureuse en ce moment, la peur ne gâche pas ce sentiment. Il me tend la main et se lève.

- Alors c'est d'accord, suivez moi.

J'attrape sa main et me relève à mon tour. Je le suis et nous longeons la maison, nous arrivons dans le jardin arrière puis il s'arrête près d'une porte en bois.

- Attendez-moi là.

Il ouvre lentement la porte, celle-ci grince légèrement, mais rien de méchant puis il entre doucement et disparaît dans le noir. Son ombre revient quelques secondes plus tard avec une bougie.

- Il n'y a personne, vous pouvez entrer.

Je le suis et referme la porte derrière moi le plus lentement possible pour ne pas faire de bruit. Nous avançons dans la pièce qui ressemble à un cellier car il y a un stock de fruits et légumes immense. Nous passons une deuxième porte qui cette fois-ci nous mène à la cuisine, Nicolas vérifie de nouveau qu'il n'y ai personne puis me fait signe de le suivre. Par malheur, lorsque nous entrons dans la pièce, quelqu'un apparaît ; nous devenons immobiles, comme si cela avait le pouvoir de nous faire disparaître… La lumière s'allume mais la personne ne nous voit pas tout de suite et lorsqu'elle se tourne et nous fait face, elle sursaute et pose ses mains sur sa bouche pour retenir son cri.

- Nicolas !

- Victoria ? Que fais-tu debout ?
- Que fais-tu avec Emilie ? Oh mon Dieu ne me dites pas que vous…
- Non !
Nous nous regardons et répondons en même temps.
- Ce n'est pas ce que tu crois chère sœur.
- Je suis venue pour te voir Vic.
- Me voir ? À cette heure-ci ?
- Il faut absolument que je te parle, je suis venue sans réfléchir.
- Tu es complètement folle, ton cocher aurait pu avoir des ennuis et toi de même.
- Elle est venue à pied.
- Emilie !
- Quoi ? Je ne pouvais pas faire autrement sans que ma famille ne soit au courant, ils m'auraient dit d'attendre demain.
- Et cela ne pouvait pas attendre ?
- Non…
- Très bien.
Elle croise les bras et dévisage Nicolas.
- Ne me regarde pas comme ça, je rentrais du travail et je l'ai vu devant la porte en train de faire les cent pas. Pourquoi tu ne dors pas ?
- Je n'y arrivais pas, je me suis réveillée avec un mauvais pressentiment.
- C'est un signe Vic.
- Peut-être… Peux-tu me dire ce qui est si important ?
Je la fixe en me mordant les lèvres puis mon regard se tourne vers Nicolas.

- Je vais aller me coucher, ne tardez pas. Emilie, vous dormez ici, je me lèverais dans quelques heures pour vous déposer chez vous avant que nos maisons prennent vies

- Merci Nicolas.

- Mesdemoiselles.

Il nous salue puis quitte la pièce. Victoria s'approche et tire un tabouret près de la table haute au centre.

- Assieds-toi, je vais sortir un thé.

- Tu sais faire du thé ?

- Bien évidemment, ce n'est pas la première fois que je me réveille en pleine nuit, le thé me fait passer le temps.

Je m'assois sur le tabouret qu'elle vient de sortir puis je l'observe faire chauffer l'eau dans une vieille bouilloire qu'elle met sur le feu. Je compte attendre qu'elle finisse pour lui raconter, nous serons plus à l'aise et concentrée, je suppose, j'essaie de me rassurer comme je peux. Victoria comprend cela par mon silence et se dépêche de finir notre thé. Elle me donne une tasse qui laisse apparaître une bonne odeur de menthe. Ma meilleure amie s'assoit sur son tabouret face à moi, elle pose ses coudes sur la table et s'approche un peu tout en tenant sa tasse bouillante entre ses mains. La fumée passe devant son visage ce qui rend cette scène plus dramatique qu'elle ne le devrait.

- Je t'écoute, est-ce que c'est en rapport avec le duc ?

- Non.

- Oh. J'étais persuadée que tu étais venue pour ça. Je te laisse m'expliquer alors.

Je prends mon souffle et baisse les yeux pour fixer la fumée de mon propre thé. Comment dire à une personne de cette époque,

que je viens sûrement d'un monde parallèle. À l'inverse cela aurait plus de sens, entre les films, la fiction, les inventions, ce serait beaucoup plus simple à croire… En revanche, si Victoria ne me comprend pas et ne me croit pas, je vais passer pour une sorcière et finir morte ou en asile. Je sens de nouveau mon cœur se serrer dans ma poitrine et l'air me manquer. La main chaude de Vic se pose sur mon poignet.

- Prends ton temps, rien ne presse. Tu sais que tu peux tout me dire.

- Promets-moi une chose Vic.

- Je t'écoute.

Je relève la tête et plonge mon regard dans le sien qui semble intrigué.

- Promets-moi de ne pas me prendre pour une folle et de tenter de comprendre.

- Je te le promets. Maintenant, dis moi ce qu'il se passe, tu me fais peur.

Je lâche ma tasse pour prendre sa main dans la mienne, nos mains sont brûlantes à cause du récipient chaud que nous tenons depuis quelques minutes. Je secoue ma tête pour arrêter de trop penser et m'éloigner du sujet. Je dois lui dire, ça devient trop lourd à porter et me savoir accompagnée à partir de maintenant me fera le plus grand bien. C'est égoïste mais je me dis que si je ne suis pas la seule à savoir ce que je vis et d'où je viens, je vivrais mieux. Ma meilleure amie secoue la tête vers l'avant pour m'encourager à parler et je sens son pouce caresser le dessus de ma main. Je prends mon souffle et tente le tout pour le tout.

- Victoria. Je crois que je viens d'une autre époque.

Chapitre 14

Elle plisse les yeux, ne comprenant visiblement pas de quoi je parle.

- Une autre époque ?

- Une autre époque ou un monde parallèle, je ne sais pas trop.

- Je ne comprends pas.

Argh ! Je ne sais pas comment lui faire comprendre, je n'ai même pas réfléchi aux mots que je devrais utiliser.

- Nous sommes en 1857 n'est ce pas ?

- Oui.

- He bien, je viens de l'époque 2021.

- C'est impossible, ta blague ne marche pas.

- Je ne te fais pas marcher Vic, c'est la vérité.

Elle semble réfléchir, car elle ne parle plus et fixe un point derrière moi, sa main serre toujours la mienne ce qui me rassure un peu et après quelques longues minutes elle boit son thé avec sa main libre. Lorsque sa tasse rencontre de nouveau le bois de la table, ses yeux reviennent vers moi.

- Imaginons que ce soit possible, ce qui serait complètement

dingue… Depuis quand es-tu là ?
- Je suis là depuis trois jours seulement, je suis arrivée le lendemain du bal où tu as vu Simon.
- Le bal que tes parents ont organisé chez eux, c'était bien toi ? Avec le duc ?
- Oui, c'était mon premier bal.
- Tu veux dire, que tu n'avais jamais dansé avant ?
- Non, jamais autant ; je ne connais pas non plus les règles ou les choses à respecter. Dans mon monde, tout est différent, la manière de se tenir et de parler, les soirées, le monde en lui-même.
- Si tout ce que tu dis est vrai, tu t'es bien fondu dans le décor, je n'aurais jamais douté que tu ne faisais pas partie de ce monde avant.
- C'est parce que je regarde beaucoup de films et documentaires dans mon monde.
- Des quoi ?
- Oh. Ce sont des images animées, sur un écran.
Je la vois plisser les yeux, je ne vais pas entrer dans les détails, mon but n'est pas de lui apprendre ce qu'il se passe dans le futur.
- Ce que j'ai appris sur ton monde m'a permis de bien me débrouiller.
- Tu as fait un beau travail, il y a tellement de choses à savoir, j'apprends depuis ma naissance à me comporter parfaitement et toi, tu as réussi à faire cela en quelques heures. Bravo.
- Merci. Je t'avoue que je réfléchis beaucoup avant de parler, à cette époque il n'y a plus beaucoup de vouvoiements, donc j'ai

tendance à vouloir tutoyer Nicolas ou le duc, mais cela serait mal vu.

- En effet ! Ne fais pas cette erreur.

- J'avais peur de faire des faux pas. Comment savoir tout ce qu'il se passe ici, dans ma famille, mes amitiés, mon quotidien depuis des années… Je suis perdue et j'apprends de nouvelles choses sans arrêt.

- Et où est l'ancienne Emilie ? Je veux dire la vraie de cette époque ?

- Je pense que je suis elle. Je veux dire, c'est moi mais dans ce monde, ce n'est pas très clair dans mon esprit alors je ne saurais pas comment te l'expliquer.

- Ce n'est pas grave, nous verrons cela plus tard.

- J'ai atterri ici d'un coup alors je n'ai pas eu de notice. Je pense que je suis juste consciente du moi d'ici.

- Tu sais ce qu'il se passe pour toi de l'autre monde ?

- Je n'en ai aucune idée…

- J'espère que tu n'es pas morte.

Je n'avais pas une seule fois penser à cette alternative, peut-être que c'est ça qui a déclenché cette arrivée soudaine, ce pourrait être complètement logique, quitter un monde pour continuer de vivre mais dans un autre.

- Tu sais pour combien de temps tu es là ?

- Je n'en ai aucune idée. Ma tête va exploser, c'est pour ça que j'avais besoin de te parler.

- Pourquoi ne l'as-tu pas fait plus tôt ?

- Je ne savais pas si je pouvais te faire confiance.

- J'existe dans ton monde ?

- Oui. C’est pour ça que j’étais confuse, il y a beaucoup de similitudes entre nos mondes mais certaines choses changent. Dans mon monde, je n’ai que Liam. George et Louise n’existent pas.
- Oh bah ça alors.
- C’est complètement fou.
- Peux-tu me décrire le reste ? J’aimerais savoir qui existe dans ton monde et s'ils sont pareil.
- Alors tu me crois ?
- Bien sûr que je te crois, tu es ma meilleure amie et même si cela semble complètement fou, je ne vois pas pourquoi tu inventerais toute cette histoire.
- Je ne sais pas trop par où commencer. Ma famille est complètement différente de celle que j’ai la chance d’avoir ici, ils sont très distants, assez froids, pas très intéressés par moi et nous sommes constamment en guerre.
- C’est sûr que c’est un gros changement. Les Atkins sont les meilleurs, votre famille est si adorable et attentionnée, autant tes parents que tes frères et sœurs, c’est vraiment une chance que tu as et vas avoir du coup.
- Dans mon monde, je suis en couple avec Léo, nous ne sommes pas mariés, car ça ne fonctionne pas comme ça. Je t'expliquerais mieux plus tard mais Léo m'a trompé et donc nous ne sommes plus ensemble.
- Il t'a trompé ? C'est-à-dire ?
- Il est allé voir une autre fille.
- Alors que vous étiez ensemble ? Une fille de... joie donc ?
- Non !

C'est vrai qu'à l'époque, les relations n'étaient pas du tout comme de nos jours. Ce ne va pas être si simple.
- Dans mon monde, il n'y a pas de bal pour rencontrer des hommes et pas de règles concernant les relations. Si je veux me mettre en couple avec quelqu'un, je n'ai besoin de l'autorisation de personne et je ne suis pas obligée de me marier avec. Cette relation peut durer quelques mois puis laisser place à une autre et ainsi de suite. Le mariage n'est pas une case obligatoire pour officialiser une relation, en fait le mariage n'est pas obligatoire du tout.
- Alors comment font les gens pour avoir des enfants ?
- He bien, il leur suffit d'amour, le mariage n'est pas considéré comme important et il ne représente pas autant qu'ici légalement. Une femme ne perd pas ses droits ni même son nom de famille si elle le veut.
- Je pense comprendre ce que tu racontes, bien que cela ne prend aucun sens à cause des croyances que j'ai apprises dans mon monde. Reprends où tu en étais.
- J'étais donc folle amoureuse de Léo, mais il a commis un acte irréparable et je ne veux plus être avec lui. Mais dans ce monde, j'ai découvert que je n'étais pas en couple avec Léo du tout, qu'il était tout aussi idiot que dans mon monde, mais surtout que j'étais fiancée !
- Tu as dû avoir un gros choc. C'est vrai que Léo Germain n'est pas le meilleur parti, il est toujours en train de traîner dans les bars jusqu'à tard et de te harceler. En revanche, le duc est un homme bon.
Ma meilleure amie de l'autre monde a toujours été passionnée

d'histoires comme celles-ci, elle serait remplie de joie de savoir ce que je vis et j'espère que la Victoria qui me fait face à aussi ce grain de folie et qu'elle va pouvoir m'aider sans me prendre pour une folle. Pour le moment tout se passe bien.

- Charles n'existe pas dans ton monde ?

- Pas que je sache, je ne l'ai jamais croisé à l'université, ni dans ma ville.

- Tu vas à l'université ?!

Encore quelque chose de nouveau pour elle, les rôles sont inversés pour la première fois en trois jours.

- Tout le monde à le droit à l'éducation dès l'enfance, nous avons l'école, puis le lycée et les études supérieures.

- Tu étudies quoi ?

- Je suis à l'université pour étudier les Lettres, la littérature me passionne et j'aimerais être professeur de français.

- Les femmes peuvent-elles exercer n'importe quel métier ?

- Oui, il n'y a plus de différences, les femmes ne sont plus obligées de rester à la maison pour s'occuper de la famille et elles peuvent faire le métier qu'elles veulent.

- C'est une énorme avancée, j'espère que tu te rends compte de la chance que vous avez. Beaucoup de femmes sont bien comme ça, je veux dire comme dans notre monde, car nous sommes éduquées dès la naissance pour devenir femme au foyer et s'occuper de nos futurs enfants et de notre mari.

Elle semble réfléchir un instant puis reprend.

- Est-ce que Victoria de l'autre monde est comme moi ?

J'aimerais lui dire que Vic est bisexuelle, mais elle ne connaît certainement pas ce terme et elle serait sous le choc de savoir qu'une femme peut vivre avec une femme et dans le cas de ma meilleure amie, avec une fille ou un garçon. Elle ne comprendrait pas cette grande avancée ni les lois allant avec. Je ne sais pas pourquoi c'est la première chose qui me soit venue en tête, car ce n'est pas ce qui définit mon amie, mais c'est important pour elle.

- Victoria est ma meilleure amie, elle est très fiable, douce et un peu folle, elle aime l'aventure et voyager. Elle a un copain qui s'appelle Harry, ils sont ensemble depuis trois ans, mais ces derniers temps ça n'allait pas très bien entre eux.

- Pourquoi ça ?

- C'est est une personne assez solitaire et qui vit au jour le jour, elle se fiche un peu du futur. Ce n'est pas évident à vivre au quotidien.

- Je comprends.

- Tu n'es pas comme elle, je te découvre depuis trois jours et je remarque vos différences, car il y en a beaucoup.

Nous rions et Vic boit un peu de thé alors je fais de même, à force de parler j'ai la bouche sèche et le thé commence à refroidir.

- Ma famille est-elle la même ?

- Oui, Nicolas et Colin sont aussi tes frères et tes parents sont tout aussi adorables que ceux que tu as ici.

- Tu es proche de Nicolas dans ton monde ?

- Pas tant que ça, je ne sais pas trop comment définir notre relation, c'est une amitié par défaut mais qui au final est plutôt sympa. Nicolas est cool dans les deux mondes.

- Cool.

Nous rions, car ce n'est pas un mot qu'ils doivent utiliser ici, du moins pas souvent. Cela rend le moment marrant et moins sérieux.

- Ah oui ! A mon époque, Eloïse est aussi notre ennemie, elle est la pire personne qui existe, c'est dingue.

- Elle est aussi méchante qu'ici ?

- Peut-être plus. D'ailleurs, il faut que je te parle de quelque chose.

- Qui n'a rien à voir ?

- C'est au sujet d'Eloïse. Avec Nicolas, nous pensons que ma chute à cheval n'est pas un accident.

- Vous pensez qu'elle a décroché la selle sans que personne ne le remarque ?

- Oui. Souviens-toi, nous l'avons entendu le soir du bal, elle avait dit être prête à tout pour avoir le duc et me pourrir la vie.

- Je ne pensais pas qu'elle irait si loin, tu aurais pu avoir bien plus de mal que ce que tu as eu.

- J'ai eu de la chance en effet, le problème, c'est qu'il n'y a aucune preuve…

- Alors il faut la piéger.

- C'est ce que ton frère à proposer, mais nous ne savons pas comment.

- Je vais tenter d'y réfléchir, ça fait beaucoup d'informations d'un coup-là.

- Je sais, je suis désolée.

- Ce n'est pas ta faute enfin !

Elle lâche ma main et fait le tour de la table pour me rejoindre, ses bras chauds viennent entourer mon corps fébrile et

tremblant pour me rassurer.
- Je te crois et maintenant tu n'es plus seule.
Nous restons dans cette position quelques minutes, c'est réconfortant et rassurant. Elle finit par s'éloigner mais prend mes mains dans les siennes.
- Très bien, écoutes, je n'en parlerais à personne et je veux bien t'aider, mais si tu te sens bien ici, est-ce que tu voudrais rester ?
- Ça ne dépend pas de moi, mais je sais que je ne veux pas partir.
- Je comprends. En tout cas, je suis heureuse que tu sois là.
- Tu sais, le style vestimentaire n'est pas du tout le même dans mon monde.
Je détends l'atmosphère comme je peux et cela marche, car un petit sourire naît sur le visage de ma complice.
- Ah oui ?
- Hum Hum.
Je hoche la tête.
- J'apprends à respirer différemment ici.
- Tu ne portes pas de corset dans ton monde ?
- Pas vraiment. J'ai une grande pression et mal au ventre à cause de ceux-là. Je ne porte pas de robes comme celle-ci non plus, nous avons des hauts simples et parfois des pantalons.
- Comme les hommes ?
J'explose de rire face à la tête plus que choquée que Victoria vient de faire.
- Pas vraiment, comme je te l'ai dit, le style n'est plus du tout le même.
- Oui mais tout de même, une femme ? Porter un pantalon ?

C'est… beaucoup. Tu en portais toi ?

- Oui, la plupart du temps.

- Comment peux-tu avoir envie de rentrer alors que nous avons autant de belles robes ! Ce serait triste de retrouver tes vêtements qui doivent sûrement être très... simples.

- C'est vrai que mes vêtements ne sont pas vraiment du même style, et j'aime bien les robes de ton monde.

- Alors restes ! Ton choix est fait, les tenues ici sont magnifiques, et puis tu n'auras plus l'occasion d'aller à des bals si tu rentres ! Emilie reste !

- Je vais y réfléchir.

C'est vrai, je voudrais bien rester ici, mais je ne suis là que depuis trois jours. Je veux forcément rester, en apprendre plus et vivre plus de choses. Je ne veux pas partir maintenant, mais j'ai bien peur de ne pas avoir le choix. Ce n'est pas moi qui vais décider de si je reste ou je rentre, ni quand.

Chapitre 15

- Emilie ? Victoria ?

J'ouvre lentement mes paupières, mais la lumière du jour rend cette action trop difficile.

- Les filles, il faut vous lever, le jour arrive et nos maisons vont bientôt se mettre en marche.

Il n'en faut pas plus pour me réveiller, je me redresse si vite que ma tête tourne quelques minutes et qu'il me faut fermer les yeux de nouveau pour être apte à me lever. J'ai mal au dos d'avoir dormi sur le sofa ; nous nous sommes assises ici pour parler et nous avons dû nous endormir en discutant. J'ai passé un bon moment de la nuit à lui parler de Léo et mon passé avec lui et de son côté elle m'a raconté ce qu'elle sait sur Charles et elle m'a aussi parlé de Simon et de la relation qui se développe entre elle et lui. J'ai bien plus confiance en l'avenir maintenant, même si je ne veux toujours pas voir trop loin, mais j'ai confiance en Charles et j'ai moins peur de développer une relation avec lui.

- Les filles !

Cette fois-ci, je rejoins Nicolas. Je regarde par la fenêtre de leur immense salon et vois que le jour commence à se lever, d'ici quelques minutes les domestiques vont commencer à s'activer dans la maison et dans quelques heures, tout le monde sera réveillé. Je regarde Victoria qui dort encore sur le canapé.
- Nous pouvons partir sans elle.
- Très bien.
Nous avançons et passons par la porte d'entrée cette fois-ci.
- Vous avez pu dormir Nicolas ?
- Peu, mais suffisamment et vous ?
- Je ne sais pas trop, nous avons dû dormir une heure ou deux tout au plus.
- Vous pourrez gagner une heure de sommeil en arrivant.
- Je ne dors pas beaucoup de toute manière. J'espère ne pas vous avoir fait trop peur hier soir.
- Peur ?
- Vous ne deviez pas vous attendre à voir une ombre devant votre porte.
- Non, en effet.
Il rit et nous montons dans sa voiture, il ordonne au cocher de garder cela pour lui et de nous emmener chez moi. La calèche, est assez spacieuse et confortable, le siège est bien plus mou que le bout de bois de la nôtre et lorsque nous prenons la route, il bouge beaucoup moins.
- Nous avons un nouveau modèle de calèche, papa dirige une industrie et nous avons les modèles en avance et pour moins cher.
- C'est bien.

- En effet. C'est un travail différent de votre père, ce n'est pas dans la finance ou quelque-chose d'autant reconnu, mais diriger une entreprise comme celle-là est un grand travail.
- Je n'en doute pas Nicolas, votre père a du mérite.
Il me sourit et fixe la route par la petite fenêtre.
- J'ai parlé à votre sœur de l'histoire avec Eloïse.
- C'est vrai ?
- Oui, comme nous étions toutes les deux quand Eloïse a confié à sa mère vouloir me nuire, j'ai trouvé juste de lui en parler.
- Vous avez bien fait, Victoria est très intelligente, je pense qu'elle saura comment nous aider.
- Avez-vous déjà des idées ? Il y a bal ce soir et je crains qu'Eloïse ne tente quelque chose…
- N'ayez crainte, nous nous occupons de votre sécurité.
- Nous ?
- Liam, Victoria et moi-même.
- Comment ?
- Nous resterons avec vous toute la soirée.
- Je ne peux pas vous demander un tel sacrifice.
- Ce n'est pas un sacrifice, c'est seulement pour votre bien.
Je ne réponds pas, sachant que Nicolas ne lâchera pas l'affaire. La calèche ralentit et en regardant par la fenêtre, je peux voir que nous arrivons devant chez moi, le trajet est en effet plus court que lorsque j'ai dû venir en courant hier soir. Nicolas m'ouvre la porte pour m'aider à sortir.
- Nous nous voyons cet après-midi pour le repas au parc ?
- Certainement.
Je ne savais pas que nous avons déjà un nouveau repas, ils ne

s'arrêtent donc jamais ; en trois jours je n'ai jamais fait autant de choses et je pense que la journée qui arrive s'annonce tout aussi mouvementée.

- Merci Nicolas.

- Ne me remerciez pas.

- Vous m'aidez beaucoup ces derniers jours, je vous en suis reconnaissante.

Il me sourit et referme la porte puis ouvre la petite fenêtre.

- À tout à l'heure.

- Merci encore, a tout à l'heure.

Je le vois s'asseoir et son véhicule s'éloigne dans la rue. Je me retourne pour faire face à ma maison, j'espère que personne n'est réveillé. J'ouvre la porte d'entrée lentement et par chance celle-ci n'est pas verrouillée, je dois prendre quelques secondes pour comprendre qu'elle n'est pas ouverte sans raison, les domestiques sont déjà arrivés. J'entre le plus lentement possible et me réfugie contre le mur pour me faire toute petite quand un domestique passe dans le couloir. Je le reconnais, c'est Henry, le cuisinier doit être en train de préparer le déjeuner. J'attends qu'il passe pour rejoindre les escaliers en étant la plus calme possible. Je monte les marches lentement et ne croise personne, j'arrive devant ma chambre et entre lentement. Je referme la poignée et j'appuie mon front contre la porte, je suis rentrée tranquillement, je peux me mettre au lit en attendant Emma.

- Emma !

Je fais un bond quand j'aperçois la bonne assise sur mon lit.

- Vous m'avez fait peur Emma.

- Je peux dire de même pour vous mademoiselle… Imaginez

mon état quand je suis entrée et que vous n'étiez pas là.
- Vous m'attendez depuis longtemps ?
- Non, moins de dix minutes. Depuis quand êtes-vous sortie de votre lit ?
- Peu de temps.
- Cela ne me regarde pas mademoiselle Atkins, mais pouvez-vous me dire où vous étiez ? Je ne dirais rien à Madame votre mère.
- Je suis allée rejoindre Victoria, il fallait absolument que je la voie.
- Vous avez réussi ?
- Oui, Nicolas m'a fait entrer et puis Victoria m'a rejoint.
- Est-ce que vous allez mieux maintenant que vous lui avez parlé ?
- Beaucoup mieux. Emma, n'ayez jamais peur de me demander des choses, tout ce que je fais vous regarde, je suis sous votre responsabilité, j'aurais dû prévenir je m'excuse.
Elle se lève et me rejoint au centre de la pièce.
- Je ne vous juge pas mademoiselle, je me suis juste fais du soucis pour vous.
- Je suis désolée Emma.
- Ne vous excusez pas, simplement prévenez moi la prochaine fois, cela reste entre nous, mais je n'aurais pas à m'inquiéter.
J'attrape ses mains pour la rassurer, son regard me fait du bien et est vraiment sans jugement ou reproche.
- Pourquoi venez-vous me lever si tôt ?
- Pour vous préparer pour la promenade et le repas.
- Encore une promenade ?

- Mademoiselle est fatiguée ?
- Non, ça va.

Elle s'éloigne et rejoint mon armoire pour en sortir une robe blanche, un corset blanc bien plus fin que les précédents que j'ai pu porter ces derniers jours ; elle sort un chapeau et pose le tout sur le lit.

- Pourquoi le corset est-il plus fin que les autres ?
- C'est un corset de promenade, ils n'ont pas besoin de vous serrer autant que lors des bals ou dîners.

Je n'étais pas au courant de ce détail, mais j'en suis ravie, car je vais pouvoir respirer un peu plus. Je suis soulagée quand elle le passe autour de moi et qu'il n'est quasiment pas serré, en tout cas comparé aux autres, je ne suis pas compressée dedans. Je passe la crinoline qui est elle aussi plus petite que d'ordinaire. La robe blanche vient recouvrir mon corps ainsi que la crinoline qui vient transformer le tissu en jupon et me faire une belle robe. La dentelle est très fine et le tissu léger, je tourne sur moi-même et me sens très bien dedans. Mes mains viennent caresser la dentelle sur mon buste et remettre en place la jupe.

- Vous êtes très jolie.
- Merci Emma.

Elle me tend le chapeau et pour rire, je tente de lui mettre sur la tête, nous rions toutes les deux quand j'arrive finalement à lui poser.

- Il vous va parfaitement.
- Merci mademoiselle, reprenez le.

Elle l'enlève puis me le met en main.

- Faites attention lors du déjeuner, une tâche est vite arrivée et

vous êtes habillée tout de blanc.
- Je vais faire attention.
- Allez-y !
Je descends les escaliers et croise Liam qui descend avec moi.
- Bien dormi, chère sœur ?
- Très bien et toi ?
- Bien. Tu es prête pour aujourd'hui ? Il risque de faire très chaud, tu as eu raison de t'habiller comme cela.
- Emma est très douée pour m'habiller.
Nous croisons les plus jeunes qui sortent du salon en courant puis les suivons jusqu'au salon où nos parents déjeunent déjà.
- Les enfants, vous en avez mis du temps, dépêchez vous, nous partons dans cinq minutes.
- Quoi ?
- C'est non-négociable Liam.
Liam s'assoit en râlant et cela me fait rire. Nous avons du pain et un peu de fruits pour bien démarrer cette journée, j'ai hâte de retrouver Nicolas et Victoria pour trouver une solution pour arrêter Eloïse. Ma mère nous presse pour manger et nous sommes rapidement dans le véhicule puis très vite devant Hyde Park.
- Les enfants ne vous éloignez pas trop.
Louise et Georges commencent à courir dans le parc, tandis Liam et moi marchons derrière nos parents. Ma mère m'appelle et j'avance d'un pas rapide pour la rejoindre.
- Oui maman ?
- Le duc nous rejoint à midi. En revanche, sa tendre mère ne pourra pas être là, nous devrons la rencontrer un autre jour.

- Ce n'est rien, elle doit avoir de bonnes raisons et puis elle a le droit de ne pas venir si elle ne le veut simplement pas.
- Tu as raison ma fille.
Ma mère me sourit puis elle prend de l'avance avec mon frère. Nous marchons en silence à l'arrière quand quelqu'un arrive à ma droite et me bouscule.
- Emilie, pardonne-moi je ne t'avais pas vu.
Il fallait bien sûr, que l'on tombe sur elle aujourd'hui. Je lance mon sourire le plus hypocrite à cette peste et à sa mère.
- Eloïse, Lady Delacroix.
Mon frère a pris les devants pour les saluer, mais je n'en fais pas autant, si mes soupçons sont vrais alors elle ne mérite même pas mon sourire et ne devrait pas être si proche de moi ; mes parents sont loin devant et n'ont pas remarqué notre arrêt. Un silence gênant s'installe entre nous quatre, mais les regards meurtriers ne s'arrêtent pas pour autant.
- Milord, comment se porte votre mère.
- Très bien Eloïse, merci de demander.
- Aurais-je l'honneur de vous voir au bal ce soir ?
- Nous ne manquerions cela pour rien au monde n'est ce pas chère sœur.
- En effet.
Je réponds suite au coup de coude lancé par Liam en plein dans ma côte, le corset évite la douleur par chance, mais mon corps se décale un peu dû au choc.
- J'ai hâte de vous y voir. Bonne journée les enfants. Eloïse, tu me suis ?
- J'arrive dans un instant.

- Parfait.

Nous saluons poliment sa mère, bien que mon ton soit toujours aussi glaçant. Eloïse s'approche plus près de moi pour que nos visages soient proches et quand elle chuchote, je comprends pourquoi elle préfère être discrète.

- Tu t'es remise de ta chute ? Quel accident tragique, tu devrais vérifier ta selle la prochaine fois.

Je suis immobile, incapable de bouger ou répondre quoi que ce soit. Ses paroles viennent de confirmer qu'elle est au courant et qu'elle est responsable. Personne n'est au courant de mon accident, les potins n'ont pas encore pu circuler et encore moins sur la raison de celui-ci. Je la vois s'éloigner et son sourire me glace le sang ; sa folie va me tuer.

Chapitre 16

Je sens mon corps se tendre et bouillir, ce n'est pas humain d'être folle à ce point.
- Liam, sais-tu où je pourrais trouver Nicolas ?
- Pourquoi le cherches-tu ?
- Il faut absolument que je lui parle.
- De quoi ?
- Sais-tu où il est ou non ?
- Il doit être près du lac, il aime se balader la bas avant et après les repas.
- Merci.

Mon corps retrouve enfin son habilité et mes pieds se mettent en route.
- Où vas-tu ?
- À sa recherche.
- Emilie !

Liam reste immobile derrière moi, sachant qu'il est inutile d'essayer de me rattraper, quoi qu'il arrive, je suis déterminée à trouver Nicolas et je ne dirais pas à mon frère la raison, pas pour le moment en tout cas. Je cherche Nicolas du regard, mais ne le vois pas près du lac, je m'arrête sur le petit pont en bois et mes ballerines claquent contre les lattes. Je regarde autour de moi, à l'affût de chaque mouvement et chaque personne qui passe par là ; il n'est pas ici, il faut se rendre à l'évidence. Je me retourne, prête à retourner sur mes pas et à retrouver mon frère.

- Emilie ? Que faites-vous ici ?

- Nicolas ?

Je me retourne et lâche un soupir de soulagement.

- Dieu merci, je vous ai trouvé, je vous ai cherché partout.

- Pour quelle raison ?

- Il faut que je vous parle.

Je l'attrape par le bras et le tire à l'écart pour que les personnes un peu trop commères ne se laissent pas distraire par nos chuchotements et se nourrissent de notre discussion.

- Eloïse a avoué.

- Comment ?

- Enfin, elle m'a sous-entendu y être pour quelque chose. Elle m'a dit de faire attention la prochaine fois et de vérifier que la selle est bien accrochée.

- Vraiment ? En soit rien ne prouve qu'elle y est pour quelque chose, elle aurait simplement pu voir votre chute, elle était présente à l'écurie ce jour-là.

- Oui, mais personne ne sait que c'est à cause d'un problème de selle.

- C'est vrai. Vous avez raison.

Je vois dans le regard de mon ami qu'il ne doute pas une seconde de ma pensée et qu'il est persuadé aussi qu'Eloïse y est pour quelque chose, c'est même lui le premier à avoir émis cette hypothèse.

- Vous étiez seule avec elle ?

- Non, Liam était à mes côtés mais il n'est pas au courant de nos doutes.

- Oui mais il est au courant qu'elle est dangereuse. Il n'aurait pas dû la laisser s'approcher de vous, elle ne vous a peut-être pas fait de mal physiquement, mais elle joue avec votre mental…

- Je sais.

Il est vrai que ce qu'elle m'a confié ne me rassure pas et prouve qu'elle est réellement capable de tout pour me nuire et avoir le duc pour elle.

- Je reste à vos côtés à partir de maintenant, nous avons un repas ensemble dans quelques instants de toute manière, je ne fais que vous y escorter.

- C'est fort aimable de votre part Nicolas, merci.

Il me tend son avant-bras que je prends en étant bien plus rassurée et sereine. Nous marchons lentement pour profiter de cette charmante promenade.

- Le temps est bon.

- Tout juste la chaleur dont nous avons besoin milord.

- Je vous ai déjà dit de ne plus dire cela.

- Je sais, mais c'est l'habitude qui prend le dessus et j'ai l'impression de vous manquer de respect si je ne le dis pas.

- Vous ne me manquez jamais de respect mademoiselle.

- Vous me le feriez remarquer en cas contraire n'est ce pas ?

- Bien évidemment.

Il rit d'un rire chaleureux et qui réchauffe mon cœur ainsi que celui de pas mal de jeunes femmes qui passent par là.
- Vous faites glousser ces dames par votre simple rire.
- Ce n'est pas comme cela que je trouverais une épouse digne de mon nom.
- Vous êtes exigeant ?
- Pas du tout, je veux simplement une femme assez intelligente, charmante et souriante. Je ne pense pas que ce soit beaucoup, pensez-vous le contraire ?
- Je pense que ce sont de bonnes qualités à rechercher et à vouloir chez une personne avec qui l'on partagera le reste de sa vie.
- Croyez-vous aux âmes sœurs mademoiselle Atkins ?
- Je ne sais pas, me donneriez-vous votre avis avant ?
- Avec joie.
Il marche un peu plus lentement pour pouvoir tourner sa tête vers moi de temps à autre.
- Je pense que si une personne est créée, elle doit forcément avoir une part d'elle ailleurs, sinon que ferait-elle sur terre ? Pourquoi chercher absolument l'amour si l'on ne croit pas aux âmes sœurs ? Autant attendre que l'amour vienne à nous et l'accueillir sans y croire réellement ; je pense que si nous cherchons avec tant de passion et de dévouement l'amour, alors c'est que notre âme sœur attend d'être trouvée pour combler ce vide dans notre cœur.
- C'est beau ce que vous dites.
- Je le pense. Je pense sincèrement que sur terre quelqu'un me correspond et qu'une fois que nous nous rencontrerons nous

saurons que nous sommes comblés.
- Vous pensez que cela sera une évidence ?
- C'est-à-dire ?
- Imaginez que vous rencontriez quelqu'un, vous ne pensez pas que vous pouvez avoir un futur ensemble. Mais à ce moment précis, vous apprenez à connaître cette personne, et l'amour se développe ; est-ce que selon vous, cette personne ne peut pas être celle que vous attendiez ? Votre moitié doit-elle automatiquement être un coup de foudre ou cela voudrait dire que sans coup de foudre ce n'est pas votre âme sœur ?
- Je vous avoue mademoiselle que je ne sais pas. Je sais juste qu'une personne sera faite pour moi et que je ne vais pas épouser une fille au hasard et attendre que l'amour se développe après.
- Vous avez raison.
- Alors pourquoi épousez-vous le duc ? Vous êtes fiancée avec lui sans que l'amour ne se soit développé.
- Je suppose qu'il viendra.
- Pensez-vous que le duc est votre âme sœur ?
- Je ne sais pas Nicolas. Le courant passe bien mais je dois encore apprendre à le connaître.
- Pouvez-vous me promettre quelque chose ?
- Dites-moi.
Il s'arrête et se tourne pour me faire face.
- Promettez-moi que vous n'épouserez pas cet homme si vous ne l'aimez pas, sauf si vous ne croyez pas en l'amour véritable.
Je peux voir de l'inquiétude passer dans son regard, ses sourcils sont un peu froncés mais ce n'est pas de la méchanceté, tout

part d'un bon sentiment. Je laisse ma main glisser le long de son bras pour attraper sa main.
- Je crois au véritable amour, croyez-moi, je n'épouserais pas quelqu'un si je ne sens pas que cette relation sera bénéfique et réelle. Je veux tout autant que vous un futur avec une personne charmante et qui m'aime en retour, je vous promets de ne pas épouser le duc si cela ne marche pas entre nous, du moins de mon côté.
- De votre côté ?
Je prends une grande inspiration pour ne pas parler trop vite et trouver mes mots.
- Je sais déjà ce que ressent le duc à mon égard. Je n'ai pas encore eu le temps de ressentir autant que ce qu'il éprouve déjà.
Ses mains exercent une pression contre les miennes.
- N'ayez crainte, le temps ne presse pas, vous avez le temps de le découvrir.
Je sais qu'il dit vrai, mais une partie de moi a peur de ne pas réussir à ressentir plus pour Charles, c'est un homme bon et de bonne famille mais je ne sais pas pour combien de temps je suis dans ce monde et cela bloque beaucoup ce que je fais ici.
- Je vous le promets.
Il quitte mes yeux et regarde au loin.
- Très bien, voyez au loin, le duc Bennett est près de votre mère.
Je tourne la tête pour regarder dans sa direction et apercevoir la scène à mon tour, ils ont l'air d'avoir une discussion très amusante car ma mère ne cesse de rire.
- Ils sont déjà prêts pour le repas ?

- Il faut croire.

Nous attendons quelques instants en les regardant de loin et pour voir nos proches arriver près de la tonnelle à leur tour.

- Peut-être devrions-nous les rejoindre ?

- Vous avez raison. Votre sœur est-elle déjà arrivée ?

- Elle est arrivée en même temps que moi mais nous nous sommes quittés à l'entrée du parc, je ne la voit pas encore mais elle ne devrait pas tarder à nous rejoindre.

Nous sommes surpris par Victoria qui arrive derrière nous.

- Je dérange quelque chose ?

Je ne comprends son sous-entendu que lorsque les mains de Nicolas lâchent les miennes.

- Nous parlions simplement.

- Comment vas-tu chère sœur ?

- Très bien Nicolas. Emilie, puis-je avoir une conversation avec toi ?

- Bien sûr.

Nicolas nous regarde en fronçant les sourcils alors je hausse les épaules car je ne sais pas non plus ce qui prend à ma meilleure amie.

- Ne prenez pas trop de temps, le repas ne devrait pas tarder à commencer, nos mères sont assises.

- Ne t'inquiète pas Nicolas ! Nous n'en avons que pour une minute.

Nicolas baisse la tête puis tourne les talons et s'éloigne vers la tonnelle où nos familles sont déjà.

- Que se passe-t-il Vic ?

- Es-tu amoureuse de mon frère ?

- Quoi ?!
Je ne contrôle pas ma voix qui sonne bien trop aiguë.
- Je te demande si toi et mon frère avez une romance ?
- Bien sûr que non Victoria ! Enfin, qu'est-ce qui te fait penser ça ?
- C'est la deuxième fois que je vous surprends, main dans la main, en train de chuchoter et à l'écart des regards.
- Je te rassure Vic, il ne se passe rien du tout entre nous, je ne suis pas amoureuse de ton frère, nous sommes amis et il m'aide à résoudre cette histoire avec Eloïse.
Elle croise les bras sur sa poitrine et ses yeux se détendent un peu bien qu'elle voudrait le contraire.
- Je te l'aurais dit s'il n'y avait ne serait-ce qu'un petit doute, tu es ma meilleure amie.
- Oui mais c'est mon frère, tu aurais pu ne pas oser.
- Je te jure que non.
- Hum.
Je pense qu'elle me croit car elle relâche ses bras et s'avance.
- Nous devrions aller manger.
- Tu as raison, mais crois moi Vic, je suis déjà trop préoccupée par cette histoire de changement de monde et de fiançailles.
- Tu sais Emilie, l'amour peut tomber à n'importe quel moment, même quand autant de folies se passent dans ta vie.
- Quoi qu'il en soit, je t'assure que je ne ressens que de l'amitié envers Nicolas.
- Très bien.
Elle me sourit et je sais qu'elle est sincère, Victoria n'est pas le genre de personne à sourire pour fuir une conversation, elle m'a

dit ce qu'elle avait à dire et maintenant qu'elle a sa réponse tout va bien ; si elle ne me croyait pas, elle aurait continué la conversation. Nous allons sur l'herbe, elle a un peu trop poussé et sa fraîcheur vient chatouiller nos chevilles. Nous arrivons près de la tonnelle où nos deux familles et le duc nous attendent déjà. Nicolas me lance un regard à l'autre bout de la table alors je hoche la tête pour lui dire que tout va bien. Je m'assois entre ma petite sœur Louise et le duc, ma meilleure amie s'assoit face à moi près de son petit frère Colin qui est assis à côté de mon petit Georges.

- Emilie, comme cela me fait plaisir de manger à tes côtés.

Elle me sourit et tourne sa tête vers son assiette, ses petites boucles rebondissent dans l'air et je m'attarde sur la beauté de Louise. Elle est habillée de blanc, comme tout le monde autour de notre table, et ses cheveux ondulés sont attachés ne laissant que quelques mèches tomber le long de son visage, elle ressemble à une poupée. Liam est malheureusement assez loin de moi et cela ne me rassure pas, il est entre Charles et mon père, je ne pourrais donc pas lui parler ou très difficilement. De loin, ma mère me fait un signe de la tête pour m'assurer que tout va bien et de bien me tenir, je sais que c'est gentil venant d'elle, mais le surplus d'émotions autour de moi en si peu de temps m'étouffe. Je prends sur moi et commence à manger en silence.

Chapitre 17

Tout le monde a fini de manger et est en train de déguster des pâtisseries qui ont, je dois l'avouer, l'air succulentes. J'ai beau les trouver très belles, je n'arrive pas à les manger, j'en ai envie mais j'ai déjà trop mangé et ma boule au ventre m'empêche ce péché mignon.

- Mademoiselle Atkins ?

Je ferme les yeux quelques secondes et tourne mon buste vers la voix qui m'appelle.

- Monsieur ?
- Je vous ai demandé quelle était votre pâtisserie préférée.
- Pardonnez-moi, je n'ai pas entendu. Les tartes en général sont mes pâtisseries préférées. Qu'en est-il pour vous ?
- J'apprécie les macarons.
- Ils sont pourtant rares.
- C'est ce qui rend leur goût encore meilleur. Je me souviens en avoir mangé lors de mon voyage à Paris, je n'avais jamais goûté d'aussi bon gâteaux, la texture est incomparable et le goût incroyablement léger.
- Vous êtes allé à Paris, Monsieur ?

- Plusieurs fois, pour le travail en effet.
- Comment était-ce ?
Ma mère interrompt toutes les discussions.
- Je tiens à vous remercier d'être autour de cette table aujourd'hui. Merci Monsieur Bennett de votre compagnie. Mes amis, Lady et Lord Johannson, comme à votre habitude, merci d'être venus avec l'amour de votre famille. Bénissons ce dessert et l'amitié. Bonne dégustation.
Elle prend un gâteau puis me sourit avant de reprendre sa conversation avec mon père. Je prends mes couverts et tente de manger la tarte aux pommes car elle a l'air succulente. Je ne me trompe pas, je n'en ai jamais mangé une aussi bonne. Je suis sûre d'avoir laissé échapper un bruit tellement le goût me plaît. La pomme est sucrée mais sans trop cacher le goût du fruit, la pâte n'est pas trop cuite et parfaitement dorée, c'est un délice. Et l'odeur… L'odeur est incroyable, malgré toutes les pâtisseries présentes sur la table, ma tarte est la seule qui retient mon attention et que je sens pour le moment.
- Paris était magnifique.
Je tourne la tête vers le duc Bennett, j'ai la bouche pleine alors je me contente de hocher la tête pour montrer que je l'écoute mais je me rends compte que c'est tout de même impoli.
- C'est une grande ville, très grande même. Elle est toujours en mouvement et j'ai l'impression que c'est notre ville concurrente, beaucoup d'inventions sont en créations là-bas et la mode est complètement différente de celle que l'on a ici à Londres.
- À ce point ?

- Vous n'avez pas idée. Peut-être pourrais-je un jour vous y emmener ?
- Hum.
J'avale difficilement ma nouvelle bouchée de tarte et je commence à avoir chaud. Cette histoire de futur m'angoisse vraiment, je ne sais pas si je suis définitivement coincé dans ce monde ou si je vais brutalement rentrer dans l'autre époque. Je n'arrive plus à l'appeler mon monde car je fais partie de celui-ci maintenant, c'est ici que je me sens chez moi mais je ne sais pas de quoi demain est fait. Je suis arrivée ici si soudainement et sans explication, je pourrais retourner dans l'autre monde de la même manière. Je commence à avoir très chaud, mon corset me serre beaucoup et m'empêche de respirer correctement. Ma main se pose sur le verre d'eau froide devant moi et me glace la main, je ne réfléchis pas et bois son contenu. Je ferme les yeux et mon visage se crispe quand l'eau glacée rencontre mes lèvres puis ma langue et je sens le liquide descendre et me geler de plus en plus.
- Tout va bien mademoiselle ?
Le duc pose sa main chaude sur mon épaule et cela me fait un choc, mon corps reçoit trop de sensations en trop peu de temps.
- J'ai besoin… de prendre l'air. Veuillez m'excuser.
Je sors de table en faisant bien plus de bruit que je ne l'aurais voulu et tous les regards se posent sur moi. J'attrape d'un geste brusque mon chapeau et mon éventail ; au passage je fais tomber ma serviette au sol mais je ne prends pas le soin de la ramasser et je m'enfuis. Je marche rapidement, le soleil frappe mon visage et j'enfile violemment mon chapeau. Je n'arrive pas

à accrocher les rubans ce qui m'agace et je m'énerve, ce qui me fait manquer de souffle. Je trouve un coin à l'ombre sous un arbre et m'arrête pour me calmer et reprendre une respiration digne de ce nom. Je ne réussis pas à nouer les rubans et j'abandonne l'idée de porter mon chapeau. Je pose mes mains sur mon ventre et ferme mes paupières. Le vent est chaud contre mon visage mais il apaise tout de même mon corps brûlant. Je prends une grande inspiration, l'herbe fraîchement coupée sent bon et se mélange à l'odeur des fleurs qui l'entoure. J'entends des gens parler mais j'essaie de me concentrer sur ce que la nature peut me partager, les criquets qui chantent, les branches qui craquent, le vent qui souffle, cela m'apaise et mon souffle reprend un rythme calme. Je redresse mon buste et mes épaules, tout va bien. J'entends des pas derrière moi. Quelqu'un m'a rejoint. Je reconnais ce souffle masculin.

- Mademoiselle Atkins, vous sentez-vous mieux ?
- Je pense.

J'ouvre les yeux et me retourne pour lui faire face.

- Je suis désolée d'avoir pris la fuite si soudainement, c'était maladroit venant de moi.
- Non, ce n'est rien. Je m'excuse d'avoir parlé de voyage, je ne sais même pas si vous aimeriez voyager.
- Ce n'est pas Paris qui m'inquiète, j'adorerais voyager.
- Alors d'avoir mentionné un futur avec vous alors que je ne connais pas vos intentions.
- Écoutez… Vous êtes un homme fabuleux.
- Mais…
- Ce n'est pas un "mais" négatif milord, simplement, je ne suis

pas rassurée. Je ne sais pas de quoi demain est fait, j'ai peur du futur et imaginer un futur avec quelqu'un m'effraie au plus haut point.

- Pourquoi cela vous effraie ?

J'aimerais tout lui dire, mais il ne comprendrait pas, il me prendrait pour une folle et ce n'est pas envisageable.

- Le futur est si incertain, j'ai peur de visualiser un futur et qu'il ne se produise pas comme tel.

- Vous ne voulez pas vous marier ?

- Si ! Bien sûr que si, mais je ne pensais juste pas me marier aussitôt, aussi soudainement.

- Un mariage fait peur, je le conçois mais je peux vous promettre que vous ne serez pas triste, jamais.

- Monsieur, ne promettez pas des choses comme cela, vous ne savez pas de quoi demain est fait, les promesses comme celles-ci ne peuvent pas être certaines.

Son regard fixe maintenant le sol, je ne voulais pas le blesser mais la panique me fait perdre mes moyens et mes mots sont parfois mal exprimés.

- Je ne remets pas en doute vos intentions milord…

Il relève la tête, posant ses incroyables yeux sur moi. Son regard me perce et je vois qu'il est réellement attaché à moi.

- Je sais que vous ferez tout pour me rendre heureuse et je ne doute pas que ce mariage, notre mariage, sera un mariage heureux, j'ai juste peur qu'il ne se produise pas.

Il fronce les sourcils et encore une fois je me rends compte de ce que je viens de dire.

- Je suis si peu douée avec les mots, pardonnez moi. J'ai peur de tout gâcher, j'ai envie de me marier, j'en ai vraiment envie mais…

- Mais pas avec moi ?

- Bien sûr que si.

Je commence à paniquer de nouveau, cette discussion n'a aucun sens, je me perds moi-même avec mes mots et ce que je tente de lui dire. Je déteste cette sensation, perdre le contrôle et ne pas réussir à le reprendre. J'attrape une de ses mains et ne le lâche pas du regard.

- Laissez-moi reprendre depuis le début. Je veux me marier, avec vous, mais cela me terrifie ; je suis terrifiée à l'idée de vous aimer et de vous perdre un jour.

Je sens sa main se refermer sur la mienne et cela me réchauffe le cœur et me donne le courage de continuer.

- Un mariage demande beaucoup d'organisation et de courage, il y a énormément de choses à faire en peu de temps et je sens que j'étouffe. Je me suis réveillée un matin et tout m'est tombé dessus, je ne m'attendais pas à vivre autant de choses si rapidement et me voilà fiancée et à quelques semaines de mon mariage. Ce n'est pas facile d'apprendre que l'on va se marier avec quelqu'un que l'on ne connaît pas, j'appréhendais beaucoup notre rencontre et le fait que vous soyez un homme bon m'a fait perdre mes moyens, je m'attendais à vous en vouloir et à vous détester et voilà que vous êtes simplement l'homme idéal. Ce sont beaucoup de sentiments et de situations à gérer en même temps.

Je m'arrête pour reprendre mon souffle.

- Que voulez-vous de moi ?

- Comment ?

- Que suis-je censé faire pour que ma future femme soit sans crainte ? Devons nous annuler le mariage ? Votre crainte de celui-ci vous empêchera-t-elle d'être heureuse et de ressentir un amour quelconque ?

- Je ne veux pas me marier avec un autre homme que vous, vous pouvez comprendre ma peur face à tant de responsabilités en revanche.

- Serez-vous heureuse ?

- Avec vous, bien évidemment. J'ai peur de vous perdre, la pensée de ne plus vous voir m'effraie. Le mariage rendra ce sentiment encore plus fort monsieur.

Il attrape ma deuxième main.

- Mademoiselle, vous ne me perdez-pas et je vous promets…

- S'il vous plaît, pas de promesse. Pas aujourd'hui. Cela ne ferait qu'augmenter ma peur et je ne veux pas fuir de nouveau.

Il hoche la tête et lâche mes mains.

- Voulez-vous que l'on commence à vivre ?

- C'est-à-dire ?

- Vivre sans penser au futur, profitez de chaque instant.

Je lui souris et pose mes mains sur mon ventre pour sentir mon ventre se soulever face à ma respiration lente.

- Je voudrais bien milord.

- Alors suivez-moi.

Il prend ma main et commence à courir, me forçant à le suivre.

- Que faites-vous ?

Il s'arrête et se retourne. Nos visages sont à quelques centimètres de l'un de l'autre et je n'arrive pas à soutenir son regard.

- Vous me faites confiance ?

- Oui.

Il se remet à courir et je le suis de près, tentant de ne pas marcher sur ma robe. Quelques regards curieux se tournent vers nous mais nous ne nous arrêtons pas. Je n'ai aucune idée de ce qu'il me réserve, mais je me sens bien mieux que quelques minutes plus tôt et je réalise qu'il est vraiment prêt à tout pour me rendre heureuse. Nous sortons du parc et tournons dans une rue en direction de la sortie de la ville. Il tourne la tête vers moi tout en continuant sa course.

- Je fuis à vos côtés.

Chapitre 18

Nous sommes en train de fuir le repas que ma famille a mis du temps à organiser, ma mère va m'en vouloir cette fois, c'est certain. Nous tournons dans une petite rue et nous arrivons devant une porte.

- Que faisons-nous ?
- Nous allons écouter de la musique.
- Nous avons le droit d'entrer ?
- Je connais le propriétaire de cette salle, il n'y verra aucun inconvénient, voulez-vous me suivre ?

Je le regarde, hésitant un peu, mais je vois qu'il tente de bien faire et cela me touche qu'il m'emmène dans un lieu musical.

- Très bien, entrons.

Il passe devant moi et ouvre la porte en métal, elle grince un peu mais il tire sur celle-ci.

- Après vous.

Je lui offre une légère révérence avant d'entrer, c'est assez sombre et ça le devient encore plus quand la porte se referme derrière nous ; je m'arrête instinctivement, ne sachant pas où aller. Je sens sa main se poser sur mon épaule.

- Suivez-moi.

Il passe devant moi et nous avançons dans ce qui semble être les couloirs d'une salle de spectacle. J'entends une musique au loin, il me semble que ce sont des notes de piano mais je n'arrive pas à distinguer s'il y a un autre instrument de musique. Je continue de marcher derrière Charles et nous approchons d'un escalier.

- Vous pensez pouvoir me suivre ? Il n'y a pas beaucoup de lumière.

- Je pense que ça devrait aller.

Je baisse les yeux pour regarder mes pieds et monter les premières marches, elles sont tout juste visibles, mais j'arrive à distinguer les différents niveaux et mes pieds suivent le rythme en montant. Je pose ma main sur la barre en fer pour m'aider à monter et de mon autre main je tiens le tissu de ma jupe pour ne pas marcher dessus, il ne faudrait pas que je tombe à cause d'un bout de tissu ou pire, que j'abîme cette magnifique robe. Lorsque Charles s'arrête devant moi, je m'arrête à mon tour et relève la tête pour voir la raison qui l'empêche d'avancer et je me rends compte que nous sommes arrivés. Il m'ouvre une nouvelle porte en métal mais celle-ci ne grince pas et il fait de son mieux pour ne faire aucun bruit ; je passe la porte et arrive sur un balcon qui a vu sur la scène. Je suis éblouie par la beauté de cette vue. Notre balcon se situe tout à droite de la scène et au troisième étage, nous sommes entourés de sièges rouges en velours et au centre de la salle, un magnifique et gigantesque lustre est accroché et brille. C'est magnifique. Je m'assois machinalement sur un des fauteuils mais je ne m'en rends compte que quand la peau de mes bras rencontre le tissu en velours, j'étais si concentrée sur ce qui nous entoure que je n'ai pas baisser les yeux à notre niveau. Notre balcon est assez petit, pour trois personnes maximum ; il y a une entrée derrière les sièges, qui doit être celle officielle lors d'événements, cela m'étonnerait que la société emprunte les escaliers que nous venons de prendre qui doivent être des escaliers de secours je suppose. Charles s'assoit sur le siège près de moi.

- Vous êtes bien installée ?
- Très bien. Que faisons-nous ici ?
- Nous allons écouter de la musique comme je vous l'ai dit.
- Mais il n'y a pas de public.
- Ce sont les répétitions.

Je regarde un homme qui est sur scène et joue du piano, la mélodie que j'ai entendue en arrivant venait bien de la scène et il joue divinement bien. Quelques instants passent mais la musique est très basse puis s'arrête soudainement lorsqu'une femme entre sur scène.

- Maria est là, vous allez adorer.

La femme est incroyablement belle, elle semble sûre d'elle et se met au-devant de la scène, ses boucles blondes tombent sur ses épaules et viennent se cacher dans le creux de sa poitrine ; ses yeux fixes un point droit devant elle et je me penche légèrement pour voir ce qu'elle regarde mais il n'y a rien. Sa bouche est légèrement maquillée, bien plus que les femmes de la société en tout cas et cela fait ressortir son teint pâle, Maria est une belle femme. Le piano émet une première note pour prévenir la

chanteuse du début de la répétition et je vois Maria se grandir et redresser ses épaules.
Lorsqu'elle commence à chanter, j'ai tout de suite des frissons, je ne sais pas pourquoi je ne m'attendais pas à entendre de l'opéra alors que c'est logique que ce soit ce chant à cette époque, mais sa voix est perçante, puissante, les frissons apparaissent rapidement sur mon corps et je suis subjuguée par la beauté de ce morceau. Elle chante en italien et je ne peux malheureusement pas comprendre les paroles, mais elle me fait voyager, elle arrive à apaiser mon cœur et reposer mon corps ; laissant rapidement les larmes monter aux creux de mes yeux, je tente de les retenir mais lorsque sa voix tient une incroyable note, mes quelques larmes s'écoulent en même temps que la note se termine. C'est bouleversant. Lorsque la chanteuse passe un doigt sous son œil, je me rends compte que c'est tout autant éprouvant pour elle de ressentir les émotions qu'elle chante. Elle laisse sa tête tomber en avant puis le piano s'arrête.
- *Magnifico* ! Maria, vous étiez incroyable.
- N'abusez pas Roberto, ce n'était pas ma meilleure performance.
- Vous en ferez une extraordinaire lors de la représentation, je n'en doute pas.
- *Grazie* Roberto. Je vous vois *presto* mon ami.
J'écoute leur conversation tout en essayant de me remettre de mes émotions, j'ai du mal à m'en remettre pour une raison que je ne saurais pas expliquer.
- Vous allez bien ?
Je me retourne et le visage inquiet de Charles s'accentue quand

il me voit de face.
- Vous avez pleuré, je m'excuse, ce n'était pas le but.
- Ne vous excusez pas, c'était magnifique.
Il hésite un instant mais finit par poser sa main sur la mienne.
- Vous comprenez l'Italien ? Ou la mélodie et la voix vous ont touchées ?
- Je n'ai aucune idée de ce que racontait la chanteuse. Le savez-vous ?
- C'est un drame que l'histoire raconte. Un jeune homme est fou amoureux d'une femme mais n'arrive pas à lui exprimer son amour car il la croit inaccessible. Il voit la femme dont il est fou amoureux s'éloigner chaque jour car de son côté, elle a peur de s'engager avec un homme qui part à la guerre. Le jeune homme finit par lui déclarer sa flamme à travers une lettre qu'il dépose avant de partir au combat. Lorsque la jeune femme lit la déclaration, elle tente de le retrouver mais il est déjà parti. Alors qu'elle perd espoir d'un jour le revoir, un train part pour Rome, où se trouve l'homme qu'elle aime. Le soldat quant à lui, est au plus mal et est mourant, sur son lit, il ne cesse de répéter le nom de sa belle, mais personne ne comprend de qui il parle. Jusqu'au moment où elle apparaît, la femme qu'il aime l'a retrouvé et pleure à ses côtés de ne pas avoir eu le temps de l'aimer.
Il marque une pause voyant que je suis encore plus bouleversée par ce qu'il vient de me raconter ; mes émotions sont encore plus fortes en sachant ce que la chanson raconte.
- La jeune femme a passé des jours près de celui qu'elle aimait mais il n'a pas survécu. La tragédie se finit sur un monologue de la jeune femme, racontant qu'elle n'a pas aimé à temps et

qu'il est maintenant trop tard.
Une fois de plus, les larmes ont rejoint mes joues et mes mains se posent sur ma bouche pour me retenir de faire du bruit en pleurant.
- Pourquoi tout est toujours si triste ?
- C'est le but des tragédies, émouvoir le public.
- Mais ils ne comprennent pas.
- Cela dépend. En Italie, ces opéras font pleurer des salles entières.
- Vous m'avez amené ici pour me faire pleurer ?
- Non !
Je glousse pour lui faire comprendre que je me moque de lui, je suis surprise qu'il m'ait fait entrer ici, il savait ce que j'aimerais et ce qui me ferais du bien.
- Comment l'avez-vous su ?
- Su quoi mademoiselle ?
- Que j'aimerais ce moment.
- Je sais que vous aimez le piano, il était nécessaire de vous faire venir ici un jour et je me suis dit que ce serait le moment parfait pour vous éloigner quelques instants de la réalité.
- Vous avez bien fait.
- Je n'ai pas fini, venez.
Il me tend la main que je prends avec plaisir puis nous redescendons les escaliers, ils sont encore plus embêtants dans ce sens-là et j'aimerais avoir mon téléphone pour pouvoir allumer la lampe torche… Dans certaines situations, je dois avouer que cette invention est révolutionnaire et très utile ; depuis quatre jours je n'ai pas ressenti le besoin de mon

téléphone, ni des réseaux sociaux, ni quoi que ce soit d'autre, mon écran ne me manque pas. Il est vrai qu'il serait parfois utile, mais je pense que si je l'avais je ne vivrais pas pareil, je ne profiterais pas autant ; les écrans nous bouffent la vie je ne vais pas dire le contraire.

- Attention, la dernière marche est plus haute.

Je saute la dernière marche et atterris sur le sol. Nous avançons prudemment dans les coulisses puis je vois Charles entrer sur scène.

- Nous avons le droit d'être ici ?

- Ne vous faites pas de soucis pour cela.

Je hoche la tête bien que je ne sois pas confiante, mes pieds en revanche ont l'air bien plus motivés que ma raison et avance seuls vers la lumière de la scène. Je rejoins le duc près du piano qui est en retrait sur la scène et m'assois quand il m'offre le tabouret. Je regarde face à moi, les fauteuils paraissent si petits dorénavant et le lustre en revanche semble énorme. La lumière est assez douce et ne m'éblouit pas et j'en suis reconnaissante.

- Voulez-vous jouer pour moi ?

- Jouer ? Ici ? Non, je ne peux pas.

- Il n'y a personne, cela restera entre vous, moi et la musique.

Je baisse la tête et observe mes mains posées sur mes cuisses, elles sont si proches des touches que j'entends déjà dans ma tête les notes qu'elles pourraient jouer. Le piano est magnifique, il est d'un bleu pastel plus clair que le ciel avec des petites fleurs peintes en or ; je relève ma main droite et caresse le piano lentement, j'ai de plus en plus envie d'en jouer. Je relève la tête vers Charles qui s'est assis sur un tabouret au-devant de la scène, il me sourit et cela me motive. Je pose mes doigts sur les touches et décide de jouer un morceau d'époque pour ne pas m'attribuer la chanson d'un artiste, je finirais par dire que j'ai composé les chansons de Bruno Mars si je joue encore une de ses mélodies. Lorsque j'étais au conservatoire, nous avons appris plein de vieilles musiques, ce sont les basiques pour apprendre à bien jouer du piano, c'est ce que disais nos profs en tout cas, j'ai donc la chance de connaître beaucoup de chansons et je connais très bien celles de Chopin, en revanche ma préférée qui est *Clair de lune* ne date pas de cette époque, si je ne dis pas de bêtises elle n'est sortie qu'en 1900 et quelque, il m'en faut donc une plus vieille. Mes mains pianotent sans trop réfléchir puis se mettent à jouer *Nocturne opus 37*, elle date de 1840 ce qui est donc parfait. Mes doigts commencent lentement à jouer, d'abord calmement et presque dans un silence puis petit à petit, je monte en intensité, j'appuie plus fort sur les touches et donne plus de force dans la mélodie. Je ferme les yeux et me laisse aller, la sensation est indescriptible ; je relève la tête et ouvre les yeux pour observer la salle vide, ça a toujours été un rêve de jouer dans une salle comme celle-ci, même si j'offre ce concert à Charles seulement, j'ai l'impression de le réaliser.

- EH ! Qu'est-ce que vous faites là ?

J'arrête de jouer et cherche d'où vient la voix, je vois un petit monsieur aux cheveux gris dans une allée près du premier rang, il s'approche et Charles se lève ; je me redresse à mon tour et me mets à courir lorsqu'il m'attrape la main et accélère devant moi.

- Dépêchons-nous !

Mon cœur bat à mille à l'heure et je n'ai pas le temps de réfléchir à ce qu'il se passe, ni quoi faire, je suis simplement le duc dans les couloirs des coulisses puis il pousse une grande porte et nous arrivons dans un énorme hall, il y a des guichets et de grands escaliers. Il me tire par la main et nous descendons les marches de l'escalier principal en courant ; j'ai l'impression d'être une princesse qui fuit, telle une scène de film, sauf que je ne sais pas comment la mienne va se finir. Nous arrivons en bas de l'escalier et je me retourne pour voir si l'homme nous suit toujours mais par chance il n'est pas là, malgré tout nous ne ralentissons pas notre course. Charles pousse une porte qui mène sur la rue et nous retrouvons l'air chaud de ce mois de Mai. Nous courons entre les quelques passants puis nous nous réfugions dans une rue face à la salle que nous venons de quitter. Il s'arrête et j'en profite pour reprendre mon souffle. Je regarde le théâtre dont nous venons de sortir mais il n'existe plus de nos jours, je ne l'ai jamais vu dans mon époque et pourtant, je passe souvent dans ce quartier. Le théâtre est aussi beau à l'extérieur qu'à l'intérieur, mais les murs sont assez simples comparés aux structures que nous avons vu dans la salle.

- Vous allez bien ?

J'avais oublié sa présence pendant un instant ; je me retourne pour lui faire face et hurle en chuchotant pour ne pas attirer l'attention sur nous.

- Vous m'aviez dit que vous aviez le droit d'entrer !

- Vous ne m'auriez pas suivi en cas contraire, mais admettez que c'était amusant.

Je croise les doigts et fais mine d'être énervée.

- Allez, mademoiselle Atkins, vous pouvez le dire, je ne le répéterais à personne.

Je fronce les sourcils.

- Je ne dis pas que ce n'était pas amusant, j'ai passé un très bon moment ; cela dit, vous m'avez menti.

- Mais c'était pour la bonne cause.

- Je sais et je dois avouer que je ne pensais pas que vous étiez ce genre d'homme, vous m'avez surprise et d'une très bonne manière.

- Pensiez-vous que j'étais un homme droit, qui ne pense qu'à son travail et qui n'est pas amusant ?

- Je pensais qu'il serait compliqué de m'amuser avec vous en effet, pas dans le sens où vous êtes ennuyeux bien sûr ne vous méprenez pas ; mais je pensais que cela serait plus plat disons.

- Je suis heureux de vous avoir surpris, j'ai hâte que vous en appreniez plus sur ma petite folie que je ne peux montrer quand il y a du monde autour.

- Je me doute bien milord, ainsi, nous devrions passer plus de temps ensemble.

Je ne sais pas pourquoi je propose cela alors que je sais que ça va m'effrayer mais d'un côté, je me dis que le temps que je passe à ses côtés est précieux et est peut être le dernier, il faut que nous profitions. Cette petite voix dans ma tête tourne en rond et me répète qu'à tout moment je peux disparaître de ce monde, je ne sais toujours pas comment je suis arrivée ni si cela est définitif.

- J'en serais ravi. Voulez-vous retourner au repas ?

- Je pense que nous n'avons pas le choix, ils doivent se faire du soucis et maman risque d'être énervée si je ne m'y montre pas.

Il hoche la tête et me tend son bras que j'attrape, j'essaie encore de reprendre mon souffle car courir à toute vitesse en corset pour échapper aux soucis n'est pas la meilleure sensation que j'ai pu vivre, bien que cette folie m'ait libéré d'un poids et m'a fait énormément de bien. Nous marchons le plus calmement possible, sans attirer l'attention sur nous ; nous n'avons pas de chaperon et je crois cela mal vu de se promener la main aux bras du duc seul. J'essaie de paraître décontractée mais les quelques regards que l'on nous lance ne font qu'empirer mon angoisse. Nous retrouvons l'entrée du parc et rapidement entrons dans celui-ci ; je marche de plus en plus vite ayant hâte de retrouver ma famille car j'appréhende leur réaction. Quand je vois la tonnelle au loin, Liam est le premier à m'apercevoir, je le vois se lever et frapper l'épaule de ma mère en lui parlant ; Elizabeth se lève à son tour et s'éloigne de la table. Je lâche le bras du duc pour avancer plus vite et aller à la rencontre de ma mère qui a l'air paniquée, tout le monde reste en retrait pour nous laisser entre nous.

- Où étais-tu bon sang, je me suis inquiétée Emilie !

- Je sais maman, je suis désolée… J'ai eu un coup de chaud et je ne me sentais pas bien alors le duc a proposé de m'emmener en promenade.

- Sans chaperon ! Tu te rends compte de ce que cela peut engendrer ?

Elle me prend dans ses bras et je me rends compte qu'elle se faisait plus de soucis pour moi que pour le regard de la société.

Lorsqu'elle s'éloigne, elle garde ses mains sur mes épaules et son regard s'attendrit.

- Vous êtes fiancés cela dit, mais tout de même Emilie, je me suis fait du soucis pour toi.

- Je suis sincèrement désolée maman, je n'y avais pas pensé, j'étais juste si mal et cette balade m'a fait beaucoup de bien.

Le duc Bennett passe près de nous mais ne s'arrête pas, il rejoint la table derrière nous en saluant rapidement ma mère pour ne pas paraître impoli.

- Le duc est-il bon avec toi ?

- Il l'est maman, il est charmant, très gentleman, attentionné et il me plaît.

- C'est le plus important mon ange, je te le redis mais si l'amour ne se développe pas, ce n'est pas grave, nous pouvons annuler le mariage ; Lady Bennett est compréhensible et notre entente est parfaite.

- Le duc et moi avons parlé de cela, nous avons accordé l'un à l'autre le droit de refuser le mariage à tout moment si l'amour n'est pas réciproque. Nous voulons tous deux un mariage d'amour et si nous venons à forcer le nôtre, notre mariage ne sera jamais heureux.

- Vous avez parlé de cela ?

- Oui.

Ma mère lâche finalement mes épaules et croise les bras.

- Je ne devais pas ?

- Si ! Au contraire ! C'est vraiment bien que vous puissiez parler de cela, il est ouvert à la discussion et de ce que tu me dis, il veut ton bonheur. C'est bien, c'est très important de

parler dans un couple et si vous avez réussi à parler maintenant, je ne vois que du bon pour la suite.
- N'est ce pas normal ? Je veux dire, parler de toute chose avec son futur mari.
- C'est ce qui devrait être normal en effet, mais tu sais ce n'est pas le cas pour tous. Les discussions entre hommes et femmes sont parfois compliquées et barbantes ; je suis ravie que le duc et toi arriviez à parler de tout.
- Je te promets que nos discussions sont intéressantes.
- Très bien.
Elle se retourne pour lancer un coup d'œil à la table.
- Comme tu as pu le voir, les Johannson ont décidé de partir.
- Depuis longtemps ?
- Peu de temps avant ton retour, peut-être une petite demi-heure selon la montre de ton frère.
- Pourquoi vous ont-ils quitté ?
- Pour se préparer pour le bal de ce soir.
Avec nos péripéties, j'avais presque oublié que nous devions de nouveau sortir ce soir, en quatre jours j'ai vécu plus de choses qu'en un mois dans mon autre monde.
- D'ailleurs, Nicolas demande si tu peux apporter un ruban rose ce soir, il ne m'en a pas donné la raison mais sa requête ne me paraît pas déplacée donc je te la transmets.
- Un ruban ?
- Oui ma chérie. Maintenant, nous allons rejoindre notre famille et nous diriger vers la sortie, nous devons aussi nous préparer pour ce bal.
Elle attrape ma main et me force à la suivre jusqu'à la table. Je

ne sais pas pourquoi Nicolas a demandé à ce que je prenne un ruban rose… Je ne sais pas quelle taille je dois prendre ni même où en trouver un. La seule chose que je sais, c'est qu'il a une idée en tête et que j'en fais partie.

Chapitre 19

Emma vient de m'aider à enfiler mon corset, mon jupon et mon fond de robe quand ma mère entre dans la chambre, déjà habillée et son masque en main.
- Emilie, ce colis est pour toi.
Elle le pose sur le lit puis s'éloigne mais je suis si confuse que je la retiens.
- Qu'est-ce ?
- Je ne sais pas, ton nom est dessus donc je ne l'ai pas ouvert.
- Et tu ne sais pas de qui cela provient ?
- Aucune idée, il était devant la porte. Maintenant, ouvre-le si tu veux mais prépare toi, nous partons dans une heure.
Cette fois, je laisse ma mère sortir et fermer la porte derrière elle.
- Voulez-vous l'ouvrir mademoiselle ?
- Avons-nous le temps ?
- Bien sûr, je m'occupe de vous, je suis rapide.
- Je n'en ai jamais douté.
Je m'approche du lit et ouvre le paquet ; je suis surprise de voir

du papier de soie et un petit mot écrit à la machine.
"*J'espère vous voir plus ravissante que jamais ce soir, je vous attendrais aux alentours de minuit sur le balcon du rez-de-chaussée.*"
- De qui est-ce ?
- Je ne sais pas Emma… Il n'y a qu'un simple mot, mais pas de signature.
- Ouvrez le papier de soie.
Je dépose le petit mot cartonné sur la couverture et passe mes mains sur la soie, c'est si agréable. Ma main finit par trouver une ouverture et quand je saisis le papier de soie et l'éloigne, je tombe sur un magnifique masque et une robe. J'attrape d'abord le masque et le montre à ma tendre Emma.
- C'est magnifique !
- Ravissant, mademoiselle.
Le masque est d'un vert émeraude incroyable et le satin est recouvert de motifs dorés. Le masque est magnifique. Je me retourne et saisis la robe cette fois-ci ; je n'hésite pas et la sort du carton en une seconde, elle atterrit devant mon torse et je me regarde dans le miroir. Elle est splendide. La robe est en satin et le vert émeraude fait ressortir mes yeux marron ; des motifs semblables à ceux du masque sont sur le torse de la robe et la jupe est simple mais brille incroyablement bien.
- Il faut l'enfiler mademoiselle ! Dépêchons-nous, le temps tourne.
- Oui !
Je passe la robe à Emma qui m'aide à l'enfiler. Les manches sont courtes et mes épaules sont recouvertes de dentelle, la robe

est incroyable. Je ne sais pas qui me l'a envoyé mais je suppose qu'elle provient de Charles, elle a dû coûter si cher. Le satin caresse ma peau nue et cette sensation est incroyable, je ne comprends pas pourquoi nous ne portons plus cette matière dans mon monde, sauf pour les robes de nuit et encore, cela se fait rare.

- Vous êtes magnifique… Fermez vos yeux, je finis de vous préparer et vous vous verrez à la fin.

Je rigole mais exécute ce que propose ma domestique, je suis devenue proche d'elle et j'aime la relation que nous avons créée. Ses mains font des allers et retours dans mes cheveux et je sens mes boucles quitter la peau de mon cou pour être relevées grâce à des pinces. Quelques minutes plus tard, je sens que ses mains ont fini de s'agiter et elle s'est éloignée de moi.

- Vous pouvez vous regarder.

J'ouvre les yeux et je souris devant mon miroir, je me trouve belle ce soir, c'est peut-être dû à la robe que j'aime énormément, mais ce que je vois me plaît. Je ne suis pas habituée à porter ce genre de tenue, de coiffure ou même de maquillage ; celui-ci reste simple avec un peu de noir sur les yeux et de rose sur les joues. Je suis belle. Je prends quelques secondes pour m'observer avant de me tourner vers Emma.

- Merci.

- Je n'ai rien fait enfin, votre beauté rend tout cela parfait.

J'enfile des chaussures noires car je n'en ai pas des vertes ou même dorées, mais de toute manière, on ne les verra pas avec la robe. Emma me fait signe de partir alors je m'éloigne et ouvre la porte.

- Attendez, vous oubliez cela !
Je me retourne et Emma me tend mon masque ainsi qu'un ruban rose et mon carnet de bal, j'avais presque oublié que j'allais encore devoir danser avec des hommes autres que Nicolas et Charles…
- Merci.
J'attrape les objets, passe le carnet et le ruban autour de mon poignet puis m'enfuis par la porte, prenant bien soin de descendre lentement les escaliers pour ne pas marcher sur ma robe. Ma famille est déjà sur le palier et ils sont en train de parler lorsque j'arrive ; leur discussion s'arrête quand ils s'aperçoivent de ma présence.
- Waouh, Emilie, tu es magnifique.
- Merci Louise.
La petite s'approche et me prend dans ses bras ; elle ne me lâche pas alors je relève la tête pour faire face au reste de ma famille.
- Louise à raison grande sœur, tu es splendide.
- Je te retourne le compliment cher frère, tu es charmant dans ce costume.
Mes parents me complimentent à leur tour puis ma mère se penche vers Louise et Georges.
- Vous êtes sages avec nos domestiques, ils restent pour vous garder ce soir alors ne faites pas de bêtises.
- Oui maman.
- Quand est-ce que l'on pourra venir aux bals masqués ?
- Quand vous serez assez grands pour ne pas nous confondre et vous perdre. Je ne peux pas m'occuper de vous à chaque bal.

Déjà que ce n'est pas permis d'emmener des enfants…

Je ne sais pas pourquoi les enfants sont à éviter lors des bals, sûrement pour ne pas déranger les invités qui dansent et éviter les bruits parasites de leurs cris ou leurs pleurs ou simplement pour ne pas encombrer les parents. Nous faisons signe aux deux plus jeunes avant de les regarder rentrer dans la maison et de nous diriger vers notre véhicule. Nous n'avons pas un long trajet selon maman, mais je ne fais pas tellement confiance à sa définition de peu de temps.

- Cette robe te va à merveille, je ne l'avais jamais vue avant cependant…

- C'est un cadeau, elle était dans la boîte que tu m'as déposé.

- Un cadeau ! De la part du duc ?

- Je pense bien oui.

- Il est fou de toi ! Une robe comme celle-ci à une valeur très élevée mon enfant, prends en bien soin.

- J'y compte bien.

- Tu penses danser avec d'autres prétendants ou simplement le duc ?

Je tourne la tête vers Liam qui lui regarde par la fenêtre.

- Je n'en ai aucune idée, je verrais sur le moment.

Il reste silencieux comme nous quatre pendant le reste du trajet. Nous arrivons assez vite finalement, ma mère avait raison. Lorsque Liam m'aide à descendre de la calèche, il me propose de m'aider à accrocher mon masque.

- Merci Liam, c'est gentil.

- Je le fais pour que tu accroches le mien en retour.

Il éclate de rire, ce qui m'entraîne à mon tour et il n'arrive pas à faire un nœud avec les ficelles de mon masque tellement il rit. Après un long moment à avoir tant de mal à nouer les rubans, il réussit et je lui accroche le sien plus rapidement.

- Ne me regarde pas comme ça ma grande, je n'ai eu du mal à accrocher ton masque simplement car tes cheveux sont envahissants.

- Trouve autant d'excuses que tu veux.

Nos parents sont déjà loin devant et prêts à entrer dans le château qui nous fait face ; je n'ai aucune idée de qui sont les hôtes de cette propriété mais la demeure est énorme. Nous remontons la grande allée accompagnés d'autres familles. Lorsque nous entrons, le hall rayonne et les lustres suspendus sont presque en train de nous éblouir. J'ai à peine le temps de réaliser la beauté du lieu que Victoria me fonce dessus.

- Emilie ! Regarde-toi ! Tu es magnifique.

- Parle pour toi, cette robe noire et ce masque te mettent en beauté.

Elle m'a reconnu très rapidement malgré le masque et c'est comme ça que je comprends que notre amitié dépasse plus que ce mot. Elle attrape mon bras et me tire jusqu'à la salle de danse. Il y a déjà des couples qui dansent et les tables qui longent les murs sont remplies.

- Tu es là depuis longtemps ?

- Notre famille est arrivée depuis une petite heure.

- Nous sommes en retard !

- Ce n'est rien, il y a encore plein de monde qui arrive. Dans ce monde, le retard de deux heures est accordé pour les bals, une heure pour les repas et trente minutes pour le thé.

- Vraiment ?
- Non, je te taquine.
- Ce n'est pas drôle.
- Tu aurais vu ta tête ! Dans ton monde, le retard est mal vu ?
- Cela dépend des événements, et je ne rigole pas. Pour les gros événements c'est très mal vu et pour les petits repas ou les soirées, ce n'est pas dérangeant.
- Je vois. C'est un peu pareil ici, le retard est tout de même assez subjectif.
Elle s'arrête dans un coin de la pièce et j'aperçois Nicolas sur la piste de danse avec une jeune femme, je cherche Charles mais je ne le vois pas encore.
- Simon n'est pas là ?
- Pas encore, je ne l'ai pas vu. Il ne devrait pas tarder.
- Peut-être que Charles arrivera au même moment.
- Oh non, Charles est déjà là.
- C'est vrai ? Où est-il ?
- La dernière fois que je l'ai vu, il parlait avec Lady Dembois.
- Qui est-ce ?
- L'hôtesse.
- Oh, son nom ne me dit rien.
- Elle n'est pas très sociable, la société ne la voit jamais dans d'autres bals que ceux qu'elle organise, c'est-à-dire un bal masqué par an.
- Sais-tu pour quelle raison ?
- Aucune idée. Je crois que depuis qu'elle a perdu son mari et son fils dans un accident de cheval, elle n'aime pas sortir.
- Cela se comprend.

Les chevaux causent beaucoup de morts à cette époque j'ai l'impression, et causent aussi beaucoup d'accidents… J'aimerais bien savoir pourquoi Nicolas m'a demandé de porter ce ruban rose pâle au poignet mais je l'ai perdu de vue et je suis sortie de mes pensées par le duc qui me fait face, je le reconnais malgré son masque ; il se penche légèrement pour me saluer et je tente de faire une belle révérence. Victoria me fait un sourire pour me rassurer et me dire que je m'en sors bien. Depuis quelques jours, j'exécute des révérences sans savoir si c'est la bonne manière de faire et je suis enfin soulagée de savoir qu'elles sont bien réalisées.

- Mademoiselle Atkins, c'est un plaisir de vous voir.
- Le plaisir est pour moi milord.
- M'accorderez-vous la prochaine danse ?
- Avec joie.

Il me tend son bras et nous avançons sur la piste de danse. Je m'excuse auprès de ma meilleure amie d'un signe de tête, à peine arrivée que je la laisse de nouveau seule, j'espère que Simon arrivera bientôt.

- Vous êtes charmante ce soir.

Je souris et prends la pose pour la valse qui nous attend, il attrape ma main avec le ruban et la relève et je pose mon autre main sur son épaule. Nous dansons en silence, entraînés par le simple bruit de la musique ; la salle est énorme et nous avons beaucoup de place pour tourner, c'est plaisant. Je me sens bien et prends quelques instants pour regarder le duc, sa tenue est très classe, elle est assez sombre mais les motifs sont cousus en argenté, c'est fou comme il est charmant. Ses yeux perçants sont aussi bruns que les miens et me fixent depuis le début de notre danse ; la valse est je pense, ma danse préférée ici, je m'y sens à l'aise et pas trop perdue.

- Vous avez l'esprit ailleurs, que se passe-t-il ?

- Je pensais simplement.

- À quoi ? Dites-moi ?

- Je… je ne pense pas que j'en ai le droit.

- En tant que futur époux, vous n'avez pas à avoir honte de quoi que ce soit avec moi, même maintenant à vrai dire, je préfère quand les personnes disent ce qu'elles pensent. Je crois que les paroles sont importantes et qu'il faut les laisser s'échapper pour avancer.

- Vous avez raison. Cependant, aux yeux de la société ce n'est pas bien vu.

- Vous croyez ?

Je me contente de hocher la tête et il penche la sienne, je vois la confusion apparaître dans ses yeux.

- Je ne suis pas la société, vous pouvez tout me dire.

- Si vous insistez. Je me disais que vos yeux étaient magnifiques et que votre tenue vous rendait charmant.

- C'est tout ?

- Oui milord.

- Tout d'abord, je suis flatté et vous n'avez pas à avoir peur de me dire cela, je ne m'empêche jamais de vous dire que vous êtes belle et je ne manquerais pas une occasion pour vous le dire encore. Ensuite, je voudrais que vous commenciez à m'appeler Charles si vous le voulez, c'est moins sérieux et j'ai l'impression d'enfin vous sentir plus proche de moi. Enfin, vous

êtes magnifique, cette robe vous va merveilleusement bien.
Il me fait tourner sur moi-même et nous avançons, quand mes yeux tombent de nouveau sur les siens un courant parcourt tout mon corps.
- Je suis à mon tour flattée milord… je veux dire… Charles. Je vais tenter de vous dire ce que mes lèvres n'osent pas au vu de cette société et vous promets de vous appeler par votre prénom si vous ne m'appelez plus mademoiselle, mais Emilie.
- C'est un marché convenable, je suis partant.
Une fois de plus, il me fait tourner et une fois de plus, je prends un coup d'électricité en croisant son regard. Je prend soudain conscience que je ne l'ai pas remercié pour la robe et le masque.
- Merci au fait.
- Pourquoi donc ma chère ?
Je penche la tête et lève un sourcil.
- Pour la robe.
- La robe ?
- Elle ne venait pas de vous ?
- Si j'avais su qu'une si belle robe existait en ville, croyez-moi que je serais venu vous l'offrir en main propre pour voir votre regard s'émerveiller devant. Car vous étiez ravie n'est ce pas ?
- Très, cela m'a surprise, je ne m'y attendais pas et il est vrai que la robe et le masque sont magnifiques. Si elle ne venait pas de vous, qui me l'a offerte ?
- La personne n'a pas laissé un mot ?
- Si, mais pas de signature.
- Avez-vous un admirateur secret dont je dois me méfier ma chère Emilie ?

- Bien sûr que non ! Enfin, s'il est secret je ne le sais point, mais de mon côté, je ne vois personne d'autre que vous je vous le jure.

Je commence à paniquer, si Charles pense que je ne suis pas assez intéressée au point d'aller chercher d'autres prétendants, je vais avoir de gros ennuis.

- Je vous crois Emilie, ne vous en faites pas.

Je commence à avoir du mal à respirer, je porte une robe qui je croyais venait de Charles alors qu'il n'est pas à l'origine de ce cadeau, je regarde autour de moi pour essayer de voir si quelqu'un me regarde et c'est là que ses yeux tombent sur les miens.

Chapitre 20

Ses yeux croisent les miens et son sourire s'agrandit, c’est comme ça que je comprends que la robe vient de cette personne. La musique se finit et nous nous saluons avec Charles.

- Pouvez-vous m’excuser un instant ?
- Bien sûr, dois-je vous attendre pour la prochaine danse ?
- Je ne pense pas revenir à temps, nous danserons plus tard ne vous inquiétez pas, vous êtes mon cavalier ce soir.
- Très bien.

Il sourit puis s’éloigne de la piste de danse à l’opposé de ma route, je tente de me frayer un chemin vers la silhouette, mais finis par la perdre de vue. Je me décale vers le mur pour éviter de croiser beaucoup de monde et avoir une meilleure vue sur le lieu. Lorsque des mains se posent sur mon épaule, je sursaute et me retourne rapidement.

- Nicolas !

Il m’a fait peur mais son visage familier me rassure.

- Ne faites pas cette tête.

- Vous m'avez fait peur. Je vous cherchais.

- Vous m'avez trouvé. Que me vaut cet honneur.

Il me sourit comme il l'a fait quelques minutes plus tôt à travers la foule.

- Avant de répondre, laissez-moi vous dire que vous êtes charmante ce soir, si vous n'aviez pas mis le ruban en revanche je ne vous aurait pas reconnu.

- C'était pour cela ?

- Quoi donc?

- Que vous m'avez demandé de porter un ruban ?

Son visage semble confus, de la joie et de l'incompréhension se mélangent et il perd son sourire.

- Oui, je voulais vous reconnaître facilement et un objet à porter me semblait être le plus efficace, surtout lors des danses vu que votre main est en hauteur. Je peux vous surveiller et m'assurer qu'aucun mal ne vous arrive.

Quelque chose me tracasse mais je n'arrive pas à mettre des mots dessus… Je ne comprends pas pourquoi il aurait besoin de me reconnaître avec un ruban, si la robe est de sa part alors il sera simple pour lui de me reconnaître. Il pose sa main sur mon épaule et ma vision quitte le sol pour rejoindre ses yeux.

- Je connais votre regard même entre ce fin masque Emilie. Que se passe-t-il ?

Je fixe le sol une fois de plus car son regard me perturbe, je suis perdue dans mes pensées ; ce qui m'échappe doit être évident et pourtant je n'arrive pas à le voir. Si Charles ne m'a pas offert cette robe, Nicolas est la seule personne à vouloir me faire plaisir avec un cadeau comme celui-ci ; en revanche, il n'aurait pas besoin d'un ruban pour me reconnaître si ma robe et mon masque venait de lui.

- Nicolas ?

- Emilie ?

- M'avez-vous fait livrer un paquet aujourd'hui ?

- Pas du tout, pourquoi ?

- Vous ne connaissez pas du tout la robe ou le masque que je porte ?

- Pourquoi devrais-je les connaître ?

- Parce que je les ai reçus dans un colis sans signature ce matin.

- Si vous pensez que c'est de ma part, vous avez sûrement déjà demandé à Charles et ce n'est pas lui, n'est-ce pas ?

- En effet.

- Si ça ne vient ni de lui, ni de moi… Qui est l'auteur de ce cadeau ?

- Je n'en ai pas la moindre idée.

Nicolas regarde à travers la pièce et lorsqu'il se fige, je vois tout son corps se raidir.

- Nicolas ?

- C'est ce pourri de Germain !

Il s'éloigne en marchant vite, trop vite ; je tente de le suivre mais ses pas sont rapides et les miens ont beau accélérer, je ne le rattrape pas. Il sort de la pièce et tourne dans un couloir, je vois son masque au sol et me baisse pour le ramasser ; lorsque je relève la tête, une vision horrible est sous mon nez. Je me relève si vite que j'en ai la tête qui tourne, mais cela ne m'empêche pas de m'approcher d'eux. Nicolas tient Léo par le col, le plaque contre le mur et lui retire son masque.

- C'est toi pas vrai ?
- De quoi est-ce que tu parles Johannson ?
Je m'approche mais n'ose rien dire, ni bouger, Nicolas n'utilise pas la bonne technique mais peut-être qu'il aura des réponses, et si c'est bien Léo qui a fait ça, je ne supporterais pas de porter cette robe une seconde de plus et Nicolas pourra faire ce qu'il veut de Léo.
- Tu es malade Léo, combien de fois devra-t-on te répéter de laisser mademoiselle Atkins tranquille ?
- Autant j'adore te voir devenir fou pour elle et j'aime courir après la demoiselle, autant je ne vois pas de quoi tu parles. Quoi qu'il se soit passé, je n'en suis pas l'auteur.
Je reste à une distance respectable ne sachant ni quoi dire ni quoi faire. Je regarde mes mains et m'aperçois que je tremble, je ne sais pas si c'est la peur ou l'adrénaline mais je ne suis pas sereine face à la scène qui est en train de se passer.
- Ne fais pas l'innocent.
- Je te jure que je ne sais pas de quoi tu parles.
Les yeux de Nicolas deviennent noirs et je m'approche pour intervenir avant que quelque chose de grave ne se produise. Je pose ma main sur le bras de mon ami qui retient encore le col de Léo, le tenant fermement contre le mur.
- Laissez-moi essayer.
Nicolas tourne sa tête vers moi et ses yeux se détendent un peu, calmant le feu qui avait pris part de lui ; cependant il ne bouge pas ce qui force Léo a tourner sa tête pour me faire face.
- Je vous jure mademoiselle Atkins, que je ne comprends pas de quoi votre ami m'accuse.

- Connaissez-vous cette robe que je porte ?
- Je ne l'avais jamais vue auparavant mais elle vous va divinement bien. Pourquoi ?
Je m'éloigne et secoue ma tête de gauche à droite en fermant les yeux.
- Ce n'est pas lui.
- Comment pouvez-vous en être sûre ?
Léo nous regarde, complètement perdu, mais je me tourne pour répondre à la question de Nicolas.
- Je connais son regard, je sais quand il ment et à cet instant, il est complètement perdu. De plus, si le colis venait réellement de lui, il en serait fier et l'aurait dit directement. Je suis sûre que ce n'est pas lui.
- De quoi parlez-vous bon sang ? !
- Baisse d'un ton Germain.
Nicolas se tourne de nouveau sur Léo et appuie plus fort sur son col.
- Je demande simplement.
- Cela ne te regarde en aucun cas.
Il le lâche brutalement et Léo se passe les mains sur le cou avant d'arracher son masque des mains de Nicolas. Il passe violemment ses mains dans ses cheveux et repasse son masque sur son visage. En s'éloignant mais toujours en nous faisant face il crache presque.
- Je ne sais pas quelle folie vous prend, mais si quelqu'un est plus fou que vous et moi, ce n'est pas un homme mais une femme et vous savez très bien qui.
Il nous regarde de haut en bas une dernière fois avant de nous

tourner le dos et de s'éloigner. Il nous faut un petit instant avant de réaliser l'information que Léo Germain vient de nous offrir ; au même moment nous nous tournons pour nous faire face et Nicolas parle avant moi.

- Vous pensez aussi que c'est ?

- Eloïse ? Bien sûr.

- Pourquoi aurait-elle fait cela ?

Je cherche mais ne trouve aucune réponse à sa question. Pourquoi Eloïse m'aurait-elle offert une magnifique robe et un masque aussi beau par simple gentillesse ?

- Que disait le mot ?

- Qu'elle espérait me voir dedans ce soir et que je serais ravissante.

- C'est tout ?

- Non, le mot disait aussi de la rejoindre aux alentours de minuit sur le balcon du rez-de-chaussée. C'est pour ça que j'ai pensé à Charles.

- C'est la première personne à qui penser pour ce genre de surprise…

- Quelle heure est-il ?

Nicolas regarde sa montre puis relève la tête lentement vers moi.

- Presque minuit.

- Pensez-vous que nous devrions aller au lieu de rendez-vous ?

- Vous sentez-vous prête à affronter le plan qu'elle a mis en place ? Car elle ne vous donne pas rendez-vous sans raison.

- J'ai besoin de savoir ce qu'elle veut.

- Je ne sais pas ce qu'elle a en tête donc je viens avec vous.

Je lui fais un petit signe de tête avant d'avancer dans le couloir. Mon cœur bat à mille à l'heure et je commence à avoir chaud, Eloïse me fait de plus en plus peur et même en étant surveillée par Nicolas, elle arrive à me terroriser et à organiser des plans pour me nuire. Nous tournons dans un nouveau couloir, mais nous sommes bousculés par la mère de ma meilleure amie.

- Les enfants, enfin vous voilà.

Nous nous arrêtons et je me rends compte qu'une fois de plus nous sommes tout deux surpris, seuls, sans chaperon, et dans une situation qui peut laisser des questions se poser. Elle nous dévisage tandis que nous tentons de reprendre notre souffle.

- Maman, tu nous cherchais ?

- Pas moi, ta sœur. Emilie, tu es ravissante dans cette tenue.

- Merci Lady Johannson.

Je fais une courte révérence pour la remercier et elle me lance un magnifique sourire.

- Où étiez-vous passé ?

- Emilie avait un problème de chaussure.

- Et tu l'as aidé ? Toi ? Avec un problème de chaussure ?

- Aussi étonnant que cela puisse paraître chère mère, je sais me servir de mes mains.

Elle frappe son épaule pour rire et il me fait signe de m'échapper pour rejoindre le balcon, je lis sur ses lèvres qu'il me rejoint dès que possible alors je m'éclipse. Je relève ma robe à l'aide de mes mains pour ne pas marcher dessus en descendant les quelques petites marches menant au rez-de-chaussée. Je ne sais pas du tout où se trouve le balcon, cette maison est immense et c'est la première fois que je viens ici…

Je regarde dans les pièces que je croise sur mon chemin mais aucune d'elles ne donnent sur un balcon. Je finis par tourner dans un couloir et face à moi se trouve une énorme baie vitrée, enfin, c'est plus une énorme fenêtre d'époque avec des dorures sur chaque coin mais c'est aussi grand qu'une baie vitrée. Il y a d'énormes rideaux en velours aux extrémités, dont un qui recouvre un peu la vitre. Je reprends mon souffle et resserre mon masque qui descend sur mon nez à cause de ma course folle dans ces énormes couloirs. Je reste près de la porte car je sens mon cœur s'emballer ; finalement, mes pieds en décident autrement et j'avance lentement vers l'énorme fenêtre. Une fois arrivée près du balcon, je m'apprête à ouvrir la porte en posant ma main sur la poignée gelée, quand une ombre à l'extérieur me fait m'arrêter directement et par réflexe je me réfugie derrière le rideau. Je plisse les yeux pour observer la silhouette ; je n'aimerais pas interrompre un rendez-vous entre deux amants ou surprendre une discussion qui ne me regarde en aucun cas. J'arrive à discerner un homme, lorsque je regarde plus précisément, je crois le reconnaître par sa posture mais le voile de la nuit cache son identité plus que le masque ne recouvre son visage. J'attends quelques secondes, ma main descend très lentement la poignée pour ne faire aucun bruit et ne pas sortir tout de suite. Soudain, une autre ombre apparaît et je remonte la poignée ; une femme arrive au loin et sous la lumière du seul lampadaire, je reconnais sa robe. C'est la même que la mienne.

Chapitre 21

Je suis outrée par la scène qui est en train de se dérouler devant moi ; quelqu'un vient d'arriver avec la même robe que celle que je porte et le même masque. Mon cerveau tente de comprendre ce qu'il se passe, mais je n'arrive pas à mettre les pièces du puzzle ensemble. Pourquoi cette femme est-elle habillée comme moi et pourquoi est-elle où je suis censée être ? Elle s'approche de l'homme qui n'a toujours pas remarqué sa présence et lorsqu'il se retourne vers elle, je comprends enfin ce qu'il se passe sous mes yeux. Eloïse Delacroix m'a tendu un piège pour que je me retrouve ici, complètement impuissante ou du moins que je tombe sur ce qu'il risque de se passer. Je comprends d'un coup pourquoi nous avons la même tenue, le bal étant masqué, le duc ne voit pas son visage mais il a dansé avec moi plus tôt et sait donc comment je suis habillée… Il va penser que je suis elle. Je tente d'ouvrir la poignée, mais celle-ci est coincée et je me retrouve bloquée dans cette énorme pièce. Je regarde les deux s'approcher et j'entends une voix masculine à travers la vitre, c'est bien ce que je craignais qui est

en train de se passer et le duc est l'homme qui est sur la terrasse.
- Vous voilà enfin, vous êtes toujours aussi charmante.
Eloïse reste assez loin de lui et ne parle pas, elle est maligne et sait que sa voix la trahirait. Je me demande comment elle a fait pour prévenir Charles, elle est complètement folle.
- Vous m'avez surpris pour ce rendez-vous secret, je ne pensais pas que vous aimiez aussi ces petites folies, cela me touche.
Il tente d'avancer mais elle reste en retrait ; cela n'a pourtant pas l'air de le déranger et il ne comprend pas ce qu'il se passe sous ses yeux et moi, je suis trop choquée par ce qu'il se passe pour bouger ou tenter quoi que ce soit. Il retire son masque et me tourne le dos pour s'appuyer sur le bord du balcon, il se penche légèrement et lève la tête vers le ciel, je suppose qu'il regarde les étoiles et je l'imagine en train de sourire face au spectacle que lui offre ces petites lumières.
- Vous savez, je ne suis pas très doué pour les relations et ce qui est des sentiments.
Oh non, il s'apprête à se livrer à moi sauf que ce n'est pas moi ! Notre discussion va se passer devant mes yeux et je serais incapable de lui répondre et vivre ce moment précieux à ses côtés. Eloïse va simplement l'écouter parler, Charles va se sentir seul et quand il découvrira la vérité il n'osera pas se confier de nouveau, il faut absolument que je trouve comment sortir. Je regarde une dernière fois la baie vitrée puis je décide de sortir de la pièce pour trouver une sortie sur le balcon. J'entre dans la pièce voisine mais il n'y a qu'une petite fenêtre qui est bien trop haute, je continue d'avancer dans le couloir et

quand je trouve enfin une fenêtre à ma hauteur, je me rends compte qu'elle est bien trop éloignée. Je regarde si j'ai loupé quelque chose et j'aperçois que mon ennemie juré à posé sa main sur l'épaule de mon fiancé, qui regarde toujours les étoiles mais s'est arrêté de parler. Je tente d'ouvrir la fenêtre mais elle n'a pas de poignée, ce n'est pas possible ! Dans quelle maison ai-je atterri ?! Je sors de la pièce et fais le chemin inverse. Lorsque j'arrive devant la pièce de départ, je tombe nez à nez avec Victoria, mon amie a son masque en main et semble surprise de me trouver ici.

- Emilie ! Enfin ! Maman avait raison, tu es magnifi...
- Victoria, je… je n'ai pas le temps de parler. Viens avec moi.

J'attrape la main de mon amie tout en l'entendant râler derrière moi. Nous arrivons devant la vitre et je la vois plisser les yeux, ne comprenant pas ce qu'il se passe.

- C'est Charles. Et Eloïse…
- Quoi ? Ce bougre est en train de fricoter avec l'ennemi ?

Je la vois approcher de la fenêtre, mais j'attrape fermement son bras.

- Regarde sa robe.

Elle plisse les yeux de nouveau et se mord la lèvre. Quand elle se rend compte que nous portons la même robe, ses yeux s'agrandissent, elle fait un bond en arrière puis me dévisage.

- Vous avez…
- La même robe. Oui. Elle m'a tendu un piège.

Son regard passe de moi à dehors puis de l'extérieur à ma robe. Elle finit par poser ses yeux sur les miens et sa main rencontre sa bouche.

- Ce n'est pas vrai… Elle est complètement folle. Le duc n'a pas remarqué ce qu'il se passe ?

- Non… Elle n'a pas parlé et est à une distance assez respectable pour ne pas qu'il croise son regard.

- C'est pas possible Emilie, il faut agir.

Nous regardons dehors et à cet instant Charles se met à parler.

- Pourquoi ne dites-vous rien ?

Il se retourne et Eloïse lui tourne le dos et s'éloigne pour qu'il ne la regarde pas en face et ne comprenne pas qu'il n'a pas à faire à moi, mais à cette folle.

- Parce que ce n'est pas Emilie !

La voix de Nicolas résonne à l'extérieur et Victoria et moi nous collons à la vitre et cherchons du regard son ombre. Je le vois apparaître et s'approcher de Charles tandis que notre ennemie s'éloigne encore.

- De quoi parles tu Johannson ?

- Cette fille n'est pas Emilie.

- Comment ça ? Tu insinues que depuis tout à l'heure je ne parle pas à mon épouse ? J'aurais tout de même remarqué.

- Je le sais car j'étais avec Emilie il y a à peine cinq minutes et qu'elle porte un ruban rose au poignet, ce que cette jeune femme ne fait pas.

Je vois Charles tourner la tête et observer le bras d'Eloïse ; il le regarde longuement avant de revenir vers Nicolas.

- C'est une embuscade, Eloïse nous a joué un mauvais tour.

Nicolas tourne la tête comme s'il cherchait quelque chose puis ses yeux tombent sur nous, il regarde la grande fenêtre et s'approche à grands pas.

- Voici votre fiancée ! Ainsi que ma sœur ?
Les deux hommes approchent et le duc pose sa main sur la poignée qui ne s'ouvre toujours pas.
- Elle est coincée.
- Faites le tour !
Au moment où Victoria s'éloigne de moi pour quitter la pièce, mes yeux se posent derrière l'épaule du duc et je vois Eloïse s'enfuir.
- Ne la laissez pas s'échapper !
Nicolas se retourne et se met à courir tandis que je m'éloigne de la fenêtre et cours dans les couloirs de cette immense demeure. Je finis par trouver un chemin qui mène jusqu'au balcon et j'aperçois Eloïse assise sur les marches, entourée par les deux hommes et Victoria qui vient tout juste d'arriver. J'approche et lui fait face.
- Nous ne lui avons pas enlevé son masque, c'est à toi de le faire.
Nicolas à encore une fois la gentillesse de penser à moi ; j'approche ma main du visage de la plus grande folle que j'ai jamais rencontré et lui arrache le masque du visage.
- Comment l'avez-vous compris ?
- La réelle question ma chère, est que comptais-tu faire ? Tu croyais réellement que mon fiancé ne finirait pas par le remarquer ?
- J'avais un plan.
- Et laisse moi deviner, tu pensais qu'il finirait par se rendre compte que tu es mieux que moi ?
- Je le suis ! Tu es la pire personne qui existe Emilie ! Tu me

voles tout ce dont je rêve !
- Je ne t'ai rien volé ! Ce mariage m'est tombé dessus, je ne l'ai pas souhaité mais il est arrivé et il s'avère que j'en suis reconnaissante et heureuse, mes sentiments pour le duc sont vrais alors que tu n'as rien construit avec lui.
- Je n'aime pas ton homme si c'est cela que tu insinues.
- Tu es folle ! Pourquoi fais-tu tout cela si ce n'est pas par amour ?
- L'amour ne vaut rien, en revanche un titre vaut tout, la richesse, la gloire, la société serait à mes pieds avec tant de pouvoir.
- De quel pouvoir parles-tu ?
- Tu vas épouser un duc ! Tu ne sais donc pas ce que cela engendre ?
- Je le sais, mais ce n'est pas ce qui m'importe.
- Mensonge !
Mes trois compagnons sont à l'écart et notre discussion ne laisse aucune ouverture pour qu'ils se joignent à nous.
- Je n'ai que faire de la richesse ou du titre que le duc peut m'apporter, si c'est ce que tu penses de moi, tu m'as vraiment mal jugé… Nous avons un accord avec le duc, si notre amour ne se développe pas alors nous annulerons le mariage car nous voulons tous deux un mariage d'amour.
- Tu peux très bien mentir.
- Contrairement à toi, ma vie n'est pas basée sur le mensonge ou la tricherie, j'ai des choses bien plus importantes à faire que perdre mon temps en vivant dans la haine.
Elle ne sait pas quoi répondre mais ses yeux me lancent

toujours des éclairs. Nicolas et Charles s'approchent près de moi et le duc se baisse pour être face à elle.

- Bien que ma relation avec mademoiselle Atkins ne vous regarde point, je compte l'épouser et vous ne pouvez pas m'arrêter mademoiselle Delacroix.

Nicolas qui est plus haut que Charles prend à son tour la parole.

- Ce n'est pas un jeu Eloïse, c'est la vie réelle et ce que vous faites devient dangereux.

Elle ne répond pas et fixe un point derrière moi, je me retourne pour regarder, mais il n'y a strictement rien. Lorsque mon visage revient vers elle, un sourire naît sur son visage.

- Vous avez raison… Je vais arrêter ce jeu. Puis-je retourner au bal afin de trouver un duc qui saura me donner le titre que je mérite ?

Les deux garçons se tournent vers moi pour connaître mon verdict qui apparemment sera le seul valable. Je croise les bras sur mon torse et finis par souffler en hochant la tête.

- Laissez là partir.

- Quoi ?

Victoria parle d'une voix bien trop aiguë et m'attrape par le bras pour me forcer à lui faire face.

- Tu ne comptes pas la laisser s'en tirer comme ça ?

- Je ne sais pas quoi faire d'autre.

- La faire interner ! Enfin Emilie, cette fille est folle.

- L'asile ? Tu sais ce qu'ils font aux gens là-bas ?

Nicolas se tourne légèrement et lève la tête vers sa sœur.

- Emilie a raison, l'asile est vraiment barbare, ils vont se servir de ses péchés comme excuse pour la torturer.

Victoria nous regarde tous un par un puis finit par grogner de fureur.

- Faites ce que vous voulez, mais demain matin, je vais prévenir maman et papa, ils sauront tout de cette histoire et son sort sera entre leurs mains.

- Nous n'avons qu'à faire ça. Laissons là profiter de sa dernière soirée et demain vos parents et les miens décideront de ce que nous ferons d'elle.

Les deux hommes se relèvent et Eloïse fait de même ; elle reste immobile ne sachant pas trop si l'on compte réellement la laisser partir. Les yeux me fixent tous et cela m'angoisse.

- Je ne suis pas la seule à pouvoir prendre une décision, si quelqu'un est contre, faites ce qui vous chante.

Je suis épuisée par ce jeu dangereux, c'est fatiguant de devoir faire attention à chaque fait et gestes et de devoir se méfier de tout. Je décide simplement de m'éloigner du groupe et mes pas résonnent sur le balcon.

- Emilie ! Attendez.

Charles me rattrape et nous nous arrêtons à l'écart, sous le lampadaire, je peux enfin voir son visage qui semble beaucoup plus inquiet que sous la simple lumière de la lune.

- Que se passe-t-il ?

- Je savais que ce n'était pas vous.

Je recule d'un pas et fronce les sourcils, surprise par cette révélation.

- Vous ne vous en êtes peut-être pas rendu compte mais pendant ces quelques jours à vos côtés, j'ai pu vous observer. Vous ne restez jamais silencieuse, autant pour dire ce que vous pensez que pour soutenir ce que quelqu'un dit, lorsque j'ai parlé des sentiments, Eloïse n'a rien répondu alors que vous auriez trouvé une réponse. De plus, je reconnaîtrais votre visage même dans la plus sombre nuit, vos yeux ont cet éclat que ceux que votre ennemie n'a pas. Je fixe vos lèvres depuis le premier jour et je rêve d'un jour les rencontrer alors je connais par cœur leur couleur. Vous n'avez peut-être pas remarqué ma dame, mais je vous connais.

Je suis bouche-bée, je ne m'attendais pas à cette révélation ; je ne sais quoi dire et me contente de jouer nerveusement avec mes mains.

- Je suis touchée, milord, que vous ayez autant fait attention à ces détails.

- Je vous veux comme femme, l'amour se développe par ces petites attentions, ces petites choses dont vous ne vous rendez pas compte mais qui me rendent fou de vous.

Nous sommes obligés de suspendre cette incroyable discussion, car Eloïse passe en courant près de nous et nous l'observons rentrer dans la demeure.

- Cette soirée a dû vous fatiguer, voulez-vous que nous parlions de tout cela demain ?

- Vous êtes trop aimable monsieur.

- Je sais que cela peut faire beaucoup pour vous et vous en savez plutôt pas mal pour ce soir. Une bonne nuit de repos vous fera du bien.

Il est trop bon pour moi, Charles est un homme bon et chaque jour, je suis surprise de le découvrir encore mieux. Il me salue et je me penche pour faire une révérence ; il me tourne le dos le sourire aux lèvres puis disparaît dans la nuit. Je ne sais comment expliquer ce moment mais je trouve une certaine poésie dans ce qu'il se passe.

- Emilie ?

- Oui ?

Je me retourne et remarque que j'avais complètement oublié mes deux amis ; je les rejoins sous la nuit étoilée et sombre.

- Est-ce que nous rentrons ?

- Je pense que je vais rentrer, vous pouvez rejoindre Liam et les autres si vous le souhaitez.

Victoria baisse la tête mais Nicolas reste droit.

- Vic ?

- J'aimerais bien rester si cela ne te dérange pas.

Elle relève timidement la tête et je peux apercevoir son regard triste ; je m'approche d'elle rapidement et attrape ses deux mains contre les miennes.

- Vic, tu n'es pas obligée de me suivre, je suis simplement fatiguée mais si tu veux rester c'est super ! Je suis heureuse que tu puisses profiter de cette soirée et de Simon.

- Tu es sûre ?

- Bien évidemment, nous nous verrons demain matin, qu'en dis tu ? Tu viens à l'aube et nous passons la journée ensemble.

- Oui. D'accord.

Son visage se détend et un léger sourire apparaît, mon amie mérite d'être heureuse et d'être gardée loin de cette histoire. Je la prends dans mes bras et elle chuchote à mon oreille pour que Nicolas n'entende pas.

- C'est aussi mouvementé à ton époque ?

- Alors ça, pas du tout !
Elle rit puis s'écarte de notre étreinte.
- Je suis heureuse de t'avoir Emilie. Nicolas, tu peux la déposer chez elle ?
- Avec plaisir. Mademoiselle.
Il me tend son bras, je pose ma main sur celui-ci et nous rentrons tous les trois dans l'énorme hall. Ma meilleure amie nous fait signe puis s'éloigne vers la salle de bal. Une fois de plus, je me retrouve seule avec Nicolas. Nous descendons les énormes marches qui mènent à l'allée centrale devant la maison, on dirait les marches dans Cendrillon, elles sont interminables.
- Je voulais vous remercier Nicolas, vous faites tellement pour moi et je vous en suis reconnaissante.
- C'est tout à fait normal, vous êtes mon amie la plus proche et je sais que je peux compter sur vous comme vous pouvez compter sur moi.
- C'est ce que j'aime chez vous Nicolas.
Nous arrivons en bas des marches et notre véhicule est déjà là ; Nicolas s'arrête et se tourne face à moi.
- Vous êtes incroyable Emilie, le savez-vous ?
- Je découvre chaque jour des facettes de vous qui me surprennent.
- C'est mon secret, je suis doué quand je suis à vos côtés.
- Vous me flattez.
Je sens mes joues se réchauffer et je tente de me contrôler car je sais qu'elles peuvent vite tourner au rouge et cela serait embarrassant.

- Nous ne devrions pas nous attarder ici, nous sommes encore près d'Eloïse et je ne pense pas qu'elle soit calmée pour ce soir.
- Vous avez raison.
Je suis d'accord avec lui, notre ennemie vient de voir son plan échouer, elle peut laisser sa folie prendre le dessus et à tout moment s'en prendre à nous. Nicolas m'aide à monter dans la calèche puis s'assoit face à moi.
- Attendez ! J'ai oublié mon masque sur le balcon !
- Voulez-vous que j'aille le chercher pour vous ?
- Ne dites pas de bêtises, j'en ai pour moins de deux minutes, je peux y aller.
J'ouvre la porte et descends difficilement du véhicule, les portes sont trop petites pour laisser passer de si grandes robes. Nicolas me sourit et son visage rayonne, il est extrêmement beau et je n'avais jamais fait attention à cette facette de lui, il est charmant et j'avais l'esprit tellement occupé que je n'y ai pas pris garde.
- Ne tardez pas et faites attention à vous, je vous attends ici.
Je lui offre ma plus belle et extravagante révérence ce qui le fait rire à plein poumon, et ce rire me retourne l'estomac, Nicolas est un homme incroyable. Je lui tourne le dos et monte les escaliers à toute vitesse, le balcon est assez grand mais je repère très vite mon masque et je traverse le hall en chemin inverse. Je m'arrête net dans le grand couloir qui mène vers la sortie quand je tombe nez à nez avec le cocher de la famille Johannson.
- Que faites-vous ici ?
- J'attends Monsieur Johannson.
- Nicolas ?
- En effet, ma chère.

- Mais, il est dans le véhicule, nous vous attendons depuis quelques minutes.
- Je n'y suis pas mademoiselle… J'ai eu pour ordre de m'occuper du carrosse de monsieur et seulement monsieur.
- Mais alors qui s'occupe de notre carrosse ?
- Je n'en ai aucune idée.
Son regard change, il semble aussi inquiet que moi soudainement. Il ne bouge pas mais je ne peux pas rester là, il faut que je rejoigne Nicolas le plus vite possible. Je ne sais pas ce qu'il se passe mais une fois de plus, j'ai un mauvais pressentiment. Je sors du château en courant et lorsque j'arrive en haut des escaliers, j'entends le hennissement des chevaux et je les localise ; ils sont partis avec Nicolas et tournent à l'instant à la fontaine principale. Ils sont partis sans moi et je ne sais pas avec quel cocher… Soudain, sans que je ne comprenne ce qui est en train de se passer, mon corps me lâche, je tombe sur mes genoux et un hurlement sort de ma bouche ; mon cœur accélère et l'image du véhicule où se trouve Nicolas fonçant contre un énorme tronc d'arbre me brise en mille morceaux.

Chapitre 22

- Nicolas !!!

De loin, je vois une roue voler et le véhicule s'écraser contre le tronc d'arbre, le craquement est audible d'ici et je sens ma vue se troubler. Je suis effondrée sur le sol, mais mon corps trouve la force de se relever, je dois rejoindre Nicolas. Je m'appuie sur mes mains pour soutenir mon corps, le cocher attrape ma main pour m'aider puis il recule d'un pas tandis que j'essaie de calmer mes sanglots.

- Appelez de l'aide !!

Ma voix est brisée et je parle beaucoup trop fort. Je ne prends pas le temps de regarder s'il s'en va ou non ; je me retourne et descends les escaliers à toute vitesse, mon cœur bat à mille à l'heure et le claquement de mes chaussures contre le sol n'est pas assez rapide mais j'ai bien peur de tomber si je vais plus vite, et je n'ai pas le droit de ralentir. Lorsque j'arrive enfin au bout de ces foutus escaliers, j'accélère, je prends ma jupe entre mes mains et mes pieds ne s'arrêtent plus. Mes jambes me font mal mais cette douleur n'est pas pire que celle qui s'empare chaque seconde de ma poitrine.

- Nicolas !!

J'ai l'impression que le temps s'arrête mais qu'il est à la fois si long, je crois courir pendant des heures pour le rejoindre ; plus j'approche de la calèche plus j'ai l'impression qu'elle est inaccessible. Lorsque j'arrive sur le lieu de l'accident, je suis dévastée, mes mains se posent sur ma bouche pour retenir mes cris et je sens mes larmes s'accumuler sur mes joues.

- Non, non, non. Nicolas !

Je ne cesse de hurler son prénom, il est encore en vie, cela ne peut être autrement. Mes yeux se baladent sur l'accident, cherchant comment le faire sortir mais c'est impossible ; le véhicule a explosé. Le cocher n'est pas là, je le cherche pour voir s' il a survécu et pourrait m'aider mais je ne le vois pas. Je me laisse tomber près du véhicule ou plutôt ce qu'il en reste, je suis accroupie mais malgré ça mon corps est encore plus faible.

- Ce n'est pas possible !

C'est encore un mauvais rêve, où est passé l'homme qui conduisait ? Les deux chevaux qui tiraient la calèche n'ont pas l'air amoché, ils sont détachés et plus loin dans l'herbe, Nicolas ne peut pas et ne doit pas être le seul à souffrir de cet accident.

- Nicolas, tiens bon, j'arrive ! Tu m'entends ? Nicolas, répond moi !

Je suis essoufflée, épuisée de pleurer, ma respiration ne se calme pas et je sens que mon corps me lâche petit à petit. Mes mains tremblantes attrapent des bouts de bois et de ferrailles que je jette derrière moi, je sais que Nicolas est en dessous et je peux encore le sauver. Un flash de son visage apparaît et je ferme les yeux pour le chasser, ce n'est pas le moment pour perdre la tête et me rendre faible. J'ouvre les yeux mais les larmes troublent ma vision, je pose mes mains qui sentent fort l'odeur de la ferraille sur mon visage, ce n'est pas en train d'arriver, c'est un mauvais rêve… Je reprends mon souffle et ouvre les yeux, je tourne la tête vers la demeure, quand est-ce que quelqu'un va arriver ? J'ai besoin d'aide !

- À l'aide !!!

Je sais que c'est inutile, il n'y a personne autour de moi, mais je suis désespérée, Nicolas a besoin de moi, il a besoin de sortir d'ici en vie. Mes sanglots reprennent et je m'énerve pour débarrasser les dégâts de la ferraille et du bois, je sens que je suis dans un état pitoyable, mes larmes se mélangent à ma salive et je suis à deux doigts de vomir. Lorsque je soulève une planche, son visage apparaît et cette fois ce n'est pas une vision ou un flash, c'est bien lui.

- Nicolas ! Je vais te sortir de là !

Je pose ma main sur son front apparent, il est chaud, bouillant même, ses joues sont pleines de coupures et du sang recouvre son visage ; sa lèvre inférieure est coupée et ses yeux sont fermés.

- Nicolas, je t'en supplie bats-toi.

J'entends du bruit et quand je tourne la tête vers le château, je vois enfin des gens arriver.

- Vite ! Dépêchez-vous !

Je regarde de nouveau mon ami, il perd beaucoup de sang, ses cheveux d'habitude si bien coiffés ont pris une couleur bordeaux et sont en désordre. Je pose mes mains sur ses

cheveux et caresse lentement sa tête.
- Je te promets que ça va aller. Nicolas, si tu m'entends je t'en supplie reste, j'ai besoin de toi.
Mes sanglots sont encore accentués, mes mains sont rouges et quand je les ramène à moi, le liquide vient tacher ma robe, mes mains sont tremblantes et je sens des spasmes s'emparer de mon corps quand les larmes reprennent de plus belle. Je décide une dernière fois de le dégager mais quand je soulève un débris, je suis incapable de bouger. Mon corps est pétrifié et un son tente de sortir de ma bouche mais ma gorge ne le laisse pas faire. Mes mains se posent sur ma bouche et j'ai encore plus envie de vomir, entre le goût du sang et la vision d'horreur, je suis sous le choc et à deux doigts de hurler jusqu'à suffoquer. Je retombe en arrière, mes fesses rencontrent le sol et je m'appuie sur ma main pour ne pas tomber entièrement.
- Non ! Nicolas s'il te plaît.
Sans me rendre compte, je ne suis plus seule ; plusieurs personnes nous ont rejoints mais je ne distingue aucun visage, j'en suis incapable. Deux mains viennent attraper mes épaules pour tenter de me relever mais je hurle, je hurle encore et encore, plus fort à chaque instant.
- Non ! Laissez-moi ! Non !
- Emilie…
Je tourne la tête et aperçois Charles, il semble désolé, son visage est triste, pas autant que le mien mais tout de même. Il semble affligé, ses yeux sont presque clos et sa bouche est entrouverte mais il ne dit rien.
- Il… Il…

- Je sais.

- Non…

Je n'ai pas de force et pourtant, je crie de tous mes poumons.

- Non !

Ma tête fait des va-et-vient de gauche à droite, ce n'est pas possible, non, je ne l'accepte pas. Je sens ma salive couler jusqu'à mon menton mais je m'en fiche, je suis détruite, je sens chaque partie de mon corps se contracter. Charles comprend que je ne compte pas me lever alors il s'assied contre moi, son torse est collé à mon dos et son menton est posé délicatement sur mon front. Je regarde une dernière fois Nicolas puis je cache mon visage contre l'épaule du duc ; ses mains caressent mes cheveux et je l'entends chuchoter, mais je ne comprends pas un seul mot. Mes sanglots ne se calment pas et je me rends compte de la peine que Charles doit ressentir. Nous sursautons tous les deux quand un hurlement plein de souffrance résonne entre les arbres de l'allée. Je relève la tête et aperçois Victoria qui vient d'arriver, elle s'effondre comme moi, elle pleure et hurle et ma souffrance s'accentue encore. Elle finit par se pencher en avant et poser sa tête contre le sol et ses mains sur ses oreilles, mon cœur se contracte de nouveau et ma respiration se bloque. Quand mon visage revient sur l'accident, je vois de nouveau le visage de Nicolas, trois hommes assez grands sont en train d'enlever ce qui l'entoure et son corps amoché apparaît au fur et à mesure. Plus je vois les blessures, plus ma respiration se fait difficilement ; il y a du sang partout, une de ses jambes n'est plus du tout dans son axe et je n'ose pas regarder le reste. L'ambiance est lourde et la chaleur s'est créée autour de nous,

je suffoque et rien n'est présent pour m'aider, le seul qui aurait eu une solution se trouve devant moi. Sans vie.
- Sans vie…
J'ai chuchoté ces mots si bas, la réalité me frappe, Nicolas n'est plus. Nicolas ne sera plus jamais à mes côtés, il ne sera plus là pour me sauver et trouver les bons mots. La fraîcheur de son amitié et l'amour que nous partagions vient de prendre fin.
- Non…
- Emilie ?
- Non… Non, non, non, non, non…
- Calmez-vous, je suis là.
- NON !
Une crise de larmes s'empare de mon corps, je ne peux pas me calmer et c'est pire quand je revois le morceau de bois qui est au milieu de sa gorge, ce morceau qui m'a fait réaliser quelques minutes plus tôt que c'était trop tard. Lorsque son corps est entièrement dégagé, les trois hommes le sortent et le pose plus loin, une femme qui je pense est une infirmière approche du corps de mon ami, sa main vient fermer ses yeux et se pose pour chercher son pouls par précaution mais bien sûr elle ne le trouve pas. Elle attrape un drap et le pose sur lui, je suis pétrifiée. En quelques secondes, notre vie vient de basculer et la sienne s'est arrêtée.
- Nous allons devoir vous demander de vous éloigner et de retourner à l'intérieur ou chez vous.
Quelques personnes font déjà demi-tour et sont en chemin pour retourner dans le château, d'autres prennent plus de temps et certains, comme Victoria et moi, ne bougent pas. Lady et Lord

Johannson se penchent pour attraper leur fille mais ma meilleure amie ne bouge pas ; lorsqu'elle relève enfin la tête, ses larmes ont fait gonfler ses yeux et elle est rouge de tristesse, nous manquons toutes deux de souffles car l'univers vient de nous enlever notre brin de fraîcheur. Comment continuer à vivre quand on perd un homme comme Nicolas ? Finalement, mon amie est fatiguée de se battre et se laisse porter par son père. Il ne reste que Charles et moi, un homme s'approche de nous et se penche pour être face à mon visage.

- Il faut y aller, ma petite.
- Non…
- Je vous présente mes sincères condoléances, mais la police doit faire son travail, vous ne pouvez pas rester là.
- Non…

L'homme fait un signe de tête vers Charles et je sens son corps s'éloigner du mien et se lever. Ses mains viennent se poser sur mes hanches et il me soulève de force.

- Non ! Non, reposez moi !
- Je suis désolé Emilie…
- Charles s'il vous plaît !

Mes sanglots et mes larmes ne l'arrêtent pas alors mes poings frappent son torse et ses épaules.

- Laissez-moi !

Charles se laisse faire, il me laisse le frapper jusqu'à ce que je m'épuise entièrement. À ce moment-là, il passe une main sous mes genoux et me porte ; je passe mes mains autour de son cou et le laisse faire, je n'ai plus la force de me battre, même mes sanglots se font en silence et mes larmes coulent plus lentement.

Le duc remonte l'allée et je regarde vers le ciel, je vois les arbres défiler et les étoiles brillent entre les feuilles. Elles se moquent définitivement de nous, elles seront là pour des millions d'années et pourtant elles ont décidé de prendre un être aussi incroyable que Nicolas, ce n'était pas son heure, il ne devrait pas rejoindre les étoiles tout de suite. Je ferme les yeux, ces petits astres de lumières m'éblouissent et je fatigue.
Lorsque mes yeux s'ouvrent, nous sommes face aux grands escaliers et la lumière m'aveugle. Pas mal de véhicules sont en train d'arriver et de partir et beaucoup de monde est dehors, la musique ne résonne plus jusqu'ici et les brouhahas de la société me donnent mal à la tête. Charles monte les escaliers et je m'accroche encore plus à lui pour ne pas bouger dans tous les sens, j'ai mal au cœur et mon estomac noué me donne toujours envie de vomir. Beaucoup de regards se posent sur nous alors je ferme les yeux, mais quand je les ferme, je vois son visage et je revois la scène donc je les ouvre de nouveau et fixe simplement le bras de Charles. Ma bouche est pâteuse et mes mains sont moites, je ne sais pas quand mon corps cessera de réagir mais il m'épuise petit à petit. Nous entrons dans le grand hall, les lustres m'aveuglent tellement ils brillent et je suis heureuse que Charles entre dans une pièce éclairée par une douce lumière. Il me dépose sur un sofa et je laisse mon corps s'allonger.
- Elle s'est calmée ?
J'entends ma mère entrer dans la pièce et chuchoter à mon fiancé qui lui répond tout aussi bas.
- Elle est épuisée et sous le choc… Elle a tout vu, c'était la première sur le lieu d'accident.

- Oh mon enfant.

Un silence règne entre eux puis ma mère reprend.

- Merci d'avoir pris soin d'elle.

- C'est normal, je ferais tout pour elle.

Je ferme les yeux et mes larmes menacent encore mes yeux. J'entends les pas de ma mère traverser la salle puis contourner le sofa pour me faire face. Elle pose sa douce main sur ma joue puis remonte jusqu'à mes cheveux.

- Je suis là mon ange.

Elle embrasse mon front et continue de caresser mes boucles, cela m'apaise et me rassure. J'ouvre lentement les yeux et je peux voir les traits de ma mère complètement crispés, elle semble vraiment triste.

- Il n'est plus là maman…

- Je sais mon ange.

- Je ne le verrais plus jamais.

- Il sera toujours là.

Elle pose sa main sur mon cœur.

- Et là.

Cette fois-ci, elle pose son doigt sur mon front.

- Et il ne disparaît jamais entièrement.

- J'ai si mal.

Mes larmes se remettent à couler et mon cœur se crispe pour la centième fois. Elle tente de me rassurer et je la vois lever la tête quand quelqu'un entre dans la pièce. Son visage se transforme et je peux y lire de la compassion. La personne approche, j'entends ses pas et je vois le visage de ma mère bouger pour le suivre. Lorsque la silhouette de mon petit frère apparaît face à

moi, je trouve la force de me redresser et me jette dans ses bras.
- Liam !
Il ne parle pas mais je sens qu'il veut dire quelque chose. Son dos est dur et ses muscles sont tous tendus, il vient de perdre son meilleur ami.
- Je suis désolée Liam.
- Je le suis aussi.
- Comment va-t-on faire sans lui ?
Nos sanglots se rencontrent et nous pleurons l'un contre l'autre.
- Je ne sais pas.
Je n'ai jamais vu Liam aussi vulnérable, autant dans ce monde que dans l'autre. Nous nous éloignons quand des claquements entrent dans la pièce, nous regardons tous deux vers la porte et Victoria semble désemparée, son visage est trempé et elle est complètement désorientée. Lorsqu'elle nous aperçoit, sa bouche tremble et elle court vers nous. Nous n'hésitons pas une seconde et nos bras se resserrent autour d'elle.
- Il est…
Ses mots n'arrivent pas à sortir, elle n'ose pas les dire à haute voix et aucun de nous n'y arrive. Il est mort et notre chagrin est pour la première fois partagé sans Nicolas. Pour la première fois, notre quatuor devient un trio et cela ne pourra plus jamais changer. Ce chagrin est la blessure la plus éprouvante à traverser, nous allons devoir la vaincre ensemble pour ne pas réduire Nicolas à l'oubli.

Chapitre 23

- Cher Nicolas, ta famille, tes amis, tous ceux qui t'ont connu et apprécié, sommes tous là pour te dire adieu et te rendre un dernier hommage. Tu pars avant nous, bien trop tôt, bien trop vite et ta disparition nous remet en mémoire qu'il faut profiter de chaque seconde, de chaque minute ici-bas… Pour Nicolas qui est entré dans la paix du Seigneur. Seigneur, nous te prions en ce jour, écoute nos prières. Nicolas demeure en nos cœurs, son sourire, sa force, son amour nous accompagnent toujours. Seigneur, nous te prions pour ceux qui souffrent seuls, en ce jour, écoute nos prières.

La messe de Requiem en ré mineur de Wolfgang Amadeus Mozart retentit et me fait sursauter. J'écoutais d'une oreille la lecture du prêtre, Nicolas me manque tant ; voilà une semaine qu'il nous a quitté, mais j'ai l'impression de l'avoir perdu depuis un siècle. J'ai passé la majeure partie de cette longue et éprouvante semaine dans mon lit, je n'arrivais pas à manger ou à me lever, dès que mon corps était en mouvement, des larmes s'emparaient de moi. Lorsque Emma m'a apporté le journal quotidien et que je suis tombée sur l'annonce du décès de Nicolas, j'ai eu l'impression de revivre ce moment une nouvelle fois ; les mots m'ont brisé et les détails étaient trop réalistes grâce à mon témoignage auprès de la police.

Je redoutais ce jour, ce jour qui est arrivé, cet enterrement et ces au revoir. J'ai supplié Emma de me laisser porter ma robe sans corset mais elle a insisté pour et maintenant, je n'arrive plus à respirer, c'était déjà compliqué mais c'est encore pire. Je soulève mon voile de deuil pour essuyer mes larmes, je ne sais pas si c'est correct car je ne vois personne le faire autour de moi, mais c'est la dernière chose qui me préoccupe. Emma était en boucle ce matin, elle ne cessait de répéter "*le noir et l'élégance sont important dans le deuil, faites attention au tissu et à la dentelle*", elle m'a donné une migraine et maintenant je n'arrive plus à suivre ce qu'il se passe dans l'église. Je comprends que la cérémonie se termine quand les gens se lèvent petit à petit et quittent le lieu, je me retourne pour regarder toute la société partir et je suis confuse. Victoria, qui est assise à mes côtés, se penche pour me parler à l'oreille.

- Si le défunt n'était qu'une connaissance, ils peuvent partir après le service à l'église. Si le défunt est un proche, ils peuvent suivre le convoi depuis l'église jusqu'au cimetière pour assister à la mise en terre.

Elle trouve la force de m'expliquer ce que je ne sais pas alors que nous pleurons son frère, Vic me surprend avec sa force, elle a été très courageuse cette semaine, de ce que m'a rapporté Liam. Elle passe son bras autour de moi et j'appuie ma tête contre son épaule. La salle est vide et nous sommes maintenant

seules face au cercueil.
- Il était vraiment incroyable.
- C'était le meilleur frère.
- Et le meilleur ami.
- Le plus drôle.
- Et le plus charmant.
- J'aurais aimé que tu le connaisses depuis plus de temps, je suis sûre que tu serais tombée amoureuse de lui et je t'aurais eu comme belle-sœur.
- Certainement. Il était vraiment attachant. Je ne sais pas si c'est correct de ma part d'être aussi triste pour le décès d'un homme que je ne connaissais que depuis quelques jours…
- Tu as le droit de ressentir de tels sentiments. Vous avez vécu en peu de temps tellement d'émotions et d'aventures, vous vous êtes confiés l'un à l'autre, il a eu des mots forts envers toi, c'est tout à fait normal de le pleurer.
Je me redresse pour lui faire face et lorsqu'elle aperçoit mes larmes, elle pose ses mains sur mes joues pour les essuyer.
- Je sais Vic, mais une part de moi s'en veut de tant le pleurer et ressentir ce manque et cette douleur alors que d'autres l'ont connu plus longtemps que moi.
- Peut-être l'ont-ils connu plus longtemps mais ils n'ont jamais eu ce lien, cette connexion. Vous étiez une évidence.
- Je l'aimais vraiment, je n'ai pas eu le temps de profiter assez de lui, c'est horrible de ressentir ce vide, comment fais-tu ?
Elle retient ses larmes mais mes sanglots entraînent maintenant les siens.
- Il m'a appris à être forte.

Elle émet un petit rire nerveux avant de chasser une larme sur sa joue.

- Il m'a tout appris et je ne sais pas comment je vais avancer sans lui, j'étais sa grande sœur et pourtant, c'est lui qui prenait soin de moi. Il m'a toujours dit de garder espoir et que les choses les plus tristes finissent par s'arranger. Il avait toujours une solution et parfois cela m'agaçait… Mais je donnerais tout pour qu'il continue de m'agacer…

- Je suis vraiment désolée Vic.

- Tu peux me promettre une chose ?

- Tout ce que tu veux, dis moi.

- Ne pars pas. Je sais que c'est beaucoup te demander, car tu as toute une vie là-bas, mais si tu as le choix s'il te plaît reste.

Je penche la tête et souris légèrement, je grimace pour retenir mes larmes.

- Je ne comptais pas rentrer. Je ne peux pas te le promettre, car je ne sais pas comment je suis arrivée ici et je suis consciente que ce qui m'a amené peut me reprendre à tout moment, mais je peux te promettre que si le choix s'offre à moi, je resterais ici.

- Alors j'espère que tu auras le choix.

Elle ouvre ses bras et je me réfugie contre elle, nous pleurons en silence et étrangement, nos corps s'apaisent.

- Mesdemoiselles…

Quelqu'un tousse près de nous et nous relevons la tête vers un homme assez grand.

- Je suis désolé de vous interrompre, mais le convoi va commencer.

Nous regardons derrière lui et voyons des hommes qui sont en train de bouger le cercueil de Nicolas. Ma meilleure amie attrape ma main lorsque nos corps se séparent et je sens la pression être plus forte contre ma paume. Nous rejoignons nos proches et la famille devant l'église, il est vrai que le nombre de personnes a bien diminué. Nous nous plaçons pour débuter le convoi, Victoria me tire par la main vers l'arrière et je remarque que ce sont les hommes qui marchent en avant du convoi, près du cercueil et les femmes suivent derrière. Nous marchons jusqu'au cimetière qui est tout près d'ici, en quelques minutes, nous y sommes. Alors que tout le monde entre dans le lieu, je m'arrête devant la grille en métal, je n'arrive pas à faire un pas de plus, j'ai toujours détesté les cimetières, c'est un lieu qui m'apporte de l'angoisse et de la peur. Je n'ai jamais réussi à contrôler ces sentiments et je déteste cela. Victoria serre ma main et quand mes yeux rencontrent les siens, je la suis simplement, sans réfléchir ; elle est à mes côtés si quelque chose ne va pas. Je relève la tête et je croise les yeux de Charles, il me sourit pour me rassurer mais je me sens mal. Je ne l'ai pas vu depuis le soir du bal masqué, j'ai refusé toutes les visites et je me sens stupide. J'ai perdu du temps précieux avec lui ou avec mes proches, si la mort de Nicolas m'a appris quelque chose c'est bien que le temps passe trop vite pour ne pas profiter de chaque instant, il faut absolument que je parle à Charles aujourd'hui.

- Les cimetières sont très récents.

Je me tourne vers Victoria qui apparemment est motivée pour m'en apprendre plus sur son époque.

- Ils sont présents pour montrer la distance entre les vivants et les morts, les enclos des morts sont considérés comme malsains selon les textes sacrés et certaines croyances. Nous nous sommes inspirés des cimetières Français comme celui du Père-Lachaise à Paris, je ne sais pas si tu connais.

- J'y suis déjà allée, lors d'un voyage scolaire en France.

- Avant que les familles ne puissent se recueillir près de magnifiques structures, le cercueil reposait sous terre et il n'y avait qu'une simple plaque au sol pour se recueillir.

- Ce cimetière est très beau.

- Il l'est en effet.

Tout le monde s'arrête ce qui annonce l'arrivée du cercueil à son lieu final. Nous attendons quelques instants sans parler, le silence est pesant et beaucoup de tristesse est présente autour de nous. La famille Johannson est une des familles les plus riches de Londres et a pu se permettre d'offrir un beau monument pour le cercueil de Nicolas et tout cela sans s'endetter. La structure est magnifique, digne d'un des plus beaux tombeaux ; le cercueil est à l'entrée et les personnes présentent forment un demi-cercle pour observer la scène. Lady Johannson est la première à s'approcher du cercueil. Vic me chuchote quelques mots discrètement.

- En général, une femme n'assiste pas à l'enterrement de son enfant ou son mari car la société la considère trop affligée pour sortir en public. Mais si elle en a envie il serait mal vu de l'en empêcher.

Sa mère ne fait aucun discours et ne dit aucun mot, elle passe simplement près de son fils, embrasse le cercueil puis s'éloigne pour être présente mais à l'écart de nous. C'est au tour du père de passer mais lui aussi est silencieux et je finis par croire que j'ai été idiote de préparer un discours car je n'aurais peut-être pas le droit de parler. Colin qui est le plus jeune frère passe déposer une peluche et faire un signe de la main à son grand frère, le petit ne se rend pas compte qu'il lui dit au revoir à jamais. C'est au tour de Victoria de passer, elle me lâche donc la main et baisse la tête ; lorsqu'elle arrive devant le cercueil, elle s'arrête et nous fait face.

- Mon frère était un homme fort. Ce qu'il restera de lui sera sa bonté, cette envie d'aider les gens et leur porter secours. Il restera de lui ce qu'il nous a offert, sa volonté de nous aimer et de ne jamais juger. Il restera de Nicolas son sourire et son rire, c'est ce que rien ni personne ne pourra nous enlever. Il restera de lui cette chaleur et ce souvenir, d'un homme bon et charmant, qui sait les mots pour panser vos plaies. Nous resterons ici, attendant que le ciel nous enlève et nous dépose près de lui.

Mes larmes ne peuvent plus s'arrêter, les mots de ma meilleure amie sont touchants et m'ont secoué. Elle nous tourne le dos pour lui faire face.

- Il restera de toi ton amour et je t'offre le mien pour toujours. Merci pour cette vie que tu m'as offerte à tes côtés, j'espère pouvoir un jour te retrouver.

Puis elle s'éloigne sans réfléchir pour calmer ses sanglots à l'écart. Simon passe et ne dit que deux mots puis promet de prendre soin de sa sœur avant de rejoindre Vic et de la prendre dans les bras. Charles et Liam passent aussi mais leurs discours n'est pas long et leurs mots sont très simples. Liam a du mal à exprimer ce qu'il ressent, il tremble et sa voix est grave. Je me rends compte que c'est à mon tour de passer, je tiens dans mes mains mon petit bout de parchemin et m'approche de son prénom gravé en or.

- Nicolas. Ce que nous étions l'un pour l'autre, nous le serons à jamais, le fait que tu ais changé de monde ne pourra pas nous l'enlever. L'amour ne disparaît jamais. Le temps ne nous a pas épargnés, mais pourtant j'ai l'impression de t'avoir connu pour une éternité. Je me permets de te tutoyer car le temps en a décidé autrement et jamais je ne pourrais t'entendre me dire "*je t'aime*", je devrais me contenter des "*vous*" et des "*mademoiselle*", le temps n'est que trop impatient et nous enlève trop rapidement des moments si insouciants, mais importants. Les étoiles t'ont bien accueilli je n'en doute pas, tu parlais d'elles sans crainte ni peur et te voilà près d'elle pour te moquer de nous à leurs côtés. Tu étais déjà en paix sur terre alors je sais que tu es serein où que tu sois. Je te promets de veiller sur Vic et que nous surmonterons la peur comme tu nous l'as appris. Puisque le "*vous*" n'est plus présent, je t'aime et tu me manques.

J'embrasse le cercueil et m'éloigne pour rejoindre mes amis, je me réfugie dans les bras de Charles pour la première fois depuis une semaine, cela paraît si normal et si juste. Il me serre fort contre lui et j'en oublie la douleur de la perte de Nicolas, la douleur s'est calmée grâce aux mots que j'ai pu lui confier ; il me manquera toujours mais le deuil commence. Le reste de la famille passe sans dire un mot, mes parents font une prière et enfin quelques domestiques ont eu l'autorisation de se joindre à nous pour le pleurer, je reconnais Mélanie qui m'avait servi quand j'étais allée chez eux, elle semble plus affectée que les autres et j'ai envie de la prendre dans mes bras tellement mon cœur souffre de la voir si triste. Victoria qui est dans les bras de Simon s'éloigne pour s'approcher de moi alors je quitte à mon tour Charles pour rejoindre ma meilleure amie. Ses bras sont fins et tremblants contre mon dos, elle pose sa joue contre la mienne et je sens son souffle contre mon oreille.

- Ton discours était magnifique.

- Je ne sais pas si c'était très formel ou approprié mais j'ai dit ce que j'avais sur le cœur.

- Tu es restée toi-même, le reste n'a pas d'importance.

- Ton discours était tout aussi beau, tu m'as émue.

Elle s'éloigne et ses mains longent mes bras pour prendre les miennes.

- Tu es la meilleure des amies, je te suis tellement reconnaissante pour tout, je t'aime fort.

- Oh Victoria, je t'aime aussi.

Elle m'embrasse tendrement sur la joue puis rejoint Simon avant de s'éloigner. Le cimetière se vide petit à petit ; la famille éloignée s'en va, puis les amis, mes parents, les parents de Nicolas et il ne reste rapidement que Charles et moi.

- Voulez-vous que l'on marche jusque chez vous ?

- Je voudrais bien.

Il me tend son bras et nous tournons le dos au cercueil. Quelques hommes finissent leur travail en enfermant le cercueil dans la structure, la porte se ferme et Nicolas disparaît.

- Comment vous sentez-vous ?

- Mal…
- Je… c'était une question idiote, je suis désolé.
- Non, ce n'est rien. Nous venons de dire adieu à notre ami, que voulez-vous dire sans paraître maladroit.
Il n'ose plus trop parler et passe sa main libre derrière son cou en grimaçant.
- Je m'excuse de ne pas avoir accepté vos visites.
- Ne vous excusez pas, je comprends.
- Tout de même… Vous êtes venu chaque jour pendant une semaine et je n'ai pas accepté une seule fois de vous voir.
- Je ne venais pas pour vous voir. Enfin, au début si, mais j'ai compris que je ne vous verrais pas.
- Alors pourquoi venir ?
- Pour vous faire savoir que vous n'étiez pas seule, je veux que vous sachiez que j'étais là dans cette épreuve et vous apporter mon soutien d'une certaine manière.
- C'est gentil.
- Je tiens à vous et je ne veux que votre bonheur. Cette semaine, en plus d'avoir perdu un ami, j'ai eu l'impression de vous perdre.
- Et pourtant vous ne m'avez pas perdue, je suis désolée de vous avoir infligé ceci.
- J'avais juste l'impression que… c'est idiot… mais j'avais l'impression que vous étiez amoureuse de lui.
- Quoi ?!
Je tourne vigoureusement la tête vers lui.
- Ce n'est pas de la jalousie mademoiselle, bien au contraire, simplement, vous le pleuriez tellement que j'ai cru pendant

quelques instants que vous ressentiez peut-être plus que de l'amitié.
- Pas du tout, enfin. Je vous en aurais parlé au cas contraire. Je ne joue pas sur deux tableaux milord, si je suis engagée dans une histoire alors il n'y a que celle-là qui compte et si je devais me rendre compte que quelqu'un d'autre m'attirait, vous auriez été au courant. Je suis une personne sincère.
- J'ai peur de vous perdre, voilà tout.
- Je crois ressentir la même chose.
- J'aimerais que nous nous marions, si vous l'acceptez bien sûr. Je me suis rendu compte que la vie passe trop vite pour ne pas la passer à vos côtés. Je sais bien que ce n'est pas raisonnable suite à la mort de notre ami, mais je me dis que le temps du deuil est différent pour chacun et qu'il n'y aura jamais de bons moments si nous ne le faisons pas maintenant.
Je ne réponds pas et vois son visage se refermer.
- Je suis d'accord.
Ses traits s'affinent et un sourire apparaît sur son visage.
- Réellement ?
- Oui. Vous avez raison, nous ne savons pas combien de temps il nous reste et je veux le passer avec vous.
- Alors nous serons mariés le mois prochain.
Notre route jusqu'à la maison Atkins est assez joyeuse finalement et nous parlons un peu du futur, nous n'avons pas le temps de discuter énormément car nous sommes tout près, mais nous savons que nous voulons un mariage simple et petit, et que nous nous installerons chez lui après cela, il me propose de rester chez moi tant que je le souhaite et que je suis bien sûr

autorisée à venir ici autant que je le veux.
- Bien ma dame. Nous voilà arrivés.
- Merci de m'avoir raccompagné, je n'en aurais pas été capable seule.
Il me salue avant de m'embrasser la main puis descend les petits escaliers qui sont face à ma porte.
- Attendez !
Il se retourne pour me faire face.
- Je comptais jouer du piano pour finir cet hommage à Nicolas. Nos deux familles sont réunies et je pense que Simon est là, voulez-vous vous joindre à nous ?
- Avec plaisir.
J'entre dans le grand salon, la main au bras de Charles et je ne me suis pas trompée, tout le monde est réuni et mange des petits gâteaux, même Emma s'est jointe à eux. Lorsqu'elle me voit, elle se lève gênée et me rejoint.
- Mademoiselle, ôtez votre veste que je m'occupe d'elle.
Je n'ai pas le temps d'agir qu'elle le fait à ma place et s'éloigne. J'enlève mon voile de deuil qui réduit ma vue et me dirige directement au piano ; Charles s'assoit sur un sofa près de Victoria. Je fais craquer mes doigts et me prépare à jouer et à chanter un morceau qui me tient à cœur, il n'existe pas encore à cette époque mais cette chanson est bien trop importante pour moi pour que je ne leur joue jamais, c'est le moment parfait, personne ne me questionnera dessus et ils profitent simplement de ce moment de paix. La mélodie est assez douce, les touches de piano sont lentes mais fortes.
- *Je suis venu te voir, te dire que je suis désolé, tu ne sais pas à*

quel point tu es adorable. Il fallait que je te voie, que je te dise que j'ai besoin de toi, que je te dise tu es à part. Confie-moi tes secrets, et pose-moi tes questions, oh reprenons à zéro. Tourner en rond, se rejoindre, la pensée est une science à part.

Le passage le plus fort est le suivant et quelques larmes coulent jusqu'aux touches de piano quand je commence à les chanter.

- *Personne n'a dit que c'était facile. Oh, qu'il est dommage que nous nous séparions. Personne n'a dit que c'était facile, personne n'a jamais dit que ce serait aussi difficile. Oh ramène moi là où tout a commencé.*

J'appuie plus fort sur les touches, l'intensité de la mélodie me prend aux tripes et je n'arrive pas à empêcher mes larmes de couler, je tente de rester concentrée mais c'est très compliqué. Je continue de chanter et mes mains de jouer, je suis prise par les sentiments.

- *Je ne faisais que deviner des chiffres et nombres. Qu'essayer de percer ton mystère. Les questions de sciences, de science et de progrès. Ne parle pas aussi fort que mon cœur. Dis-moi que tu m'aimes, reviens me hanter. Oh et je cours vers la case départ. Tourner en rond, essayer de se rattraper. Revenir à ce que nous sommes vraiment.*

Le refrain revient et quand je lève les yeux, je vois ma meilleure amie qui sourit les larmes aux yeux.

- *Personne n'a dit que c'était facile. Oh qu'il est dommage que nous nous séparions. Personne n'a dit que c'était facile. Personne n'a jamais dit que ce serait aussi difficile.*

J'appuie plus fort sur les touches et chuchote presque cette dernière phrase.

- *Je retourne là où tout a commencé.*

Les dernières notes se répètent mais sont de plus intenses et je me perds entre elles, je me laisse aller et laisse mes émotions me guider.

- *Oh ooh ooh ooh ooh ohh.*

Je ralentis pour finir la musique en douceur et lorsque la dernière note résonne, je suis submergée par mes émotions et mes sanglots résonnent dans toute la pièce. Ma meilleure amie se lève et me rejoint en courant.

- C'était magnifique, Nicolas est heureux que tu aies chanté une chanson de ton époque pour lui.

Je relève la tête lentement.

- Comment tu sais ?

- Je te connais, je sais que tes émotions avaient besoin de s'exprimer et ce n'est pas en jouant des vieilles chansons de mon époque que tu pourras te sentir libre.

- Tu me connais vraiment par cœur.

- Comment s'appelle cette chanson que tu viens de nous offrir ?

- Elle s'appelle *The scientist*, elle est du groupe Coldplay.

- He bien, nous pouvons remercier Coldplay pour ce chef d'œuvre. Maintenant sèche tes larmes nous avons des gâteaux à manger et Charles m'a laissé entendre que tu avais accepté de l'épouser.

Chapitre 24

Victoria entoure ma main des siennes et ce geste me rassure, ma respiration s'est calmée et je n'ai plus envie de pleurer. Charles nous a laissé la place sur le sofa et les hommes se lèvent finalement pour se retrouver entre eux dans le salon privé de mon père.

- Charles t'a déjà parlé de notre idée de mariage ?
- Il m'a demandé si c'était trop tôt pour nous, s'il nous faudrait plus de temps pour nous recueillir et faire notre deuil.
- Je ne sais pas comment ça marche dans votre monde, mais n'est-il pas mal vu d'organiser un mariage après un décès et qui plus est celui d'un ami si proche ?
- C'est la saison des mariages et des bonnes nouvelles ; face à un drame comme celui-là, nous devons vivre des choses positives, nous relever rapidement et assister à un mariage est la plus belle chose. En revanche, il faudra parler à maman, les femmes doivent rester en deuil chez elles pendant des mois, et même si cela n'est pas interdit de sortir profiter d'un événement, on ne sait jamais ce que les gens peuvent dire et si

elle se sentirait prête.
- J'ai peur de mal faire.
- Tu ne dois pas t'en vouloir ! La perte de Nicolas nous montre à tous que la vie est trop courte ! En plus, tu ne sais pas la durée de ton séjour ici et je comprends que tu veuilles vivre ce mariage avant que tu n'en sois privée, tout comme notre monde, on ne sait toujours pas ce qui t'a fait venir ici et on ne sait pas pour combien de temps, si ça n'est pas éternel alors il faut que tu te maries rapidement.
- Peut-être que le mariage va finalement être la clé pour me faire rester.
- C'est-à-dire.
- He bien, dans mon monde il existe de nombreuses histoires à travers lesquelles l'amour est la solution, un baiser sauve une vie, un mariage d'amour empêche un mauvais sort et toutes choses liées à ce thème ; peut-être que mon mariage est la solution pour rester.
- J'espère que tu as raison, et si c'est le cas alors ce mariage ne doit pas tarder.
Elle garde ma main contre la sienne, mais pivote sur le sofa.
- Maman ?
- Victoria.
- Nous avons quelque chose dont nous aimerions te faire part.
- Je vous écoute.
Lady Johannson passe son regard de Vic à moi et elle finit par rester sur sa fille quand elle commence à parler.
- Le duc et Emilie veulent se marier.
- Félicitations ma chère.

Elle se penche en avant pour attraper ma main, mais la distance entre nos canapés ne facilite pas la tâche et elle revient rapidement sur ses fesses.

- Avez-vous prévu une date ?

- C'est ce dont nous aimerions te parler.

Sa mère fronce les sourcils et pince ses lèvres, Victoria est elle très détendue et prête à trouver des arguments pour que mon mariage ait lieu.

- Nous pensons que le plus tôt serait le mieux, mais avec…

- Faites. Mariez-vous. Je sais ce que vous allez me demander et je ne suis pas le genre de femme à refuser d'assister à un mariage, et encore moins celui de ma tendre Emilie, fille de ma meilleure amie, parce qu'un drame s'est produit. Je sais à quel point tu aimais mon fils et tu ne fais pas cela par manque de respect mais justement car cela t'a chamboulé.

- Je l'aimais vraiment madame.

- Je n'en doute pas, mon enfant.

Ses yeux ne lâchent plus les miens et cette fois-ci elle se lève pour s'asseoir entre Vic et moi.

- La vie est trop courte pour avoir des regrets, Nicolas était le premier à vivre sa vie comme si chaque jour était le dernier, ses décisions étaient rapides et précises, il serait le premier à te soutenir dans ce choix alors c'est ce que je fais. Tu as mon autorisation pour te marier le plus tôt possible et je t'assure de ma présence.

- Merci Lady Johannson.

- S'il te plaît, revenons à mon prénom.

- Pardon Isabelle.

Elle me prend dans ses bras, mais nous sommes surprises par ma mère qui revient au salon et nous fait sursauter.

- Que nous vaut cette accolade ?

- Nous allons célébrer quelque chose, ma chère amie.

- Quoi donc ?

Isabelle tourne la tête vers moi et je comprends qu'elle demande mon autorisation, alors je hoche la tête timidement et je l'observe se lever. Je n'avais jamais remarqué sa grandeur et à quel point elle était mince, pour une mère ayant porté trois beaux enfants et pour son âge, elle est très fine. La mère de Vic s'approche de la mienne et d'un ton très enjoué lui annonce la bonne nouvelle.

- Emilie va se marier !

- Comment ?!

Ma mère est immobile au centre de la pièce et je finis par croire qu'elle va m'annoncer que je ne peux pas me marier, mais elle finit par rire et s'approcher de moi. Elle se penche et pose ses mains sur mes joues, aussitôt, je sais que tout va bien.

- Mon ange, je suis si heureuse.

Son visage est lumineux et radieux, elle semble prête à pleurer à tout instant, mais la tristesse de cette journée s'est effacée de son regard. Elle se tourne vers son amie, je vois son regard changer mais elle n'arrive pas à cacher la joie qu'elle ressent.

- Es-tu sûre que c'est bon ? Nous venons de perdre Nicolas et le mariage sera fait le mois qui arrive.

- J'en suis sûre. Je ne veux que du bonheur pour les temps à venir, je ne voudrais pas m'enfermer chez moi et pleurer, car je sais que si c'est ce que je fais, je ne m'en remettrais jamais.

Je me lève et prends à mon tour la parole.
- Je suis désolée, nous aurions dû attendre demain pour en parler, nous sommes tous en deuil aujourd'hui et… quelle idiote.
Isabelle, qui était près de ma mère, vient près de moi et pose ses mains fraîches sur mes épaules.
- Non ! Ma chère, ne pense pas cela, je suis heureuse que nous finissions cette journée avec une touche de fraîcheur, ton piano m'a fait énormément de bien et cette bonne nouvelle ne pouvait que me réjouir davantage.
- D'accord !
J'ai crié un peu trop fort, je ne pensais pas que mon exclamation serait si enthousiaste. Je suis prête à me marier, je dois laisser la peur de côté et me lancer même si c'est complètement fou. Nous sommes si heureuses que nous ne remarquons pas les hommes qui nous ont rejoints, c'est la silhouette de Liam près de la porte qui me fait sursauter et nous calme directement.
- Pouvons-nous savoir ce qui vous rend si heureuse en ce jour de deuil ?
- Liam…
Nous sommes toutes les quatre en ligne face à lui et aux hommes qui sont un peu plus en retrait. Ma mère prend la parole bien qu'elle ait du mal à trouver ses mots.
- Ta sœur va se marier.
- Je sais.
- Quoi ?
Nous avons toutes les quatre parlé en même temps et notre air surpris fait échapper un rire chez Charles.

- Nous venons d'en discuter.

- Oh. Qu'en penses-tu ?

- Je suis ravi.

Il ne dit rien de plus, son regard est assez lointain et il disparaît dans la cuisine. Mon père s'approche et prend la main de ma mère.

- Edouard ?

- Il va bien.

La voix de mon père est plus grave que d'habitude et il sent le cigare ce qui en est donc la cause.

- Il est heureux pour notre fille et Charles, il est simplement encore remué par la perte de son meilleur ami.

- Je n'en doute pas.

- Je pense qu'une bonne nuit de sommeil nous fera grand bien à tous. Je vais organiser un bal ce vendredi pour annoncer vos fiançailles et le mariage aura lieu à la fin du mois tout au plus.

- Vendredi ? Papa, tu es sûr que nous aurons le temps de tout préparer ?

- Nous avons deux jours, c'est suffisant.

Mon père embrasse le front de ma mère puis il lève la main pour nous saluer.

- Je vous souhaite une bonne nuit.

Il traverse le salon et j'entends les marches craquer puis le bruit s'arrête et une porte se ferme. Il n'a pas tort, un peu de repos ne nous ferait pas de mal. Isabelle rejoint son mari et fait signe à Vic de les suivre. Ils nous saluent et s'arrêtent près de la porte pour discuter avec ma mère. Je baisse la tête quand Charles approche ; il attrape ma main et l'embrasse.

- Je vous souhaite une douce nuit.
- Avec la hâte de vous voir vendredi.

Je me baisse légèrement pour faire une révérence et sa silhouette disparaît, me laissant seule dans le grand salon. Je sens la fatigue s'emparer de mon corps et décide de rejoindre ma chambre, mes pas sont si lourds qu'ils résonnent dans toute la maison, les escaliers craquent et j'ai beau poser mes pieds lentement, rien n'y fait alors je monte sans me soucier du bruit.

- Mademoiselle, vous êtes prête pour dormir ?
- Je voudrais bien prendre un bain avant, je me sens vraiment lourde et l'eau me ferait grand bien.
- Je vous prépare cela, ne bougez pas !

Emma entre dans ma chambre et je la suis en prenant soin de fermer la porte derrière nous. Elle passe derrière le paravent qui permet de séparer ma chambre en deux et de cacher ma baignoire. Chacun a son propre espace de bain et c'est très relaxant car je reste dans ma bulle qu'est ma chambre pendant ma toilette. J'entends l'eau couler et de la fumée remonter dans la pièce à cause de l'eau bouillante du bain. Emma apparaît de nouveau face à moi puis me fait signe de remonter mes bras à l'horizontal. Je me suis habituée à cette petite routine depuis mon arrivée, je lève mes bras et j'attends simplement de finir en sous-vêtements ; elle s'occupe d'enlever ma robe, la crinoline puis le corset. Ce soir, elle enlève le voile de deuil qui n'est pas présent d'ordinaire ainsi que mes gants en dentelles noirs. Quelle triste tenue… J'enlève mes bijoux pendant qu'elle range les vêtements et je pose sur mon lit les pinces qui retiennent mes cheveux ; c'est à ce moment qu'un petit papier retient mon attention sur mon coussin.

- Emma ?

- Mademoiselle ?

Elle approche comme à chaque fois que je l'appelle et penche sa tête vers moi pour que je la regarde.

- Savez-vous qui a posé cette enveloppe ici ?

J'espère que ce n'est pas encore une apparition d'Eloïse, je ne l'ai pas croisé depuis le bal masqué et j'espère que le message est enfin passé.

- Monsieur votre fiancé.

- Le duc ?

- Lui-même.

- Comment est-il entré ici ?

- Il n'est pas entré ! Il ne peut pas venir dans la chambre d'une demoiselle sans sa permission.

Mais alors…

- Tu l'as aidé ?

Elle rigole et cache sa bouche du revers de ses mains, son gloussement me fait sourire et je ne peux m'empêcher de laisser un rire s'échapper.

- Il a demandé si gentiment.

- Merci Emma.

- Je ne fais que mon travail.

- Vous faites bien plus, vous êtes de ma famille et jamais je ne vous oublierais.

- Mademoiselle…

Elle est émue, son sourire s'agrandit et ses yeux brillent.

- Maintenant, où en est ce bain ?

Je connais ma domestique ou plutôt, mon amie et je sais qu'elle est rapidement gênée alors je préfère revenir dans une discussion qu'elle préfère.

- Il est prêt, vous pouvez y aller. Je vais aller faire du thé, vous sonner si vous avez besoin de moi et quand vous avez fini.

- Je sais Emma, prends du temps pour toi.

Je prends l'enveloppe et me dirige vers la baignoire, Emma prend soin d'éteindre la lumière en sortant ce qui me fait vraiment plaisir, je suis dans l'obscurité, éclairée par une simple bougie et la lumière de la lune, je me sens détendue. J'enlève les tissus qui sont encore sur mon corps et entre dans l'eau bouillante. Ma baignoire est face à une fenêtre et je m'installe face à elle, je repose ma tête contre la baignoire et regarde le ciel.

- Je sais que tu es la haut Nicolas.

Je ne sais pas pourquoi, mais je ressens le besoin de lui parler, maintenant.

- Je vais me marier, ce n'est pas pour t'oublier, pas pour remplacer ton départ par mon propre bonheur car ta présence va terriblement me manquer le jour où je vais enfiler ma robe blanche. Le duc m'a écrit une lettre, j'espère que ça ne te dérange pas si je te laisse quelques instants pour la lire.

Je passe ma main hors de l'eau et attrape le morceau de papier, je l'ouvre en prenant soin de ne pas mettre de l'eau dessus et sors la feuille pleine d'encre noire.

"*Chère Emilie,*

Pardonnez cette lettre maladroitement écrite dans un recoin de votre escalier, entre un cigare et une discussion avec votre frère. Je pense qu'il est temps pour moi de vous écrire, je le veux depuis le premier jour, même avant notre rencontre, lorsque j'ai su que je devrais vous épouser, j'avais envie de communiquer avec vous, mais je ne l'ai pas fait. Entre deux cigares, je prends ce temps. C'est étrange n'est-ce-pas ? Mais j'avais envie, non, j'avais besoin de vous dire quelque chose.

Je crois que quand on rencontre son âme-sœur nous en sommes conscient et lorsque j'ai ouvert les yeux au milieu de cette salle de danse et que je vous ai vu, j'ai tout de suite su que c'était vous. Je suis amoureux de vous, pas d'une façon simple et éphémère, mais profondément et désespérément amoureux de vous Emilie.

Je ne pourrais plus continuer ma vie sans vous, on s'est déjà tant dévoilés l'un à l'autre. En un regard je vous comprends et l'idée de voir vos yeux se fermer un jour me brûle le cœur. Je pleure Nicolas autant que vous et la peur m'envahit, j'ai peur de vous perdre comme je l'ai perdu, j'ai peur de ne pas saisir chaque opportunité que la vie nous offre. J'ai l'impression d'étouffer et ça m'agrippe le cœur ; j'ai peur de ce sentiment si fort.

Je ne veux pas mourir pour vous, car je veux vivre pour vous et avec vous. Cacher ces mots une journée de plus aurait été une torture, je tombe amoureux de vous un peu plus chaque jour, dans chacun de vos sourires, chacun de vos regards, chaque paroles que vous dites et chaque gestes que vous faites.

Sans vous en rendre compte mademoiselle, vous me rendez meilleur et j'aimerais enfin connaître ce sentiment qu'est

l'amour et qui m'est nouveau, j'aimerais le connaître avec vous.
Pardonnez mes mots confus et mes sentiments peut-être trop dévoilés, mais Nicolas m'a appris qu'avoir peur nous empêche d'avancer, et c'est pourtant ce que je veux faire à vos côtés.
Éternellement vôtre. Charles Bennett."
Une larme coule le long de ma joue et je pose le dos ma main libre contre mes lèvres pour retenir mes sanglots.
- Éternellement vôtre.

Chapitre 25

La nuit fut très longue voire interminable… Je n'arrivais pas à trouver le sommeil, dès que je fermais les yeux, le visage de Nicolas apparaissait, pour passer le temps, je lisais la lettre du duc en boucle et mes larmes coulaient encore et encore. Je crois que j'ai fini par m'endormir à cause de la fatigue, mon corps était épuisé et mon esprit meurtri. La calèche bouge beaucoup et le voyage est assez mouvementé, moi qui pensais rattraper quelques minutes de sommeil, c'est fichu. Le véhicule ralentit, je regarde par la fenêtre en attendant que l'on vienne m'ouvrir la porte puis je descend avec précaution.

- Merci.

Je salue le cocher et relève la tête pour observer la demeure qui me fait face. Je prends mon temps jusqu'à la porte d'entrée, la fatigue ralentit mon corps plus que je ne le croyais ou bien, je redoute simplement le moment qui m'attend. Lorsque j'arrive devant la grande porte, un domestique m'ouvre et annonce mon arrivée.

- Mademoiselle Atkins est là.

- Faites la entrer !

Il s'éloigne pour me laisser la voie libre et j'entre dans la maison timidement. Suite à ce qu'il s'est passé hier soir, je ne sais pas trop comment me comporter. Quand Victoria apparaît dans l'escalier toute souriante et habillée d'une autre couleur que le noir, je suis soulagée et ma poitrine se libère d'un poids.

- Emilie, je suis heureuse de te voir. Je peux t'offrir un thé ?

- Avec plaisir.

Elle fait signe à une domestique et avance jusqu'au salon, il est spacieux et lumineux, il est très bon pour y vivre et rassurant. Elle me montre le sofa sur lequel je m'assois puis elle prend place sur un petit siège face à moi.

- Comment vas-tu Vic ?

- Bien, je crois. C'est toujours compliqué de se lever chaque matin sans être réveillée par sa voix qui résonne dans la cuisine et c'est encore plus dur de commencer une journée sans son sourire mais ça va, je pense que je m'en sors bien.

Sa voix tremble légèrement, mais elle semble réellement bien, ce qui me rassure.

- Comment va Colin ?

- Mon petit frère semble ailleurs, triste et mélancolique, je ne l'ai jamais vu comme cela… Cependant, il a compris je crois, que Nicolas était parti.

- Je suis désolée, ce ne doit pas être simple de vivre tout cela en plus de la perte d'un être cher.

- Non ce n'est pas simple, mais comme je te l'ai dit, ça va.

Elle repositionne sa robe sur ses jambes et passe quelques mèches de cheveux par-dessus son épaule ; elle fuyait mon

regard en fixant ses mains depuis le début mais ses yeux tristes remontent enfin pour fixer les miens.
- Que me vaut ta visite ?
- Il faut que je te parle, j'ai besoin de ton avis.
- C'est à propos du mariage ?
- Non mais c'est à propos du duc.
- Je t'écoute.
Elle pose ses coudes sur ses genoux et je me demande comment cette position peut-être confortable ; ses yeux ont une lumière en eux et je comprends que lui parler de la lettre est la chose qui va la rendre heureuse et encore plus lumineuse.
- Le duc m'a écrit une lettre.
- Il a quoi !?
Cette fois, elle quitte son étrange position pour se lever, elle contourne la petite table qui nous séparait puis s'assoit à côté de moi.
- Dis-moi que tu as apporté cette lettre.
- Bien sûr ! Il faut que tu la lises, je ne savais pas si c'était déplacé de te la faire lire ou non donc je l'ai prise au cas où.
- Ce n'est pas déplacé si nous gardons cela secret. Montre-moi cette lettre Emilie.
Je sors le papier de mon petit sac et elle l'attrape aussitôt.
- Il a une belle écriture ! Ses mots sont si bien écrits, j'ai hâte de savoir si ce qu'il dit est aussi beau.
- Crois-moi, tu ne seras pas déçue.
Elle commence à lire en silence et ne dit rien mais son visage parle pour elle ; elle ne cesse de sourire ou d'ouvrir la bouche, de froncer les sourcils ou les lever, ses expressions me font rire

et je la quitte du regard quelques secondes pour attraper un petit gâteau près de ma tasse de thé. Quand je regarde de nouveau son visage, une larme est coincée dans le coin de son œil mais je ne dis rien et attends qu'elle finisse.

- Emilie… C'est magnifique.

- Je sais.

De mon pouce je viens chasser la larme qui menaçait de couler sur sa joue.

- Charles Bennett est un homme incroyable, il est fou de toi.

- Et je crois bien que je suis folle de lui.

- Je suis heureuse pour toi.

- Quand j'ai lu sa lettre hier soir, je ne m'y attendais pas ; j'ai parcouru le papier et les mots m'ont submergé, c'est comme si elle avait permis à mes sentiments d'enfin oser exister tu comprends ?

- Je vois.

Ses lèvres n'arrêtent pas de sourire et je suis heureuse de la voir comme ça.

- "*L'idée de voir vos yeux se fermer un jour me brûle le cœur.*" Emilie, c'est magnifique. Et "*Je suis amoureux de vous, pas d'une façon simple et éphémère mais profondément et désespérément amoureux de vous Emilie.*" Je suis sans mot, sa plume est magnifique et si sincère.

- Je t'ai prévenu… Je n'étais pas prête non plus.

- Et puis, il fait référence à mon frère, c'est vraiment…

- Parfait. Je sais. Sa lettre m'a bouleversée.

Nous prenons un gâteau au même moment, ce qui nous fait rire et l'acidité du citron vient se poser divinement sur mes lèvres, les gâteaux sont délicieux.

- Je savais que j'étais attirée par le duc, il est charmant et c'est un homme bon mais la peur de souffrir ou de ne pas avoir les épaules assez solides pour cette relation m'a fait peur. J'ai préféré garder mes sentiments bien cachés en moi plutôt que d'ouvrir les yeux.

- C'est une réaction tout à fait normale, Nicolas nous a bien parlé de la peur et de ce qu'elle engendre si elle prend le dessus.

- Je ne veux plus avoir peur, en tout cas pas de ça.

- De quoi as-tu peur ?

Elle attrape les deux tasses de thé sur la petite table et m'en tend une, elle est bouillante entre mes mains mais je n'ose pas la reposer alors je vais attendre qu'elle refroidisse pour la boire en me brûlant les mains en attendant.

- J'ai de plus en plus peur de repartir.

- Plus tu vas y penser, plus cela risque de t'empêcher de vivre et peut-être même que ces pensées vont attirer ton retour.

- Mais je ne veux pas y retourner.

- Ta famille ne te manque pas ?

- C'est vous ma famille !

Elle pose sa main libre sur mon genou et je me rends compte des mots que je viens de dire, ils sont sortis tout seul mais ils sont si réels, j'ai trouvé ma place et c'est une évidence maintenant, je dois rester ici ; mon cœur s'emballe à l'idée de devoir retrouver mon autre vie.

- Tu sais, le monde ici peut parfois être moche.

- Je sais, je n'ai jamais dit que c'était le monde des bisounours.

- Des quoi ?

- Oh, les bisounours… ce sont des peluches dans mon monde, nous avons cette expression pour dire que le monde n'est pas tout rose et simple.
- Je vois… Le monde est parfois injuste et même si notre vie est belle et que nous sommes chanceuses, le rôle de la femme est tout de même bien différent que dans ton monde si j'ai bien compris.
- En effet, mais il y a du pour et du contre dans chaque monde et je suis prête à faire des sacrifices…
J'ai beaucoup pensé aux différences entre nos mondes, mais je préfère vivre dans celui qui est certe moins ouvert que le mien mais avec de l'amour autour de moi, que dans un où je suis totalement libre mais emprisonnée pas la tristesse.
- Dans mon monde, je suis seule, je n'ai que Victoria… Ici, je t'ai toi et j'ai tout le monde autour. Je ne pense pas trouver la facilité de ma relation avec le duc là-bas ; c'est insolite ce que nous partageons et je veux continuer de vivre cette histoire.
- Alors restes, je ne demande que ça.
- Je ne compte aller nulle part. Tu sais, Elizabeth et Edouard sont les parents dont j'ai toujours rêvé, ils m'offrent leur amour, leur soutien, leur confiance et ils feraient tout pour moi… Mes autres parents, vivent pour eux et je récupère les miettes, je n'étais pas désirée et je le ressens chaque jour.
- Comment ça tu n'étais pas désirée ?
- Ils voulaient un garçon, mais ils se sont retrouvés avec une fille.
- Et alors, la naissance d'un enfant est la chose la plus précieuse au monde.

- Ils étaient déçus et je vois cette déception dans leur regard chaque jour.
- Tu sais que dans ce monde, si une femme ne donne pas un héritier, c'est un peu pareil, l'enfant est rejeté ou pire et la femme est vue comme une incompétente. Concevoir un enfant est toute une histoire, si par malheur il est né bâtard, ça signifie qu'il est né hors mariage, alors il sera caché, abandonné ou en tout cas perd tout le respect de la société et de sa famille. Le monde est cruel…
- Je ne savais pas…
Elle hausse les épaules et croque dans son biscuit, j'en profite pour boire une gorgée de thé qui a refroidi.
- Tu as de la chance que tes parents ne t'aient pas abandonné même si tu as ce sentiment d'abandon.
- Je sais, mais c'est si dur à vivre au quotidien… Je vois que chaque chose que je fais est une déception, que chaque note n'est pas assez bonne, tout ce que je fais est prêt à être critiqué.
- C'est vrai que sur ce point, Lady et Lord Atkins sont vraiment mieux, ils ne feraient jamais ça à leurs enfants, ils vous aiment trop.
- J'essaie de ne pas penser à mon retour, mais c'est compliqué. Je ne sais pas ce qu'il se passe là-bas en mon absence.
- Et tu n'as pas à t'en faire, je suis sûre que tout va bien se passer.
Elle secoue la tête, ce qui me fait rire et me surprend avant de reprendre la parole.
- Que comptes-tu répondre au duc ?
Elle me fait sourire en changeant de conversation, j'étais

heureuse de parler de cette lettre et nous avons dévié sur un sujet moins joyeux.

- Je n'en ai pas la moindre idée.

- Hum… Monsieur Bennett est un romantique, je pense que tu devrais lui faire ta déclaration lors de votre bal de fiançailles.

- Tu penses ?

- Je crois que cela lui ferait plaisir que tu lui répondes les yeux dans les yeux, il pensera que c'est courageux et il ne pourra qu'encore plus tomber amoureux de toi.

- Mais je ne sais pas quoi lui dire.

- Nous avons encore un peu de temps, je vais t'aider et le bal sera parfait.

Elle pose sa tasse de thé sur le petit plateau en argent et je fais de même, le tintement me fait sursauter bien qu'il soit léger. Victoria prend mes mains entre les siennes.

- Tu l'aimes, pas vrai ?

- Je crois bien que je suis folle amoureuse de lui.

Chapitre 26

- Pas trop stressé ?

J'arrête de jouer avec mes gants en soie et je finis par les enfiler.

- Non, je vais bien.
- Emilie…
- Je vais bien Liam.

Je relève la tête et croise son regard inquiet.

- Je te dis que ça va.
- Très bien. Je vais descendre alors.
- Fais donc cela.

Il lève les yeux au ciel et je l'observe descendre nos marches jusqu'à ce qu'il arrive dans le hall puis disparaisse dans le couloir. Je panique complètement mais je ne pouvais pas l'avouer à Liam, même s'il l'a certainement compris ; mon cœur bat à mille à l'heure et je manque d'air dans ce corset. J'attends que quelqu'un vienne me chercher pour sortir de ma cachette, les cages d'escaliers sont bien plus réconfortantes que je l'aurais pensé. J'entends des bruits de talons claquer et raisonner dans le hall et une robe dorée apparaît.

- Victoria ?

- Emilie ! Tout le monde t'attend.

- Je n'y arriverai pas.

Elle monte les escaliers pour me rejoindre au premier étage et s'assoit à mes côtés.

- Tu peux le faire.

- J'ai peur.

- Tu n'as pas de quoi avoir peur.

- Bien sûr que si ! Dans quelques instants, nous allons officialiser nos fiançailles et prévenir de la date de notre mariage, nous sommes un vendredi treize et Dieu sait que cela porte malheur.

Elle me lance un regard si noir que je suis effrayée et je recule ma tête.

- Je ne suis pas prête Vic.

- Tu l'es, Emilie, tu es juste en train de laisser la peur prendre le dessus sur la réalité.

- Quelle réalité ?

- Que tu es heureuse et que tu as hâte. Et c'est normal donc ne laisse pas ce bon sentiment se faire étouffer par du négatif, d'accord ?

Je hoche la tête, je tente de parler mais aucun mot n'arrive à se frayer un chemin jusqu'à ma bouche.

- Maintenant, si tu veux bien, tu es attendue et je dois te ramener le plus vite possible à ta mère ou elle me tuera.

Elle fait une drôle de tête, ses yeux se plissent et son sourire est forcé, ce qui rend son visage très comique et me laisse échapper

un rire. Elle attrape ma main et m'aide à me relever.
- Cette robe est si lourde.
- Tu ne pensais tout de même pas que la reine de la soirée pouvait être belle sans souffrir ? Si ?
Elle rigole et lisse un peu ma robe à l'aide de ses mains gantées puis elle me passe devant. Victoria est magnifique, ses belles boucles sont libres dans son dos et sa robe dorée met en valeur son corps, elle est incroyable. Je fais attention à bien me tenir droite et je descends à mon tour les escaliers ; une fois en bas, Vic rigole quand elle regarde mon visage crispé.
- Ne fais pas cette tête, tu vas faire peur à tout le monde !
Je lui tire la langue et nous marchons pour traverser la maison et arriver enfin devant les grandes portes fermées menant à la salle de bal.
- Tu peux le faire. Je crois en toi.
- Merci Vic.
Elle entre discrètement tandis que j'attends seule ici, immobile, incapable de respirer et de penser clairement ; je me retourne pour faire face à un miroir, par chance je me trouve jolie et je n'ai pas a stresser sur mon allure. Emma m'a coiffé les cheveux et seulement quelques mèches sont retenues vers l'arrière pour dégager mon visage, mais elle a eu la bonté de laisser mes boucles naturelles. Je passe ma main sur la jupe en velours, mais le gant m'empêche de sentir la si douce matière. La robe bleu nuit est incroyablement belle et les quelques détails dorés qui se dressent dessus la rendent encore plus belle. C'est une robe de princesse, digne de celles que nous voyons dans les films, aussi large que celle de Cendrillon et aussi brillante que

celle de Belle. Une vraie et magnifique robe, faite sur-mesure, pour annoncer mes fiançailles. Je me regarde de nouveau dans le miroir et je me rends compte que je vais vivre un moment magique, un souvenir inoubliable et fort. Je sens des picotements dans mon corps, dans le bout de mes doigts et qui remontent le long de mon bras ; des papillons qui dansent dans mon ventre et remontent jusqu'à mon cœur, les sensations sont trop nombreuses et j'ai peur d'exploser à tout moment. Tout se calme quand la porte face à moi s'ouvre, enfin tout sauf le battement de mon cœur que je sens très bien dans ma poitrine, il bat si fort que je l'entends résonner dans ma tête et j'ai bien peur que tout le monde ne l'entende. La musique est douce et basse et plus les portes s'ouvrent, plus j'aperçois des visages familiers, dont celui de Charles face à moi, mais aussi des personnes que je n'ai jamais vu depuis ces douze jours dans ce monde. Une fois que les portes sont ouvertes en grand, il n'y a plus aucun bruit et un homme s'avance et s'arrête entre Charles et moi.

- Mademoiselle Atkins, et le duc Bennett.

Il ne dit pas un mot de plus puis s'éloigne, me laissant de nouveau face à Charles. Cette fois-ci, le duc s'avance pour me rejoindre lentement. Il est beau, très charmant et son sourire fait automatiquement naître le mien. Plus il s'approche, plus je vois ses yeux briller et ses pommettes rougir. Quand nous ne sommes plus qu'à quelques centimètres, il arrête sa marche et me salue, je lui offre ma plus belle révérence, maman m'y a entraîner une après-midi entière pour s'assurer que je ne raterais pas mon entrée. Je reste cinq secondes dans la posture avant de

me redresser et de saisir la main qu'il me tend.
- Vous êtes incroyablement belle.
- Je vous renvoie le compliment.
Nous ne parlons pas fort car aucune discussion n'a lieu autour de nous et tout le monde nous fixe et pourrait entendre nos paroles.
- Ne stressez pas, vous êtes incroyable.
- Je dois rencontrer votre mère, je ne suis pas rassurée.
- Je suis désolé que vous ayez à la rencontrer ce soir, c'est une soirée stressante et voilà qu'en plus je vous présente à elle ; excusez-la, elle est très fatiguée et même ce soir, elle ne restera pas longtemps j'en ai bien peur.
- Je ne la blâme pas, j'aurais simplement aimé la rencontrer avant.
Je grogne en avançant, pourquoi faut-il que tout soit si compliqué.
- Elle est ici, avec vos parents.
Je vois les gens s'écarter sur notre chemin et enfin, nos parents apparaissent. Sa mère est près de la mienne, toute chétive mais tout de même radieuse ; elle semble en effet très fatiguée et a du mal à se tenir droite. Elle a les cheveux bien plus foncés que son fils mais son sourire est tout aussi contagieux et vrai, elle ne me lâche pas du regard mais elle ne me dévisage pas, elle ne me regarde pas de bas en haut pour juger si je suis une fille qui mérite son fils et je trouve cela adorable. Nous arrivons près d'eux et nous nous arrêtons pour les saluer, nos révérences sont courtes mais suffisantes et je m'approche enfin de Lady Bennett.

- Mon enfant, vous êtes ravissante, mon fils ne mentait pas.
- Pourquoi aurais-je menti chère mère ?
Elle tourne la tête pour le regarder et se met à rire.
- J'attends ce jour depuis si longtemps que j'avais perdu espoir.
Charles se penche légèrement vers moi pour me chuchoter à l'oreille.
- Elle veut me marier depuis le jour où je suis né.
Elle le frappe avec sa canne et mon fiancé râle.
- Tu mérites. Maintenant, laisse-nous, veux-tu, cette jeune fille n'a pas besoin de ta lourdeur en plus de ma compagnie.
- Mère.
Il lui sourit et s'éloigne pour rejoindre Liam au bout de la pièce.
- Mon fils vous traite-t-il convenablement mademoiselle Atkins ?
- Votre fils est le plus gentil, il fait tout pour me rendre heureuse.
- Et y arrive-t-il ?
- Je crois bien que oui madame.
- Bien. Vous savez, Charles a perdu son père quand il était jeune, il n'a pas eu de figure masculine en grandissant et il a toujours cette peur en lui.
- Quelle peur ?
- Cette peur de mal faire ou plutôt de ne pas savoir faire. Il ne sait pas ce qu'est l'amour d'un couple, j'aimais mon mari, paix à son âme mais il ne nous a jamais vu exprimer un geste tendre devant lui. Vous savez, ma mère m'a élevé durement et les règles étaient strictes, je crois bien que j'avais peur de montrer de l'affection à mon mari devant mon fils.

- Je peux vous confier un secret ?
- Bien sûr ma douce, vous pouvez tout me dire.
Sa voix est calme et rassurante, elle me tient par le bras pour avancer et se soutenir, sa main est douce et légère. Lady Bennett est une femme tendre et je ressens tout de suite de l'amour envers cette femme. Ses rides se plient pour me questionner du regard.
- Votre fils m'a montré son amour à plusieurs reprises et cela me fait l'aimer chaque jour un peu plus.
- Vous l'aimez.
- Plus que je n'aurais pensé. Vous savez, j'ai eu peur quand j'ai appris que j'étais promise à un homme que je ne connaissais pas du tout. Tant physiquement que mentalement, ne rien savoir de lui me faisait horriblement peur.
- Qu'est-ce qui a changé votre peur ?
- Oh elle était toujours présente jusqu'au moment où je l'ai vu.
- Il n'a jamais voulu me raconter votre première rencontre…
- Vraiment ?
- Il évite le sujet.
- Oh.
Ma tête émet un mouvement de recul, je pensais que sa mère savait tout de notre relation, du moins les moments importants. Nous arrivons devant une table et elle me propose de nous y asseoir ce que j'accepte volontiers.
- Voulez-vous que je vous donne mon point de vue ?
- Vous feriez cela ?
- C'est la moindre des choses.
Je me positionne confortablement sur ma chaise et me soutiens

sur la table par mes avants bras.
- C'était lors du bal, le bal le plus préoccupant auquel j'ai dû assister. J'ai dû danser avec beaucoup de prétendants car votre fils est arrivé tardivement. L'attente était insoutenable et plus le temps passait plus l'idée qu'il ne voulait pas me rencontrer hantait mes pensées.
- Il aurait été bien idiot de ne pas venir.
Elle rigole doucement et je réalise à quel point elle me rend à l'aise, nous discutons depuis quelques minutes seulement mais à aucun moment elle ne m'a fait sentir que je ne suis pas à ma place.
- Je finissais par perdre espoir quand soudain j'ai croisé son regard. Je me suis arrêtée et j'ai tout de suite ressentie cette chose en moi, ce frisson, cette certitude que c'était lui. Il est venu à ma rencontre et nous avons donné notre identité, il s'avère que nous avions vu juste et que nous étions les fameux fiancés mystères.
- Fiancés mystères, j'aime cette idée, c'est beau. Vous a-t-il fait danser ?
- En effet, il danse étonnamment bien, je pense qu'il tient cela de vous.
- Vous me flattez. Mais j'aime ça !
Elle rigole et pose sa main sur la mienne.
- Il est vrai que j'ai appris à danser à mon fils, même si aujourd'hui mon pauvre corps ne peut plus me le permettre.
- Je peux vous dire en toute honnêteté que vous lui avez très bien enseigné.
- Je suis ravie de l'entendre. Par ailleurs, je tiens à m'excuser

auprès de vous, je n'ai pas pu vous rencontrer plus tôt, mais j'aurais vraiment aimé venir aux promenades ou à vos repas et même vous voir danser avec mon fils.
- Ne vous excusez pas, le meilleur est à venir je n'en doute pas.
- Et je compatis pour la perte de votre ami, j'ai perdu mon mari et je sais à quel point c'est dur de perdre un être que l'on aime, Charles m'a beaucoup parlé de Nicolas et je suis sûre que c'était un homme formidable.
- Il l'était.
Elle me sourit et son visage est si tendre que j'aimerais la prendre dans mes bras mais je me retiens car ce serait complètement déplacé.
- Nous ne pouvons pas revenir en arrière, en revanche, bonne nouvelle votre fils compte me faire danser ce soir et vous serez là pour le voir.
Je ris et lui offre mon plus beau sourire, je suis vraiment bien et sereine à ses côtés.
- Je comprends mieux maintenant.
- Quoi donc ?
- Je comprends pourquoi mon fils vous aime.
- Oh.
Une montée d'amour se répand dans mon corps et je suis touchée par ses mots. Je ne sais pas quoi lui dire, mais je pourrais lui dire de nouveau que j'aime son fils aussi ; je n'en ai pas le temps car le concerné apparaît.
- Mesdames, je suis désolé de vous interrompre mais la valse va commencer et je voulais inviter mademoiselle Atkins à danser.
Sa mère lui fait signe pour qu'il se baisse et soit plus proche

d'elle.

- Ne devraient-ils pas annoncer votre mariage avant la première danse ?

- C'est possible.

- Voilà l'homme que vous allez épouser, un homme qui n'a pas de mémoire.

Nous rions toutes les deux alors que Charles fait mine de râler et se redresse.

- Quoi qu'il en soit, je demande le bras de mademoiselle étant donné que j'ai déjà demandé sa main et qu'elle a accepté.

- Oh. C'était fin et beau.

Je suis surprise par sa phrase, son sarcasme est une chose que je découvre chez lui et que j'aime beaucoup. Je mords ma lèvre pour m'empêcher de sourire comme une idiote mais je pense que cela me rend complètement absurde. Il me tend sa main en se penchant légèrement en avant ; je continue de sourire bêtement en attrapant celle-ci puis je quitte ma chaise pour le rejoindre. J'offre une révérence à Lady Bennett avant de lui sourire et lui tourner le dos. Nous approchons de la piste de danse quand un homme se retrouve seul sur celle-ci, il me semble que c'est le même que tout à l'heure.

- Mademoiselle Atkins et Monsieur le duc Bennet ont l'honneur de vous avoir réuni ce soir pour annoncer officiellement leur fiançailles.

Les discussions se sont arrêtées et les regards se tournent tous vers nous.

- Leur mariage est prévu sous peu et des invitations vous seront transmises. A la fin du mois, mademoiselle Atkins deviendra duchesse Bennett et nous lui souhaitons une vie de bonheur avec son époux.

Il nous salue puis quitte la piste de danse sous les applaudissements qui nous sont destinés en réalité. Le duc fait un pas en avant pour rejoindre la piste et j'enchaîne avec mes petits pas pour le suivre. Il s'arrête quand nous arrivons au centre et me salue, de nouveau je tente d'offrir une belle révérence et je sais que j'ai réussi quand nous nous redressons et que j'aperçois son sourire. Nous prenons la posture requise pour danser la valse et je suis déçue de ne pas sentir la peau de sa main contre la mienne à cause de mon satané gant. Nous sommes seuls lorsque la musique débute ; j'en oublie le monde qui nous entoure au moment où ses yeux rencontrent les miens, il est incroyablement séduisant et son regard m'emprisonne.

- Ma mère n'était pas trop embêtante ?

- Vous rigolez ? Elle est la personne la plus douce que j'ai rencontré, elle est tendre et attentionnée ; et sa main est si douce.

Il rit ce qui me fait sourire.

- Je vous assure que cette femme est un ange, je suis heureuse d'avoir enfin fait sa connaissance ; je pense qu'elle est heureuse de nous voir danser.

Nous avons le même réflexe et regardons en sa direction, son visage est rayonnant et elle semble heureuse.

- Cela fait si longtemps que je ne l'ai pas vu sourire ainsi.

- Elle a un très beau sourire.

- Mais elle l'avait perdu quand mon père est décédé. Suite à sa mort, ma mère n'a pas réussi à s'en remettre, elle passait de la joie à la tristesse si rapidement… Son corps en a pris un coup et la fatigue s'est emparée d'elle. Merci de l'avoir fait sourire ce soir.

- Ce n'est rien, je le referais autant qu'il faudra car cela vous fait sourire aussi et me rend heureuse.

Il y a du bruit autour de nous et je tourne la tête quelques secondes pour voir que d'autres couples se sont joints à nous. J'aperçois Simon et Victoria qui dansent et cela me fait extrêmement plaisir, je n'ai pas trop parlé de leur relation avec ma meilleure amie mais il faudrait qu'elle m'en informe, je ne sais pas si cela se concrétise. Soudain, j'ai envie de dévoiler mes sentiments au duc, nous avions élaboré un plan avec Victoria et avons essayé de voir ce que je pouvais dire pour rendre ce moment magique car il a frappé fort avec cette lettre. Je reste figée sur ses yeux, le marron de ses prunelles m'ensorcelle et j'ai envie de lui répéter que je l'aime encore et toujours mais l'univers en a décidé autrement et je sors de mes pensées lorsqu'un liquide gelé rencontre mon épaule et coule le long de mon bras et mon dos.

Chapitre 27

J'arrête de danser, paralysée par le froid ; mes épaules se crispent et ma bouche s'ouvre mais aucun son ne sort. Charles me fixe puis son regard passe sur la personne derrière moi, ses yeux deviennent noirs et son visage se transforme. Autour de nous plus personne ne danse, les musiciens ont arrêté de jouer et plusieurs personnes halètent face à ce qu'ils viennent de voir. Je me retourne lentement, tentant de garder mon calme mais quand je croise son regard, une envie de meurtre me prend et je me retiens de la frapper.

- Ce n'est pas possible.
- Je suis désolée Emilie, je ne t'avais pas vu.
- C'en est trop.

Je ne réfléchis pas une seconde et attrape Eloïse par le bras pour la forcer à me suivre hors de la piste de danse. Elle tente de se débattre mais je suis si énervée que ma main serre trop fort son bras pour qu'elle puisse s'en défaire. Je m'éloigne, sous le regard de toute la société ; j'aperçois Victoria qui nous fixe et son visage est mélangé d'appréhension mais aussi de joie. Je

vois un rideau et passe derrière celui-ci, c'est un petit salon dans la salle de danse, réservé pour les hommes et leurs conversations privées pour le travail.
- Lâche-moi !
- Je ne pense pas que tu sois en position pour me donner des ordres.
- Tu es folle Emilie.
- Tu viens de me renverser une boisson dessus mais JE suis folle ?! Quand vas-tu enfin admettre que tu n'es pas désirée ici, d'ailleurs que fais-tu à mon bal de fiançailles ?
- Je suis venue accompagner un gentleman qui était invité.
- Personne n'aurait dû te laisser entrer. Ta présence ici ce soir prouve à quel point tu vas trop loin. Pourquoi fais-tu tout ça ?!
- Je te l'ai déjà dit.
- Mais c'est fini Eloïse !
Je suis près de la crise d'hystérie, mon corps est crispé et mon souffle irrégulier. Ma voix devient plus aiguë et je fais des tours sur moi-même ; si je la regarde trop longtemps dans les yeux je sais que je vais exploser.
- Tu n'auras jamais le duc, nous nous aimons et je ne te permettrais pas de m'enlever l'homme de ma vie ! J'ai déjà perdu mon meilleur ami alors c'est hors de question, tu m'entends !
- Ce n'était pas prévu…
- Comment ?
Je suis dos à elle mais j'ai très bien entendu et cette phrase me glace le sang, je suis immobile et mes sourcils se froncent pour tenter de comprendre ce qu'elle veut dire. Je me retourne dans

le plus grand calme pour lui faire face, elle a vraiment une tête de peste mais je ne dois plus la quitter du regard.

- De quoi parles-tu ?

- De Nicolas bien sûr.

- Qu'est-ce qui n'était pas prévu ?

- Que ce soit lui dans la calèche.

Mon sang accélère dans mes veines, si elle est en train de dire ce que je crois, je vais lui sauter dessus et lui arracher les yeux.

- Qu'est-ce que tu racontes ?

- Enfin Emilie… Il ne t'arrive pas de réfléchir ? Tu as pourtant réussi à déjouer tous mes plans, tu as toujours compris ce que j'avais fait ou voulais faire, et là non ?

Je plisse les yeux et recule d'effroi, l'air est chaud autour de nous et la pièce sent le whisky ce qui me donne envie de vomir.

- Tu ne trouves pas cela étrange que le cocher ait disparu ?

Je suis toujours incapable de dire quoi que ce soit, la bile est en train de brûler ma gorge et j'espère qu'elle n'est pas folle au point d'avoir commis une chose comme cela. Elle avance très lentement, pas à pas en pesant chaque mot.

- Tu n'as pas fait le rapprochement ? Un accident arrive souvent bien sûr, mais le cocher est toujours retrouvé qu'il soit mort sur le coup ou qu'il ait survécu. Hors là, il n'était nulle part.

- Qu'est-ce que tu es en train de dire ?

Je serre mes poings et mes gants ne suffisent pas à empêcher mes ongles de se planter dans la paume de mes mains, je suffoque.

- C'était censé être toi dans cette calèche… mais il a fallu qu'une fois de plus rien ne se passe comme prévu…

- Tu as…
- Je voulais que ce soit toi ! TU étais censée périr dans cet accident !
- Tu as tué Nicolas !
- Involontairement oui.
- Je vais te tuer.

Je parle les dents serrées, je suis à deux doigts d'exploser et de la tuer à mon tour, mon corps n'a jamais autant eu de rage en lui et je ne sais pas comment je me retiens de lui sauter à la gorge.
- Tu ne t'en veux même pas.
- J'ai au moins arrêté ton complice, il ne peut plus te sauver la peau ni déjouer mes plans. Ton pauvre petit secouriste n'est plus là maintenant, cela me laisse plus d'opportunités pour t'atteindre, tu es faible et seule.

Des larmes de rage coulent sur mes joues, je m'en veux de ne pas l'avoir fait arrêter plus tôt mais Nicolas avait raison, nous n'avions aucunes preuves, elle ne lâchera pas l'affaire. Elle est complètement folle… Je revois les images de Nicolas dans ma tête, l'accident, son corps sans vie, puis son sourire et nos promenades, son visage sous le ciel étoilé, tout défile comme dans un vieux film. Elle l'a tué. Eloïse a tué Nicolas. Elle a mis fin à la vie d'un homme que j'aimais. Je vais la détruire. Je relève la tête et fixe ses yeux de vipère mais cette fois, c'en est trop, je lui saute dessus et mes mains viennent arracher ses cheveux, je tire si fort que sa tête se balance à chaque coup. Lorsqu'elle tombe en arrière et que je me retrouve sur elle, je prends une grande inspiration et lui fiche une gifle, un claquement résonne et sa tête est propulsée sur la gauche.

- Tu vas payer ! Tu es une meurtrière Eloïse Delacroix ! Tu dois payer pour sa mort !
Je veux lui donner une deuxième claque mais une lumière vient d'apparaître dans cette pièce qui était si sombre et rouge à cause du rideau. Je tourne la tête et aperçois Charles ainsi que toute la société qui nous observe. Je suis immobile et les larmes s'accumulent sur mes joues ; Charles remonte entièrement le rideau puis s'approche de moi. Cette fois, la haine est mise de côté et je fonds en larmes quand il m'aide à me relever et m'attrape contre lui.
- Elle l'a tué…
- J'ai entendu, tout le monde a entendu.
Je relève ma tête contre son torse pour le regarder dans les yeux.
- Vous parliez tellement fort, j'ai demandé aux musiciens d'arrêter de jouer, avec quelques hommes nous sommes venus vous écouter, nous avons ses aveux Emilie, nous pouvons la faire payer pour ses crimes.
Je regarde autour de moi et en effet, tout le monde semble être au courant de ce qu'il vient de se passer entre nous deux, la société semble choquée et sans mot. Deux grands hommes viennent prendre Eloïse au sol et l'attrapent pour la faire sortir de la pièce. Ils s'arrêtent près de nous et Charles se penche vers notre ennemie.
- Emilie n'est pas seule et loin d'être faible. Je suis amoureux d'elle et vous, vous venez de gâcher votre vie pour une relation qui n'aurait jamais eu lieu.
Il recule pour revenir à mes côtés, sa voix était si ferme et si

rauque, on aurait dit qu'il tentait de lui faire peur et vu sa tête, je pense qu'il a réussi. J'aimerais continuer de hurler des horreurs à Eloïse mais je ne dis rien, je laisse les hommes l'éloigner et je me réfugie contre le torse de Charles. Nicolas n'a pas eu un accident, il est victime d'un meurtre organisé par cette folle…

- Emilie !

La voix de Victoria m'éloigne tout de suite de mes pires pensées et je recule des bras si réconfortant de mon fiancé pour rejoindre Victoria. Je cours jusque dans ses bras et m'excuse.

- Je suis désolée, tellement désolée… nous aurions dû l'arrêter ce soir-là, par ma faute, ton frère n'est plus là.

- Ce n'est pas ta faute, nous étions quatre à l'avoir laissé partir.

- Mais j'étais la première à avoir donné mon avis, tu ne voulais pas la laisser s'en aller.

- Ce qui est fait, est fait, ne t'en veut pas s'il te plaît, la seule responsable est Eloïse.

- Mais tu l'as entendu, j'étais sa cible, j'aurais dû être dans cette calèche et mourir, mais Nicolas en a payé les frais.

- Et tu ne pouvais pas le savoir.

Elle encercle mon visage de ses mains pour me calmer et je me force à prendre de grandes inspirations mais mes poumons ne sont pas d'accord avec moi et ma respiration se fait difficilement. Mes lèvres sont salées et ce goût m'offre des frissons, je déglutis difficilement et mes yeux se ferment ; je les ouvre directement car le visage de Nicolas apparaît et me fait beaucoup trop mal.

- Très bien, je pense que le bal devrait s'arrêter là.

- Non !
Je m’éloigne de mon amie et rejoins ma mère qui vient de faire cette annonce.
- Eloïse a causé bien des souffrances, mais s’il vous plaît ne la laissez pas gâcher notre soirée, nous sommes après tout ici pour un futur mariage et elle n’est plus dans la maison, nous ne craignons plus rien et nous devons profiter de cette nuit. Si le cœur vous le permet, restez ; je ne retiens personne bien sûr, si vous voulez rentrer je vous souhaite un bon retour et vous remercie pour vos vœux de mariage mais sinon le bal continue.
Je vois quelques questionnements sur les visages de certains et ma mère pose sa main sur mon dos.
- Tu en es certaine.
- Oui, il faut que tout le monde ici continue de s’amuser et de vivre. Cependant, je vais aller me changer car ma robe est trempée…
Je lui souris et comme personne n’ose bouger, je fais signe aux musiciens pour qu’ils se remettent à jouer et Victoria me sauve en dansant avec Simon, ce qui entraîne plusieurs couples à danser à leurs côtés, à ma plus grande joie. Je passe les grandes portes et mes pas résonnent dans le grand hall ; il fait plus frais ici et j'accélère le pas pour monter les escaliers et arriver dans ma chambre. Celle-ci est bien plus chaude et je me sens mieux. Emma n’est pas disponible ce soir, elle est là en tant qu’invité et je lui ai demandé de ne pas s’occuper de moi pour profiter un peu ; elle était mal à l’aise mais je voulais qu’elle aussi profites de cette bonne nouvelle, elle doit sûrement être au salon avec d’autres domestiques à échanger des potins. J’allume une

bougie et m’approche de mon miroir, je fais peur ; ma coiffure est complètement fichue et on dirait que je sors d’un asile. Je me tourne pour essayer de voir le dos de ma robe où Eloïse y a renversé un liquide et j’ai l’horreur de voir qu’elle est touchée par le vin rouge… J’espère qu’Emma saura comment réparer ce gâchis et que ma belle robe bleu nuit sera de nouveau en état bientôt parce que je l’aime beaucoup et selon Emma sa couleur est symbole de pouvoir et de noblesse, donc je ne pourrais en être que plus ravie. Je tente de défaire ma robe mais je finis par m'énerver et bouger mes bras dans tous les sens jusqu'à ce que je sois épuisée et que je me laisse tomber sur le sol. Je m’assois face à mon miroir en croisant les bras, c’est agaçant. Un petit bruit résonne dans ma chambre et la porte s’ouvre lentement, je vois la tête de Charles passer par la porte.

- Je peux ?

- Bien évidemment, venez.

Il entre timidement et referme la porte derrière lui, ses pas sont lents et hésitants et il s’assoit à mes côtés.

- Que faites-vous ici ?

- Je vous ai vu partir.

- Mais ce n’est pas correct de se retrouver tous deux seuls, sans chaperon et qui plus est dans ma chambre.

- Je m’en fiche. Je voulais être avec vous. Si cela vous gêne, je m’en vais.

- Non.

Je pose ma main sur la sienne.

- Restez.

Mes yeux sont perdus dans le marron des siens et je sens mon

estomac se retourner.
- Que va-t-il se passer maintenant ? Pour Eloïse ?
- He bien, elle risque très gros. Elle a tenté de vous nuire à plusieurs reprises, vous avez eu un accident de cheval à cause d'elle, tentative de meurtre et meurtre pour Nicolas, elle risque la peine de mort car celle-ci demeure obligatoire pour le meurtre et la trahison sauf grâce, ce qu'elle n'aura pas.
- Pouvez-vous m'en dire plus ? Je ne connais pas les lois sur la peine de mort.
- La peine de mort était pour tout crime, mais en 1823 le Parlement a passer une loi qui donne au juge le pouvoir de changer la peine de mort sauf pour le meurtre et la trahison. En 1832 la liste des crimes passibles de la peine capitale est réduites des deux tiers.
- La peine de mort pouvait avoir lieu pour des crimes plus légers ?
- Oui, comme le vol par exemple.
- Je vois. Et Eloïse ne va pas y échapper ?
- Non. Elle va être condamnée pour trahison et meurtre.
Une partie de moi crie justice et vengeance, mais une autre partie de moi n'arrive pas à être heureuse car dans mon monde, cette peine n'existe plus et la prison est la seule justice que nous pouvons avoir. Un frisson me parcourt.
- Vous avez froid ?
- Oui, ma robe est encore mouillée et le vin qu'elle m'a renversé dessus est passé entre le tissu et mon corps.
- Voulez-vous vous changer et redescendre ?
- Je… pensez-vous que nous pouvons rester ici ?

- Mais, vous avez demandé aux gens de rester.
- Ils n'ont pas besoin de nous.
Ses yeux quittent les miens et je le vois regarder mes lèvres.
- Cela peut paraître déplacer, mais puis-je vous aider à enlever votre robe ?
- S'il vous plaît.
Je reste assise et il se relève pour s'accroupir derrière moi. Sa main déboutonne le haut de ma robe puis il le fait glisser en avant. Je sens les rubans du corset se défaire et la pression dans ma poitrine se libérer. Ses mains froides s'attardent sur ma peau et je n'arrive plus à penser à autre chose que cette sensation. Sa main remonte le long de mon épaule et caresse ma nuque, la chaleur de mon corps contre la fraîcheur de sa main est intenable et je me retourne pour lui faire face et casser ce lien.
- Vous avez moins froid ?
- Beaucoup moins.
Nous sommes assis au sol, face à face, nos regards ne se quittent plus, je m'approche de lui, mais ne l'embrasse pas, il ne le faut pas. Il comprend ce que je fais et entreprend la même chose, la tension est insoutenable et nos lèvres se réclament mais pourtant nous continuons notre jeu, la pression monte mais nous n'arrêtons pas, nos visages se rapprochent avant de s'éloigner de nouveau, nos nez se touchent puis le sien vient caresser ma joue ; je n'ai jamais ressenti autant de désir et d'amour pour quelqu'un, Charles est séduisant et sait comment me charmer. Il pose sa main sur ma mâchoire et son pouce caresse ma joue, j'ai envie de l'embrasser mais le jeu ne le permet pas ; il s'approche encore plus de moi et je l'entends

déglutir avant d'approcher ses lèvres plus près encore, son souffle est contre mes lèvres et elles ne demandent qu'à enfin connaître le goût des siennes mais nous ne pouvons pas, pas encore.

- C'est insoutenable monsieur.

- Vous avez lancé le jeu mademoiselle.

Nos souffles sont si proches et nos visages se touchent presque, c'est le moment idéal pour lui faire ma déclaration.

- Votre lettre monsieur, est la chose la plus belle que j'ai pu lire dans ma vie. Votre déclaration me touche énormément.

Il s'apprête à parler mais je l'empêche en posant un doigt sur ses lèvres.

- Laissez-moi parler.

Il hoche la tête en souriant et me rapproche de lui, je suis maintenant assise sur les fesses et mes jambes passent autour de lui, il est très doué.

- Ces quelques jours en votre présence m'ont sauvé la vie.

Je n'arrive pas à dire ce que je voudrais, rien ne sort.

- Pouvons-nous aller nous allonger ? Je serais mieux pour me confier à vous.

Il sourit et hoche la tête puis m'aide à me relever et détacher ma jupe, c'est toute une histoire pour la retirer mais cela me fait rire et je finis par le faire seule, j'ai observé Emma le faire depuis des jours donc je suis capable de le refaire. Je reproduis les gestes de ma domestique et ma jupe ainsi que ma crinoline rejoignent le sol et je me sens enfin plus légère.

- Ne souffrez-vous pas ? Il y a tellement de choses à porter.

- C'est assez encombrant en effet.

Je suis en sous-robe en satin de la même couleur que ma robe, ce pourrait être gênant car c'est vu comme un sous-vêtement, mais dans mon monde c'est une robe basique que je pourrais porter en soirée donc cela ne me gêne en aucun cas. J'observe Charles retirer ses chaussures et quelques-uns de ses vêtements pour s'allonger sans encombre ; il reste en pantalon et en chemise mais sa veste en velours rejoint le sol de ma chambre. Nous entendons la musique qui résonne dans la salle de bal, cela me fait rire car c'est une valse rapide et ce n'est pas du tout le rythme qui irait avec le moment que nous vivons. C'est assez étrange de me retrouver face à lui si peu habillée et si proche ; il s'allonge sur son côté gauche alors je m'allonge face à lui, nos mains sont proches mais ne se touchent pas.

- Je n'ai jamais été si proche d'une femme, jamais je n'ai partagé un moment si intime avec quelqu'un.

J'ai déjà vécu un tas de choses avec Léo mais dans ce monde, je n'ai jamais eu de copain, je suis censée être en train de découvrir chaque moment d'une relation et c'est compliqué, car j'ai tendance à vouloir dire la vérité mais je me retiens toujours autant.

- Moi non plus.

- Vous ne stressez pas ? J'ai l'impression de faire quelque chose de mal, de vous manquer de respect.

- Je stresse bien plus que je ne peux le montrer et rassurez-vous, je vous aurais dit si vous me manquiez de respect.

Nous sommes conscients que nous ne devrions pas être ici, si un homme est trouvé dans ma chambre, bien que ce soit mon futur mari, cela ferait scandale je n'en doute pas et je préfère ne pas y penser. Il pose sa main sur mon visage et éloigne une mèche de cheveux vers l'arrière.

- Vous êtes vraiment belle.

Je sens le rouge me monter aux joues et mon sourire doit le satisfaire.

- Monsieur, il faut que je vous dise quelque chose. Je vous ai dit que votre lettre m'a touchée mais c'est bien plus que cela. Je ne suis pas très douée avec les mots, pas autant que vous je suppose, mais j'aime les mots ; j'ai l'impression qu'ils ont une identité, un bout d'âme. L'amour par exemple, chaque langue le traduit à sa manière mais il n'existe qu'un seul mot pour décrire ce sentiment qui peut être éprouver envers un ami, un frère, un amant ; il n'y a qu'un mot pour décrire toutes ces formes d'amours, ce qui est triste si l'on y réfléchit. Alors qu'en japonais, c'est l'inverse ; il existe plusieurs mots pour décrire différents types d'amour, ce qui en y réfléchissant, a selon moi, beaucoup plus de sens que d'utiliser un seul mot pour décrire la pluralité de l'amour. Même si les Japonais privilégient les actes aux paroles, ils pourraient utiliser le mot Ai, qui est l'amour profond construit dans le temps, Ai c'est vouloir donner de l'amour plutôt qu'en recevoir, c'est aimer les défauts de quelqu'un autant que ses qualités, Ai c'est l'amour responsable et solide. Je ne suis pas douée avec les mots et je n'ai jamais su exprimer mon amour, alors ce n'est peut-être pas une déclaration comme vous l'auriez aimé mais je ne sais pas l'exprimer autrement pour le moment, je vous dis cela car mon plus grand souhait serait que vous soyez mon Ai pour toujours. Je vous aime Charles et je n'ai plus peur de vous le dire ou de le ressentir.

Il sourit et son pouce s'arrête de caresser ma joue.

- Je ne savais pas que vous vous intéressiez au Japonais, cela vous rend encore plus adorable et mystérieuse.

Je lui frappe l'épaule ce qui lui arrache un rire et ses yeux se plissent, il revient dans sa position et sa main se pose sur mes cheveux.

- Votre lettre a raisonné en moi et j'ai pris conscience que mes sentiments envers vous étaient plus forts que ce que je ne souhaitais l'avouer. Je vous ai observé dans cette salle de bal, vous sembliez ailleurs, hors du temps, presque irréel, si inaccessible. Plus je pensais à vous et plus je me perdais à imaginer vos bras autour de ma taille ou votre main posée délicatement dans la mienne. Des pensées qui m'attiraient à vous comme si c'était inévitable, comme si j'étais faite pour être à vos côtés. J'ai pris peur aussi vous savez ? Je me demandais quel genre de sortilège vous m'aviez lancé. Et même si je ne maîtrise pas les mots comme vous pouvez le faire ; j'espère vous faire comprendre avec ceux-ci à quel point je vous aime. Je vous aime Charles. De savoir que vous m'aimez aussi réchauffe mon cœur d'une façon inexplicable, me chatouille l'estomac et me fait rougir de façon incontrôlable, je ne souhaite vivre que par vous, par vos yeux et la manière dont ceux-ci me voient.

Je suis nerveuse et peu à l'aise avec la déclaration que je viens d'improviser ; j'avais réfléchi à plein de possibilités avec l'aide de Victoria, pourtant je n'en ai suivi aucune. Il me regarde ébahi et j'ai l'impression qu'il va s'évanouir. J'ai peur de m'être mal exprimée, d'avoir dit quelque chose de mal. Dans sa lettre, sa déclaration me semblait pourtant claire et ses actes si récents me prouvent qu'il veut aussi faire partie de ma vie pour toujours, alors mes mots étaient peut-être maladroits, peut-être ai-je dit une phrase qui l'a contrarié… Je commence à paniquer mais je tente de ne pas laisser cette crainte apparaître sur mon visage. Lorsqu'il finit par sourire et me charrier en chuchotant, je sens un point quitter ma poitrine et je me sens légère malgré mon cœur qui bat toujours à mille à l'heure.

- Pour quelqu'un qui ne pense pas maîtriser les mots, vous êtes bien bavarde.

- Ne dites rien.

Je râle avant d'attraper son visage lentement et de m'avancer pour poser mes lèvres sur les siennes. Elles sont comme je les imaginais et encore mieux ; leur douceur me brûle, son souffle est chaud sur mon visage, je l'entends respirer rapidement et je pense que je dois faire de même. Il doit sûrement percevoir mon trouble car je sens un sourire naître contre mes lèvres. Il éloigne sa main qui était sur ma joue et la fait glisser vers mon oreille, sa bouche quitte la mienne et remonte sur ma joue, puis mes pommettes et il redescend vers mon nez pour retrouver de nouveau mes lèvres qui n'attendaient que lui. Notre baiser est simple, timide et maladroit parfois, mais il nous représente bien ; il s'éloigne de quelques centimètres pour me regarder dans les yeux, je suis probablement rouge mais à cet instant, lui seul m'importe et lorsqu'il m'embrasse de nouveau, rien d'autre n'a d'importance.

Chapitre 28

Une douleur au niveau de la nuque me réveille et lorsque j'ouvre les yeux, je peux voir la nuit disparaître lentement par ma fenêtre. Je sens un poids sur ma hanche et en baissant la tête, je vois une main, Charles. J'avais presque oublié sa présence mais surtout le fait qu'il n'est pas censé être ici ! Pourtant, je ne bouge pas, je tourne sur moi-même pour lui faire face et je sens sur son visage qu'il dort paisiblement, comme si la noirceur de nos vies l'avait quitté pour la nuit. Je passe ma main sur ses cheveux bruns, je n'avais pas remarqué à quel point ils avaient poussé, Charles a tendance à si bien les coiffer que la longueur semble correct, mais en réalité, ses mèches si longues tombent dans ses yeux, je pose une main près d'une mèche et observe que celle-ci part de mon majeur en haut de la tête, et dépasse mon poignet. J'aime découvrir des petits détails chez lui que je n'avais pas vu auparavant, comme le fait qu'il n'a pas de barbe alors que tous les hommes en ont une et que c'est la mode de l'époque, pourtant, il ne porte ni barbe, ni moustache et une part de moi en est ravie car je déteste ça et il est bien plus séduisant sans ; une mode n'est pas forcément belle, elle est simplement un effet que tout le monde suit sans se poser de question. Charles bouge légèrement ce qui le rapproche de moi et je vois son nez bouger ce qui me fait rire, ses sourcils se froncent et son visage se durcit petit à petit, sa main tremble contre ma hanche et je sens son souffle contre mon visage qui accélère. J'attends sans bouger, ne sachant pas quoi faire mais quand son visage se tord de douleur, c'est trop pour moi et pour mon cœur.

- Charles. Charles.

Je pose ma main sur son épaule et tente de le bouger un peu.

- Réveillez-vous.

Il ne se réveille pas et ses paupières se contractent, le monde autour de nous s'est arrêté et j'ai l'impression que notre petite bulle de lumière s'est terriblement vite noircie. J'entends un cri grave et court sortir de sa bouche et cette fois, cela procure chez moi une tristesse et je me sens incapable de bouger. Je suis assise sur mes talons, je me redresse pour avoir plus de force dans les bras et je tente de le bouger une fois de plus.

- Charles s'il vous plaît.

Je ne sais pas pourquoi cela me met dans cet état, mais il semble souffrir et c'est ça qui me fait mal, de le voir si mal et ne rien pouvoir faire. Il finit par sursauter et se redresser d'un coup, il se retrouve face à moi et me fixe mais il semble aussi si loin. Il met quelques secondes pour comprendre où il est et revenir à lui ; ses yeux rejoignent enfin les miens et il est incapable de faire quoi que ce soit jusqu'à ce qu'il remarque mes yeux rouges.

- Vous pleurez ?
Il remonte ses mains pour les poser sur mes joues et essuyer mes larmes à l'aide de ses pouces.
- Pourquoi ?
- Je ne sais pas.
Je hausse les épaules avant de prendre mon souffle et finalement lui dire ce que j'ai sur le cœur.
- J'ai eu peur, je n'arrivais pas à vous réveiller alors que je pouvais voir votre souffrance.
- Ce n'était qu'un mauvais rêve, je vais bien maintenant.
Il pose ses mains contre mon dos me forçant à venir me blottir contre lui, je laisse mes fesses rejoindre le lit et il laisse son dos rejoindre le mur tandis que je pose ma tête contre son torse.
- C'est ignoble de ma part… Vous venez de faire un mauvais rêve et pourtant c'est moi qui dois être rassurée.
- Ne dites pas de bêtises, je vous ai dit que j'allais bien alors que vous êtes troublée, il est de mon devoir de vous rassurer.
Sa main droite caresse lentement mes cheveux, ses doigts sont tendres et me procurent beaucoup de bien, je me sens rassurée et notre bulle se dégage de sa noirceur petit à petit. Son autre main est contre la mienne, nos doigts s'amusent entre eux et nos mains s'ouvrent et se ferment.
- Vous en faites souvent ?
- Des mauvais rêves ? Non. Enfin, j'en faisais énormément quand j'étais plus jeune mais ils s'étaient arrêtés.
- Quand ont-ils repris ?
- Depuis le décès de Nicolas.
- Je ne savais pas que vous étiez si proches.

- Nous l'étions, surtout par notre profession, il nous arrivait souvent de devoir travailler ensemble donc nous avions appris à apprécier la compagnie de l'autre et une amitié est née.
- Il ne m'en a jamais parlé.
- Il voulait que vous vous fassiez une idée de moi par vous-même, il savait que sa description serait positive et qu'elle vous mettrait des attentes ou une image de moi. C'était mieux si vous ne saviez rien.
- Vous a-t-il parlé de moi ?
- Sans cesse.
- C'est injuste !
Je me redresse pour lui faire face.
- Pourquoi saviez-vous des choses sur moi alors que je ne savais RIEN de vous ?
J'insiste sur ce mot car c'est la vérité, personne ne m'a rien dit sur lui, autant sur son physique que sur sa mentalité ou sur son travail, je ne savais rien.
- Si cela peut vous rassurer, il ne vous a jamais décrit physiquement, il répétait simplement que vous étiez belle mais il n'a jamais mentionné la couleur de vos magnifiques yeux ou les boucles incroyables de vos cheveux.
Je lève les yeux au ciel suite à ses mots puis je me rallonge comme j'étais plus tôt.
- Il était vraiment doué pour rassurer les autres et faire ce qui était bon pour eux.
J'aurais aimé le connaître plus longtemps… Je ne peux pas me permettre de dire ça au duc, il pense que je connais la famille Johannson depuis des années, ce qui est vrai dans les deux

mondes en soi ; sauf que dans ce monde, le moi conscient vient d'arriver et ne sait rien des vingt ans qui se sont écoulés ici…

- Jamais je n'oublierais son amitié et sa bienséance, il était si bon.

- Je crois que c'était devenu mon meilleur ami. C'est étrange car sa sœur l'est aussi mais nous en sommes conscientes, nous nous le sommes dit et nous nous disons ce que nous ressentons par cette amitié. Nicolas ne m'a jamais rien dit de tel et moi non plus, pourtant un meilleur ami est exactement ce qu'il était ; si j'avais un problème je savais qu'il était le premier à me répondre et intervenir, il me soutenait dans tous mes choix et me poussait à me lancer, il était vraiment incroyable.

- Je sais que je ne suis pas Nicolas, mais aujourd'hui je suis là pour vous, en tant qu'époux, j'espère vous combler et vous offrir tout autant que ce qu'il a pu faire pour vous. Je peux vous assurer que je serai là à chaque difficulté et chaque fois que vous aurez besoin d'aide. Je ferai tout pour que vous soyez heureuse et épanouie.

Il attrape mon menton pour que je relève la tête et le regarde.

- Je veux votre bonheur Emilie.

- Et vous me l'offrez déjà.

Il se penche pour m'embrasser et j'espère que ses lèvres ne quitteront jamais les miennes. J'espère que jamais je n'aurais à retourner dans mon ancien monde car je sais qu'il n'y sera pas et maintenant que j'ai goûté à son amour, je ne pourrais pas m'en passer. Je chasse cette pensée de ma tête, comme l'a dit Nicolas, la peur ne doit pas dicter nos choix, la peur nous empêche d'avancer pleinement.

- C'est un bonheur d'être dans vos bras.
- J'aime vous avoir contre moi.
Je me redresse et m'assois sur mes talons à quelques centimètres de lui.
- Il faut que cette nuit reste entre nous, vous devez partir, Emma ne devrait pas tarder à entrer pour me réveiller et si elle vous trouve ici…
- Nous aurons des problèmes…
Son dos quitte le mur, il se rapproche de moi et sa main se pose sur mon cou puis dégage mes cheveux.
- Ce serait vraiment… vraiment… dommage.
Son visage s'approche de ma peau, son souffle est contre mon épaule et remonte sur mon cou où il a éloigné mes cheveux.
- Charles…
- Quelques minutes encore.
- Nous ne pouvons pas.
Ses lèvres remontent le long de mon cou, elles se déposent dans le creux de ma mâchoire puis ses baisers dessinent une ligne jusqu'à mes lèvres. Je l'embrasse tendrement mais recule aussitôt.
- Vous ne m'aurez pas, il faut que vous partiez.
Je saute du lit, mais il me rattrape et je tombe sur le dos ; il profite de ma faiblesse pour se mettre sur moi et me chatouiller.
- Monsieur !
Je me retiens pour ne pas hurler de rire et ne pas réveiller toute la maison, nous serions dans un pétrin monstre si quelqu'un entrait maintenant. Par je ne sais quelle force j'arrive à le repousser et il tombe sur mes coussins.

- J'ai gagné, maintenant partez.

Je me lève et le sol froid me fait frissonner, il se lève à son tour et m'enlace par surprise, son torse chaud se pose contre mon dos et ses bras m'entourent et je me sens en sécurité, comment est-ce possible de ressentir autant de choses par un simple geste ? Je sens son menton se poser sur mon épaule et son souffle bouillant contre ma nuque.

- Très bien, dites-moi au moins quand je pourrais vous revoir.

- Le plus tôt possible mon seigneur, vous savez maintenant qu'une minute sans vous semble une éternité.

- Ce n'était pas le cas avant ?

Il me retourne entre ses bras et je rigole, son visage est maintenant près du mien et je sens mes joues me brûler.

- C'était différent, depuis votre lettre tout est différent, mes sentiments ont enfin décidé de vivre leur vie dans mon petit corps.

- C'est vrai que vous êtes petite.

Il rit et je le frappe mais je ne peux m'empêcher de rire à mon tour.

- Je ne suis pas petite, il n'y a pas à rire comme cela. Votre sarcasme est bien plus présent que je ne l'aurais imaginé.

- Voyez-vous, ma personnalité vous fait de l'effet.

- Bien évidemment monsieur.

- À propos des mauvais rêves…

- Vous n'avez pas à vous justifier.

Son visage semble de nouveau triste et je pose ma main sur sa mâchoire pour caresser le coin de sa bouche de mon pouce.

- Je ne pensais pas en faire cette nuit, je pensais que dormir à vos côtés aurait un impact sur mon esprit mais apparemment je me suis trompé et je m'excuse de vous avoir fait ressentir cela.

Je ne sais pas quoi dire pour lui faire comprendre que ce n'est rien, j'aimerais lui dire que je comprends mais à vrai dire je ne sais pas. Quand j'étais dans l'autre monde, mes nuits ne duraient que quelques heures, je me réveillais cinq fois par nuit et mon sommeil était vraiment faible ; souvent pour passer le temps et ne pas m'énerver plus que je ne l'étais, j'écoutais la musique, à vrai dire la musique m'a beaucoup sauvé au fil des années.

- Je comprends peut-être un peu.

- Ah oui ?

- Je suis une personne qui pense beaucoup, mes pensées fusent dans ma tête pendant des heures mais elles ne s'arrêtent pas, lorsqu'une arrive elle n'est pas seule, cinq arrivent en même temps et je n'arrive pas à les analyser alors elles repartent pour laisser place à cinq nouvelles. Si j'arrive à me concentrer sur une pensée, les autres tournent quand même autour et en laissent quatre autres arriver puis repartir et ce même schéma pendant des heures.

- Ce doit être fatiguant.

- Énormément sauf que cela m'empêche de dormir.

- Vous n'avez pas trouvé de solution ?

- Il y en a une qui fonctionne plutôt bien et je pense qu'elle pourrait vous aider.

- Je vous écoute.

Je ne sais pas si cela pourra l'aider mais je sais que de mon côté ça fonctionne très bien et que je dors mieux depuis que j'exerce cette pratique.

- Cela peut paraître idiot je vous préviens.

- Rien n'est idiot venant de vous.

Je lui souris poliment car cela me fait plaisir d'entendre ces mots, j'ai l'impression qu'il croit en moi et qu'il compte me soutenir peu importe ce que je ferais.

- Déjà, avant de dormir je m'allonge sur le dos et je ferme les yeux, je tente de respirer profondément et de me concentrer sur mon souffle, j'essaie de rechercher chaque sensation, chaque mouvement que mon corps fait et cela m'oblige à me détendre et mes pensées se calment toute seule. Ensuite, quand je sens que je suis détendue, je me mets à imaginer une scène, je tente de visualiser une histoire de A à Z dans ma tête, chaque détail du lieu, chaque personne, j'essaie d'entendre leur voix et de ressentir ce qu'ils se passe dans l'histoire, je me fais un fil…

Non, je ne peux pas dire un film, je me reprends et tente de trouver un autre mot.

- Je vois les images comme quand nous lisons un livre et que nous voyons les scènes, j'imagine une autre réalité. Mon corps est si détendu et mon esprit si concentré que je finis par m'endormir et si je me réveille dans la nuit, je fais de nouveau ce schéma et je me rendors en paix.

- C'est passionnant. Comment faites-vous si vous vous endormez avant la fin de l'histoire ?

- Je reprends à zéro au réveil suivant pour me rendormir de nouveau, ou bien je ne connais jamais la fin.

Je pince mes lèvres entre elles car c'est le moment qui me rend assez triste, ne jamais savoir comment une histoire se finit, ne

pas avoir le temps d'arriver au bout de ce que j'imagine.
- Vous dormez mieux maintenant ?
- Il m'arrive de me réveiller, mais en effet je dors mieux, mes pensées sont bien loin et même si je ne dors pas, je suis sereine avec mes histoires.
Il semble comprendre ce que je viens de raconter, il fixe mon épaule et je vois ses yeux se concentrer.
- Je vais essayer.
- Vraiment ?
Ses yeux reviennent sur les miens.
- Je suppose que vos histoires sont belles et c'est ce qui permet à votre cerveau de ne pas avoir de négatif avant de dormir et donc pendant la nuit. Si je crée de belles histoires, mon cerveau aura du positif et n'aura pas de quoi se battre pendant la nuit. Je pense que je peux tenter, nous verrons bien.
- J'espère que cela va fonctionner.
- Vous êtes très intelligente Emilie, si cela a fonctionné pour vous alors je devrais trouver un moyen de réussir.
J'entends du bruit dans la pièce d'à côté et je me souviens qu'il devait partir depuis des minutes déjà.
- Nous avons trop traîné ! Vous devez partir !
- Cette fois-ci j'y vais, le soleil commence à se lever.
- Je voudrais ne jamais avoir à vous quitter.
Nous approchons de la porte, il enfile ses habits alors que nous avançons.
- Bientôt, bientôt je serais votre femme et jamais je ne vous quitterais.
Il pose ses lèvres sur les miennes et elles me manquent déjà.

- Bientôt je pourrais vous embrasser autant que je voudrais. Le mariage approche et j'ai hâte de créer des histoires à vos côtés avant de m'endormir.

Sur ces mots qui me touchent bien plus qu'il n'a idée, il ouvre la porte et vérifie que personne n'est dans le couloir ; je descends à ses côtés pour passer en première et faire diversion si quelqu'un arrive, par chance, nous ne croisons personne, j'ouvre la porte principale puis le regarde s'en aller discrètement, même si nous avons échappé aux domestiques, les regards extérieurs sont bien plus présents et nous risquons plus gros. Il longe les arbres et ressort bien plus loin que ma maison et dans la rue il ne se retourne pas. Je rentre dans la maison et décide d'aller boire un verre d'eau, la prochaine fois que je verrais Charles, ce sera mon mari et je serais sa femme, jamais je n'aurais cru dire ces mots, aussi jeune et dans ce cadre. Ma vie prend un tournant fabuleusement intéressant et inattendu.

Chapitre 29

Emma est en train d'enfiler mon corset et je crois bien ne l'avoir jamais vu le serrer aussi fort, elle me demande de me tenir bien droite et de bien respirer pendant qu'elle noue les rubans dans mon dos. Elle m'avait déjà expliqué que nous devons lacer les corsets plus fortement lors de grandes occasions et que nous pouvons porter des corsets plus simples et moins serrés pour les simples promenades ou autres ; ils sont avant tout présents pour donner des formes à notre corps, mais aussi bien le soutenir et affiner notre taille. Une fois le corset enfilé, elle m'aide pour passer ma robe de mariée, elle est incroyablement belle, j'ai vu plein de robes de cette époque et je ne les trouvais pas très jolies et pas assez princesse à mon goût, mais celle-ci… celle-ci est incroyablement parfaite, le blanc de la robe est parsemé par des petits motifs dorés et de la dentelle. Je passe ma main sur le satin de ma jupe, c'est si plaisant et d'une douceur atrocement belle, je pourrais passer le reste de ma vie dedans ; ma main remonte sur mon haut qu'Emma vient tout juste de positionner et me demande de tenir sur l'avant

pour fermer les boutons dans mon dos. Ses mains de fées ont comme à leurs habitudes, fait un travail magique, je suis si belle que j'ai du mal à l'admettre mais ma domestique ne manque pas une occasion pour me le dire.
- Vous êtes si belle, je n'arrive pas à me rendre compte que le jour J est arrivé.
- C'est complètement irréel, je vais vraiment épouser cet homme, ce charmant duc qui fait battre mon cœur.
- Il est vrai que vous avez de la chance mademoiselle, le duc est très charmant en plus d'être attachant, c'est un homme bon.
- Il l'est.
Elle positionne mes cheveux vers l'arrière et je sens les boucles caresser le haut de mon dos nu et je les imagine rebondir le long de la colonne. Emma a pris quelques mèches de devant puis les a rejointes à l'arrière de ma tête pour dégager mon visage et elle vient poser un voile sur ma tête, c'est toujours aussi étrange de regarder à travers un voile, la vue est troublée et c'est même pire avec un voile blanc plutôt qu'un voile de deuil noir, je voyais mieux lors de l'enterrement de Nicolas. Nicolas… Je savais que je penserais à lui aujourd'hui, je ne pensais juste pas que cela arriverait si tôt, nous sommes à l'arrière de l'église dans une petite salle pour me changer, tout le monde attend le top pour lancer la musique ainsi que le mariage et me voilà en train de penser à lui.
- J'aimerais qu'il soit là.
- Je sais mademoiselle… Mais vous savez, je crois qu'il est ici. Nous sommes au cœur de la maison de Dieu après tout.
Emma a raison, s'il y a bien un endroit où vont les croyants

c'est à l'église, Nicolas est forcément parmi nous, même si nous ne pouvons pas le voir. Je suis consciente que la cérémonie sans lui, ce ne sera pas pareil mais je ne peux pas être triste, pas aujourd'hui, je dois profiter de ce jour exceptionnel et qui restera gravé dans ma vie à jamais. La peur de quitter ce monde est toujours présente mais j'essaie de moins y penser sinon celle-ci me gâcherait de précieux moments, je me demande simplement ce qu'il se passerait si je devais repartir, est-ce que je serais quand même mariée ? Cela serait étrange, je ne veux pas y penser, je vais rester ici peu importe par quel moyen. J'ai réussi à rester ici depuis vingt jours, il n'y a pas de raison pour que je reparte ; chaque jour ici est un cadeau et je m'habitue de plus en plus à cette vie qui est maintenant celle que je veux vivre. J'aimerais rester ici pour toujours, je ne sais pas pourquoi je pense à ça maintenant, à quelques minutes du moment le plus important de ma vie, que je n'aurais jamais cru vivre si l'on m'avait dit la manière dont il se passerait. Je pensais que ma vie me manquerait, mes réseaux sociaux et mes amis mais au final, en étant ici, je me rends compte de l'important, je découvre l'amour et la vie de famille. Je suis devenue folle de Louise et Georges et j'ai peur que mon monde m'arrache à eux alors je profite de chaque instant, mes petits frères et ma petite sœur sont tout pour moi. Ce monde est fait pour moi. Bien sûr, il y a des choses négatives mais honnêtement ce n'est pas pire que ce que je pensais. Depuis quelques jours, mes parents et Lady Bennett, la mère de mon fiancé, n'arrêtent pas de se voir pour finaliser le mariage qui était déjà prévu avant mon arrivée. Charles est un homme si intéressant et chaque jour je découvre un peu plus de choses sur lui et mes sentiments sont réellement devenus de l'amour, je suis tombée folle amoureuse de cet homme. Quelqu'un frappe à ma porte et mon cœur rate un battement quand je le vois entrer dans son costume noir.

- Waouh, Emilie vous êtes magnifiques.

- Ne dites pas de bêtises, en revanche, vous ne devriez pas être là.

- Je sais mais je ne pouvais pas attendre. J'ai hâte de vous voir dans votre robe officielle.

- Je ne rigole pas ! Cela porte malheur de voir la mariée dans sa robe juste avant la cérémonie !

- Je n'ai jamais entendu cela.

- C'est…

Je râle ne trouvant pas d'explication, bien sûr qu'il n'a jamais entendu une chose pareille, dans mon monde le mariage est totalement différent d'ici et il ne faut absolument pas faire ce qu'il vient d'entreprendre en entrant dans cette salle.

- Vous ne devez pas me voir avant que je n'arrive à l'autel…

- Je suis désolé que cela vous chagrine, je ne savais pas.

Son regard est triste et je comprends que je l'ai blessé sans le vouloir. Je m'approche pour prendre ses mains entre les miennes, je soulève mon voile pour mieux le regarder, ses yeux marron m'ont manqué. Il embrasse mon front, geste qu'il n'a jamais fait car nous ne sommes jamais seuls depuis notre soirée après le bal. Il lâche ma main et passe la sienne dans sa poche d'où il sort une petite boîte en velours rouge et en sort un magnifique bracelet en argent.

- Charles ! Il ne fallait pas.

- C'est un petit cadeau avant de vous passer la bague au doigt. Je l'ai vu dans une petite boutique en venant, j'ai tout de suite vu votre poignet avec. Tenez.

Il sort le bijou de sa boîte puis me fait signe de lever mon poignet, il prend délicatement ma main et l'argent froid rencontre ma peau, le bracelet est magnifique.

- C'est magnifique !

- Comme vous dans cette robe. Je n'arrive pas à réaliser que dans quelques instants vous serez ma femme.

- Et moi donc.

Il n'a pas idée de ce que je viens de vivre, j'ai dû m'adapter à ce monde tout en apprenant que j'étais fiancée à un duc, cette histoire est de la pure folie et je ne réalise pas que je vais vraiment l'épouser.

- Vous ne savez pas à quel point je suis heureux de vous épouser.

- Je n'aurais pas pu rêver d'un meilleur mari que vous.

Il embrasse mes mains puis mon front.

- Je vous attends avec le reste de la famille.

- Nous n'allons pas tarder.

Il me tourne le dos pour s'éloigner vers la porte et avant de la fermer derrière lui, il me fait un clin d'œil puis disparaît. Emma qui s'était mise à l'écart me rejoint.

- Montrez-moi ce bracelet !

Je lui montre mon poignet et elle pose ses doigts dessus pour le regarder.

- Il est magnifique, simple et fin, votre fiancé vous connaît bien. Je n'arrive pas à croire que ce jour est arrivé !

Dans quelques minutes, je serais Emilie Bennett, femme de Charles Bennett. Cela me fait tourner la tête en y pensant. Suis-je réellement prête à effacer mon ancienne vie ? Prête à épouser un homme ? Je suis presque sûre de moi. Je sais qu'à cette époque les mariages se font rapidement mais je n'avais pas dans l'optique de me marier si jeune. Ni de vivre dans ce monde. Je dis souvent qu'une vie sans folie ne vaut pas d'être vécue, mais serait-ce une trop grosse folie ? Pourquoi je pense autant depuis tout à l'heure ? Je suis heureuse et je dois arrêter de me torturer avec toutes ces pensées, ma vie actuelle est la meilleure, je n'aurais pas pu rêver mieux.

- Mademoiselle ?
- Emma, pardon.
- Est-ce que vous allez bien ? Vous êtes toute pâle.
- Je vais bien.
- Très bien, je disais que nous ne tarderons pas à y aller. Madame votre mère doit passer vous voir une dernière fois avant pour nous dire si tout est bien prêt et puis nous pourrons y aller. Tout va comme vous voulez ?
- Je suppose.

Ma mère entre si rapidement, qu'en quelques instants elle est déjà en train de prendre mes mains.

- Tu es prête ?
- Oui.
- Ta robe est bien attachée ? Emma, sa robe est-elle bien attachée ?
- Très bien madame.
- Tu as mis les bonnes chaussures ?

- Oui.

- Où est le bouquet ?

- Il est ici maman.

Je montre d'un signe de tête le bouquet de tulipes blanches sur la commode.

- La salle est prête, les autres fleurs sont bien mises aussi.

- Maman…

- Et le repas qui devait arriver pile à temps n'est toujours pas là, nous avons déjà reçu le gâteau mais c'est tout.

- Maman, respire, tout va bien se passer.

- Je…

- Nous sommes préparés, tout est prêt depuis des jours. Lady Bennett est-elle arrivée ?

- Elle s'est assise aux côtés de ton père, elle semble bien.

- Garde un œil sur elle s'il te plaît, elle semblait faible ces derniers jours à cause de tout le stress et l'organisation du mariage.

- Tu peux compter sur moi.

Ma mère serre ma main dans la sienne, son stress est bien plus élevé que le mien, comment fait-elle pour respirer entre ça et son corset qui est, je pense, encore plus serré que le mien.

- Maman, tu es sûre que tout va bien ?

- Totalement.

- Ta voix vient de se perdre dans les aigus…

- Je vais bien.

Elle recule et lâche mes mains, elle marche dans la pièce et j'ai du mal à respirer.

- Le duc ne veut-il plus de moi ?

- Quoi ?! Non mon ange.

Elle revient vers moi et serre mes mains contre son cœur.

- Je suis juste apeurée à l'idée de te voir quitter la maison et de voir que tout devient réel.

- Je viendrais vous voir souvent, ce n'est pas parce que je vais déménager que je ne viendrais plus jamais ici, je vous aime trop pour ça.

Elle me serre dans ses bras et caresse mon dos tendrement, je sens son corps tendu contre le mien ce qui me fait un peu stresser mais je tente de respirer contre son corps chaud. Tout va bien. Je ne pensais pas qu'un mariage serait si stressant.

- Très bien. Je pense que nous sommes prêts.

Ma mère s'éloigne et positionne mon voile sur mon visage.

- C'est parti.

Elle sort de la pièce et je me retrouve avec Emma.

- Votre mère a défait vos rubans dans votre dos… Venez, que j'arrange cela.

J'ai très chaud mais je suis sûre de moi. Je ne veux pas retourner dans mon monde, celui-ci me correspond beaucoup trop pour le quitter. Je prends une grande inspiration en fermant les yeux. Je visualise Charles qui m'attend à l'autel, je vois son sourire, il est si beau et j'ai hâte de la rejoindre.

- Je suis prête.

Emma passe derrière moi et resserre les rubans dans mon dos.

- Inspirez.

Je prends une grande inspiration, lorsqu'elle tire, ma vision devient flou, mes yeux se ferment et je sens mon corps s'effondrer sur le sol.

Chapitre 30

- Emilie ! Emilie, réveille toi.
J'ouvre les yeux lentement et aperçois le visage de ma mère.
- Maman, je suis désolée, n'annule pas le mariage.
Je mets du temps à revenir à moi, mon corps se sent moins emprisonné et je suppose qu'Emma a détaché mon corset.
- Le mariage ?
Je plisse les yeux, pourquoi me questionne-t-elle ?
- Charles, où est Charles ?
- Emilie calme toi, je ne comprends rien.
J'ouvre les yeux en grand cette fois et je regarde autour de moi. Non, non, non, ce n'est pas possible ! Ma chambre est de retour, ma vraie chambre. Mes parents et Liam sont face à moi et me dévisagent. Il n'y a plus Louise et George. Je déteste cette vie, je veux retrouver Charles et tout ce qu'il se passait. Je me lève brusquement.
- Qu'est-ce qui se passe Emilie ?
- Je...
Je n'arrive pas à parler. Je n'ai pas eu le temps de dire au revoir

à Victoria, Charles, ni à Emma, à tout le monde… Que va-t-il se passer quand Charles va voir que je ne viens pas à l'autel, il va penser que je l'abandonne et comment va-t-il savoir où je suis ? Je ne sais pas moi-même comment je suis revenue ici, peut-être que mon corps a disparu là-bas, ou peut-être que je suis inconsciente. J'ai trop de questions qui se bousculent dans ma tête et aucune ne trouve de réponse.

- Nous essayons de te réveiller depuis une heure… Nous pensions qu'à notre retour, tu aurais au moins rangé la maison pour te rattraper pour la fête d'hier soir…

Une seule nuit est passée ici ? Je viens de passer vingt jours dans une autre époque mais une nuit ici ?

- Elle a encore trop bu.

Liam explose de rire mais je ne le trouve pas marrant du tout. Quand je le regarde je me rends compte que je préfère mon autre frère, celui-là ne m'a jamais aimé et ne se soucie pas de moi. Mon père est assis au pied du lit et regarde son téléphone. Super.

- Je veux être seule.

Je croise les bras sur ma poitrine et me repousse contre mes coussins.

- Alors là, pas question, nous avons des choses à régler.

- Maman !

- Tu descends, fin de la discussion.

Je suis mes parents jusqu'au salon, mes pas sont lourds dans les escaliers, je regarde autour de moi et me rends compte à quel point la maison est fade et si différente de l'autre. Nos portraits de famille affichés dans l'escalier sonnent faux et ressemblent à des peintures mal faites. J'arrive dans le salon et me laisse tomber sur le canapé, la maison est en effet dans un piteux état ; il y a des verres partout sur le sol, de l'alcool sur le tapis et des traces de nourritures un peu partout. Comment les gens ont-ils pu quitter ma maison en la laissant dans cet état ? Comment ont-ils pu la mettre dans cet état ?

- Tu es complètement irresponsable Emilie.

Mon père s'assoit sur un siège face à moi et ma mère fait des allers et retours à ses côtés, c'est la seule à parler, plutôt crier, tandis que mon père est sur son téléphone. Il s'est assis à peine quelques minutes et je le vois se lever, il se penche vers ma mère.

- Je suis désolé, je dois prendre cet appel.

Il me regarde avec un visage complètement désintéressé.

- Ta mère a raison.

Puis il quitte la pièce, quelle blague est-ce encore ? Nous en sommes arrivés à un point où Edouard ne prend même plus le temps de me parler ni de me faire la leçon.

- C'est quoi ça ? Pourquoi papa s'en fiche autant ? !

- C'est donc pour ça que tu agis de la sorte ? Pour avoir l'attention de ton père ?

- Quoi ? Non !

- Il n'est plus surpris, voilà tout.

- Tu te mens à toi-même maman ! Il s'en fiche de nous, la seule chose qui importe papa, c'est son foutu boulot et ses finances !

- Baisse d'un ton jeune fille ! Ton père est l'homme de la famille et il fait ce qu'il a à faire, ce n'est pas sa faute si son travail est plus important que les bêtises de sa fille.

- Je n'ai rien fait de mal !
- Ah non ? Tu crois que c'est normal de faire une soirée avec autant de monde dans notre dos ?
- Je t'ai dit que je n'étais pas au courant ! Léo a invité des gens sans me prévenir.
- Ne remets pas la faute sur ton copain Emilie !
- Je ne remets pas la faute sur Léo, je dis la vérité. Et puis, ce n'est plus mon copain !
Elle lève les yeux au ciel et hausse les sourcils en me dévisageant.
- Quoi encore ?
- Rien. Pourquoi n'es-tu plus avec lui ?
- Il m'a trompé.
Un petit rire, à peine audible sort de sa bouche mais je l'entends et il me rend folle.
- Qu'est-ce qu'il y a ?
- Je ne suis pas surprise, voilà tout…
- Quoi ?
J'ai l'impression de recevoir un coup en pleine poitrine, ma mère a-t-elle si peu d'estime pour moi ? Mais de là à croire que je mérite d'avoir vécu ça de la part de Léo…
- Tu n'as pas le droit maman.
- J'ai tous les droits.
- Non. Tu n'as pas le droit de t'en prendre autant à moi sans raison ! Et ne dis pas que je suis une mauvaise personne parce que c'est faux ! Je ne suis pas turbulente, je ne consomme pas de drogue, je rapporte de bonnes notes, j'ai eu mon année, je suis toujours à l'heure et je ne manque jamais de respect à

personne ! Alors oui, je fais des erreurs, mais je ne fais rien de mal au point de vous décevoir !

Elle ne sait pas quoi répondre, sa bouche s'ouvre mais rien n'en sort, elle est sans voix, car au fond elle sait que j'ai raison ; je suis une bonne personne mais elle ne voit que le mal en moi, elle trouve une excuse pour me détester chaque jour un peu plus. Je ne mérite pas ça. Je trouve cela bien déplacé venant de personnes me mettant toujours de côté, d'oser me reprocher de vivre ma vie.

- Tu es punie.
- J'ai vingt ans maman, de quoi vas-tu me punir ?
- Tu es punie de sorties, tu as fini ton année à la fac donc tu es en vacances n'est ce pas ?
- J'ai un partiel à passer aux rattrapages.

Je viens d'inventer ce partiel car j'ai validé toutes mes matières, mais je sais que j'aurais au moins une journée pour sortir.

- Tu as raté un partiel ?
- Oui.
- Étonnant…
- Maman !

C'est tout de même dingue d'être aussi méchante.

- Très bien et quand est ce partiel ?
- Demain à quatorze heures, mais je dois y aller le matin pour réviser avec Victoria.
- Pas de révisions avec ton amie.
- Je dois y être pour midi quoi qu'il arrive.
- Tu rentres directement après ton partiel, pas de détours. À quelle heure finis-tu ?

- Il dure quatre heures.
- Je veux te voir à la maison à dix-neuf heures.

Je ferme les yeux, pourquoi suis-je ici ? Est-ce que je viens de rêver de cette magnifique parenthèse dans un autre monde ? Ma mère continue de parler car quand j'ouvre les yeux, je vois sa bouche bouger rapidement et son visage toujours autant contracté, si elle savait que ses rides sont visibles, elle serait certainement encore plus énervée contre moi. Le silence m'entoure et je n'écoute plus ce qu'elle me raconte. Je regarde par la fenêtre et vois la nuit tomber, je me suis réveillée dans mon époque à treize heures donc cela fait un bon moment que Elisabeth s'en prend à moi et peut-être une bonne heures que je n'écoute plus. Elle décide finalement de quitter le salon, je l'entends monter dans sa chambre et claquer la porte. J'attends quelques instants, assise sur ce canapé si différent du sofa de l'autre monde, plus rien ne me correspond ici. Je me lève, mes pieds me guident jusqu'à la cuisine, je vérifie que personne n'y est avant de me préparer de quoi manger. Je prends un morceau de pain avec du fromage et m'assois sur la grande table haute en montant sur un tabouret trop grand pour moi. Je croque dans le pain, encore un qui sort du supermarché et non de chez le boulanger… J'ai l'impression d'ouvrir les yeux sur ce monde, de comprendre que l'évolution n'est pas la meilleure chose qui nous soit arrivés ; même le pain me dégoûte et mon esprit divague. J'ai peur d'avoir imaginé ça, que tout ce que j'ai pu vivre avec Victoria, Nicolas, Charles et toute ma famille soit en réalité un simple rêve, si c'était le cas, j'aimerais me rendormir pour toujours sinon je ne m'en remettrais jamais, le monde ne sera plus pareil maintenant. J'entends un téléphone vibrer sur le plan de travail, j'avais presque oublié que j'en avais un. Je me lève et l'attrape, lorsque je le déverrouille, mon écran affiche des centaines de notifications, entre les appels manqués, les messages, les notifications de divers réseaux, les messages de groupes, je me sens submergée, c'est beaucoup trop pour moi. Je le déverrouille et clique sur une application pour mettre un simple message à notre groupe.

"*Urgence. Rendez-vous demain au parc à midi*".

Je clique sur envoyer et une fois que je vois le message délivré, j'éteins mon téléphone, je ne veux pas aller sur les réseaux et voir la fausse vie des gens, je ne veux pas répondre aux questions que mes amis vont me poser suite à mon message. Je n'ai qu'une envie, savoir la vérité, est-ce que j'ai rêvé ou ce monde était-il réel ? En reposant mon téléphone, mon poignet touche la table en verre et un bruit résonne. Je me fige et ouvre les yeux en grand, si c'est ce que je pense, je suis sauvée, le tintement me coupe le souffle. Lorsque je baisse les yeux, je vois le bracelet que Charles m'a offert juste avant que je ne m'évanouisse. C'était donc réel ! Je n'ai rien imaginé.

Chapitre 31

J'arrive au parc avec pas mal de retard car ma mère m'a encore pris la tête, mais elle a choisi de le faire au moment où je devais partir pour rejoindre mes amis. Je tourne à l'angle de la rue et ouvre le portillon qui mène mes pieds dans l'herbe du parc. J'avance à notre lieu de rencontre habituel, ils sont tous là, Laura, Lisa, John, Lucie, Julie, Gigi, Eleonor, Rémi, Vic, Harry et même Léo…

- Qu'est-ce qu'il fait ici ?

Je suis énervée à la vue de son visage, bien que je le côtoie depuis quelques semaines dans l'autre monde, ici je sais ce qu'il a vraiment fait et ça me dégoûte.

- Je suis venu pour te parler d'hier et car tu as demandé au groupe de se rejoindre.

- Je ne t'ai rien demandé. Qui lui a dit de venir ?

- Il est sur le groupe, il a vu ton message.

Victoria me rappelle la triste réalité, il fait encore partie de la bande bien que cela ne m'enchante pas et je n'avais plus en tête qu'il était encore sur le groupe, même si pour moi des semaines viennent de s'écouler et donc cette tromperie semble si loin, pour eux ce passage date d'hier et je crois que personne n'est au courant à part moi du coup…

- Vous vous êtes embrouillés ? À cause de quoi cette fois ?

- Tu leur dis Léo ? Ou je dois assumer ta connerie ?

Il ne bouge pas du banc et reste assis à côté de Rémi, il s'enfonce dans le siège et baisse la tête.

- Il a commis une grave erreur, et m'a trompé.

- Quoi ?!

Chacun répond à peu près pareil en même temps, mais tous sont aussi surpris les uns que les autres.

- De quoi tu parles Emilie ?

- Vous ne me croyez pas ?

- Je ne comprends pas, explique toi mec.

Rémi semble confus et perdu et le reste du groupe n'ose pas parler. Victoria regarde ses pieds et elle me semble bizarre.

- Qu'est-ce qu'il se passe Vic ?

Elle ne répond pas et garde ses yeux fixés sur le sol devant elle, nos amis ne disent rien non plus et Léo finit par se lever.

- Victoria était au courant.

- Quoi ? Vic ! Dis-moi que c'est faux.

- Elle le sait, je ne mens pas.

- Tais-toi Léo, pour assumer ta connerie tu n'as pas ouvert la bouche mais maintenant que tu as l'occasion de remettre un peu de mal sur quelqu'un, tu ne te gênes pas pour l'ouvrir…

J'étais déjà énervée avant mais là, ils m'énervent tous, entre leurs regards, les révélations et le fait d'être dans ce monde, je ne supporte plus rien.

- Il dit la vérité.

Toutes les têtes se tournent vers ma meilleure amie et je recule d'un pas, comment a-t-elle pu me cacher ça et surtout depuis quand est-elle au courant ?

- Comment ?

- J'ai surpris Léo avec une fille la semaine dernière…

- Pourquoi tu n'as rien dit ?

- Ce n'était pas à moi de le faire et il m'a supplié de le laisser te dire la vérité.

- Sauf qu'il a recommencé hier et peut-être d'autres fois depuis que tu l'as surpris…

- Je suis désolée Em…

- Je ne veux pas en parler pour le moment, j'ai quelque chose de plus grave à vous dire. Léo, peux-tu nous laisser ?

- Sérieux ?

- Sérieusement, va-t'en.

De nouveau, nos amis ne disent rien et aucun soutien n'est montré, autant pour lui qu'envers moi, ils fixent tous leurs chaussures et personne ne parle.

- Vous êtes sérieux ? Vous voulez qu'il reste ?

- Bah, il fait quand même partie de la bande…

- Rémi !

- C'est vrai Victoria !

- Non mais tu t'entends Rémi ? Ton pote vient de tromper notre amie et tu le défends ?

- Je ne le défends pas, je dis simplement qu'il devrait régler ça avec Emilie et que ça ne devrait pas séparer le groupe.

Cette fois, j'interviens entre eux, ils sont tous si loin de l'important.

- Les gars, écoutez-moi, je m'en fiche de Léo, il est inexistant mais c'est pour ça qu'il faut qu'il parte, parce que ce que je vais vous raconter ne le regarde pas.

- Qu'est-ce qu'il se passe Emilie ?

- Léo s'il te plaît.

Il finit par abandonner et fait un signe a tout le monde avant de tourner les talons et de s'éloigner. Je m'assois sur l'herbe et quand le visage de mes amis me regarde étrangement, je perds toute confiance en moi et je n'ai pas le courage de leur avouer ce qu'il vient de se passer, je n'arriverais jamais à leur dire la vérité sur l'autre monde, ils ont déjà des doutes sur Léo me trompant alors il n'y a pas de quoi croire ce qu'il vient de m'arriver.

- Connaissez-vous un Charles Bennett ?

- Quoi ?

Rémi est le premier à répondre et il semble agacé.

- Tu nous as réunis d'urgence pour nous demander ça ? Je pense que Léo aurait pu rester.

- Ce n'est pas tout… Mais si tu veux rejoindre ton super pote, vas-y, je ne te retiens pas mais rien ne dit qu'il veut de toi ou qu'il ne fasse pas semblant d'être ton ami.

- Alors qu'y a-t-il de plus à dire Emilie ? Nous t'écoutons.

- Ne me parle pas comme ça, Rémi…

Son air ne me plaît pas du tout et me donne encore moins envie de me confier à eux. Le reste de la bande ne dit rien alors Rémi souffle, se lève et s'éloigne.

- Rémi, reviens !

Laura et Lisa se lèvent pour lui crier de revenir, mais il nous lance un doigt d'honneur.

- On doit le rejoindre.

- Vous êtes sérieuses les filles ?

- Pardon Emilie mais il va nous faire la tête si nous restons, et puis il nous a emmené en voiture et il faut qu'il nous redépose...

- Laura !

- Désolée...

Elles nous tournent le dos, nous ne sommes plus que huit sur treize... John et Lucie se regardent bizarrement, Harry prend la main de Vic et les trois filles restantes ne disent rien et sont sur leurs téléphones.

- Julie ? Gigi ? Eleonor ?

- Quoi ?

Les trois têtes se relèvent en même temps.

- Vous ne connaissez pas non plus Charles Bennett ?

- Jamais...

- Entendu...

- Avant...

Elles se complètent et c'est ce qui les rend incroyables, mais cet après-midi, je n'ai que faire de ce trio si habituellement drôle et iconique, elles m'agacent. Pourquoi est-ce si compliqué ?

- Pourquoi cherches-tu ce gars ?

Harry, le copain de ma meilleure amie, se décide enfin à entamer une réelle discussion et à me porter de l'intérêt ; sauf que je ne sais pas quoi lui répondre, je dois trouver un mensonge car je ne peux pas lui parler de l'autre monde.

- Un rêve ! Je l'ai vu dans un rêve !
Il éclate de rire alors que le reste de la bande semble s'ennuyer, je peux clairement le voir sur leurs visages et ils ne le cachent pas.
- Tu es sérieuse là ?
- Je ne l'ai jamais autant été Harry.
- Tu viens de nous écrire une urgence pour ça ? Parce que tu as vu un mec dans ton rêve ?
- Je sais que ça paraît idiot mais j'ai besoin de savoir s'il existe ici.
- Personne n'a entendu parler de lui. Désolé.
Ils sortent leurs téléphones un à un et se cachent derrière leurs écrans, d'ordinaire j'aurais certainement fait comme eux, mais mon téléphone est chez moi, je suis sortie sans penser à le prendre, je n'ai plus l'habitude de vivre avec depuis que je suis dans l'autre monde. Ils n'en n'ont rien à faire, aucun d'eux ne relance la discussion sur le rêve ou une discussion quelconque.
- Je rentre…
- Déjà ?
Victoria se décide à me parler.
- Oui, je n'ai rien à faire ici.
Elle donne un coup de coude à Harry et celui-ci relève la tête et ses traits du visage sont très tendus et il semble agacé.
- C'est bon, tu ne vas pas faire la tête pour ça ? On ne connaît pas ton Charles alors remets toi en…
- Harry !
Victoria n'a apparemment pas la réponse qu'elle aurait aimé qu'il dise, mais je m'en fiche pas mal, même s'il s'était excusé

cela n'aurait rien changé. Je m'éloigne d'eux et aucun ne tente de me rappeler ou de me suivre. Lorsque je sors du parc, Victoria arrive en courant, elle reprend son souffle et passe le portail pour me rejoindre.

- Emilie, attends, je viens avec toi.

- Tu n'es pas obligée, tu peux rester avec eux tu sais ?

- Je voulais te parler de toute manière.

- À quel propos ?

- De Léo. Je suis vraiment désolée d'avoir gardé le secret, je voulais simplement qu'il assume sa bêtise et je ne pensais pas qu'il allait recommencer entre-temps.

- Ce qui est fait, est fait.

- Ne m'en veut pas…

- Ce n'est pas le cas…

Pas entièrement à vrai dire, car je lui en veut un peu, elle a tout de même attendu jusqu'à aujourd'hui pour avouer la vérité et en plus, elle ne venait pas directement de sa part mais de la bouche de Léo. Elle marche tête baissée alors que je garde la tête haute et que je fixe la route devant moi ; l'ambiance entre nous n'est pas la même et je ne sais pas pourquoi mais j'aimerais lui dire la vérité mais étrangement je n'ai pas confiance, c'est la première fois depuis le début de notre amitié que je ne lui fais pas confiance.

- Tu as passé une bonne soirée ? Je t'ai perdue de vue et je ne t'ai pas revue de toute la nuit. Nous sommes tous partis sans te voir.

- J'étais dans ma chambre.

- Pourquoi ?

- À cause de Léo.

- Ah, c'est vrai. Pardon.

Je me souviens d'un coup qu'ils sont tous partis sans essayer de me parler, sans ranger la maison, ils sont partis comme des voleurs.

- Vous êtes tous partis…

- Quoi ?

- Vous avez quitté la maison, sans ranger, sans essayer de me trouver, sachant que j'allais me faire tuer par mes parents.

- Nous ne t'avons pas trouvé.

- Vous n'avez même pas tenté de regarder dans l'endroit le plus probable.

- Je pensais que tu étais ivre…

- Je l'étais peut-être, raison de plus pour ne pas me laisser seule.

- Emilie…

- Non Victoria, ce n'est vraiment pas cool votre comportement.

- Je ne sais pas quoi te dire, je suis désolée.

- Parfois ça ne suffit pas… Mes parents m'ont pris la tête et j'ai passé une matinée de merde, j'attendais au moins un minimum de soutiens cet après-midi, mais rien, aucun de vous n'a su porter d'excuses ou de soutiens.

- Je suis désolée pour Léo et toi, mais le groupe, c'est le groupe, on ne va pas l'exclure… Même si je le voudrais car il t'a fait du mal mais c'est notre pote.

- Je ne vous demande pas de le virer, mais simplement une petite réaction de soutien n'aurait pas été de refus, il a fait le con et personne ne trouve son acte dérangeant.

- C'est entre vous Em.

- Non ! Au contraire, c'est entre nous tous, car c'est comme ça qu'une vraie amitié marche, avec du soutien et vous ne m'en avez montré sur aucun point. Mets-toi à ma place, ne serait-ce que pour Léo, si tu apprenais que Harry te trompait, tu serais la première à nous demander de faire un choix entre toi et lui.
Elle ouvre la bouche pour parler mais je la coupe.
- N'essaie pas de me mentir Vic, je te connais par cœur et c'est pour ça que je ne comprends pas ta réaction ici…
- Je ne sais pas quoi te dire. Peut-être que nous devrions tous y réfléchir et en reparler.
Je ne pense pas en reparler avec eux, j'ai une idée bien précise en tête et elle ne les prend pas en compte. Nous reprenons notre marche que nous avions arrêté à cause de ces quelques cris que nous avons échangé, nous marchons en silence et la nuit tombe petit à petit. Nous tournons dans la rue de Victoria et arrivons devant chez elle, au même moment la porte s'ouvre et la lumière du perron s'allume sur une silhouette que je pensais ne jamais revoir. La grande carrure forte descend et son visage est caché par ses cheveux et lorsqu'il redresse la tête et dégage les quelques mèches cachant ses yeux, je manque de m'évanouir en croisant son regard.
- Salut Emilie.
Sa voix. C'est la chose qui m'avait le plus manqué, sa voix est si douce et pourtant si grave. Ses yeux transpercent littéralement les miens et son sourire fait battre mon cœur beaucoup trop vite.
- Vic, maman demande que tu ailles chercher les courses.
Ma meilleure amie râle sur son frère et avance, mais je ne

bouge pas, j'en suis incapable.

- Emilie ? Tu viens ?

Je veux tourner la tête vers elle mais je ne peux pas, inconsciemment, j'ai peur de perdre des yeux Nicolas et de tourner la tête sur du vide, j'ai peur qu'il disparaisse. J'entends ma meilleure amie qui peste et rentre chez elle ; Nicolas descend les marches du perron et arrive à ma hauteur.

- Tu as vu un fantôme Em ?

- Tu n'as pas idée.

Il rigole et c'est la fête dans mon corps, tout paraît de nouveau simple, pourtant ce n'est qu'éphémère.

- Je te dépose ?

Il me montre le casque de sa moto et je remarque seulement à cet instant qu'il comptait partir sur son engin et que j'étais bloquée devant lui comme une idiote. Je n'arrive pas à parler tellement ma gorge est nouée mais je hoche la tête et réussis enfin à marcher. Lorsque j'arrive devant lui, il attrape un casque et le pose sur ma tête, son visage est si près du mien que si je me mettais sur la pointe des pieds, nos nez entrerait dans une drôle de collision. Habituellement, j'aurais baissé les yeux et fixé mes pieds par gêne, mais ce soir je ne peux pas, je n'arrive pas à quitter son visage par peur de le voir me quitter une fois de plus. Ce Nicolas n'est pas comme dans l'autre monde, je le ressens et je le connais, pourtant je suis heureuse qu'il soit là, je suis heureuse de voir son visage et entendre sa voix. Il m'aide à accrocher le casque et lorsque sa main frôle mon menton, un frisson me parcourt et il le remarque.

- Pardon, je dois avoir les mains froides.

- Ce n’est rien.
- Tu es prête ?

Il me sourit et s’éloigne pour monter sur sa moto, c’est étrange de l’entendre me tutoyer, il l’a fait pendant des années, mais le fait d’avoir entendu l’autre Nicolas me vouvoyer et revenir ici, change tout. Tout semble différent. Je monte derrière lui et m'accroche à lui, la route va être courte car j’habite à deux rues d’ici mais je ne pouvais pas refuser son offre. Malgré la courte route, je suis un peu effrayée face aux voitures et à la vitesse de la moto, dans l’autre monde nous roulions en calèches et elles étaient très lentes et moins dangereuses ; ici les voitures font un peu n’importe quoi. Lorsqu’il freine devant ma maison, je suis heureuse de poser mon pied au sol et de descendre. Il reste assis sur la moto mais enlève son casque afin de me parler correctement.

- Qu’est-ce qu’il se passe entre ma sœur et toi ?
- Rien de grave…
- Je vous connais, tu es partie sans lui parler ou la suivre à l'intérieur, raconte moi.
- Tu ne pourrais pas comprendre.
- Oh.

Merde, ce n’était pas ce que je voulais dire et maintenant je me trouve idiote.

- C’est juste un détail, le groupe n’est plus sur la même longueur d’onde que moi, ils ne m’ont pas soutenu aujourd’hui et ça m’a blessé.
- Soutenue ? À propos de quoi ?
- Léo m’a trompé.

- Quoi ?
Je lui lance un sourire désolé, je ne sais pas quoi dire sans faire pitié.
- Il est vraiment con, passer à côté d'une fille comme toi… J'espère qu'il va se rendre compte de sa bêtise et que tu vas bien le rejeter.
J'éclate de rire face à ses mots, il me fait rire et contrairement aux autres je me sens en confiance et comprise.
- Je n'osais pas te le dire avant par peur de me faire remballer mais ce mec était vraiment bête, je n'ai jamais compris ce que tu faisais avec lui.
- L'amour fait disparaître les défauts, c'est seulement quand ce voile se lève que l'on se rend compte de la folie qu'était notre histoire.
- Tu es devenue philosophe ? La rupture te va bien.
Il sourit encore et j'essaie d'imprimer cette image dans mon esprit mais j'ai peur de la perdre, la peur est de retour et Nicolas m'a pourtant bien appris qu'il ne faut pas la laisser nous faire du mal.
- Nicolas, je peux te demander un service ?
- Toujours.
- Je sais que nous ne sommes pas très proches donc ça peut paraître bizarre mais..
- Pas proche. Aïe. Tu as blessé mon ego.
- Tu comprends ce que je veux dire.
- Oui… Je suis le frère de ta copine et rien de plus.
- Ce que je veux dire, c'est que j'aurais aimé avoir une belle amitié avec toi, depuis des années on se croise sans trop traîner

ensemble.

Il me tend la main mais je ne comprends pas pour quelle raison.

- Alors à notre nouvelle amitié.

Je prends sa main et la serre fort.

- En tant qu'ami officiel, que voulais-tu me demander ?

- Est-ce qu'on pourrait prendre une photo ensemble ?

Je cherche des excuses pour justifier cette demande mais je n'ai pas le temps d'en trouver, qu'il sort son téléphone et allume son application qui reflète déjà nos visages.

- Approche.

Sa main chaude passe autour de moi et se pose sur mon épaule, il m'attire vers lui et lance son plus beau sourire au téléphone alors que je tourne la tête pour le regarder lui, je souris aussi mais je ne rayonne pas autant que lui ; j'entends un premier clic alors je tourne la tête pour fixer l'écran ce qui fait rire Nicolas qui prend une deuxième photo.

- Il fait sombre et la lumière de ton entrée n'est pas follement belle mais on nous voit quand même et les photos sont pas mal.

- Tu peux me les envoyer ?

- C'est déjà fait.

- Je n'ai pas mon téléphone, je regarderais en rentrant.

- Je dois y aller, mais on se voit bientôt ?

- J'espère…

Je ne peux rien lui promettre, mon plan change toutes les deux minutes depuis que je suis rentrée et le voir m'a bouleversé et a troublé mes plans. Il passe son casque et son visage se cache, les larmes me montent aux yeux, mais je me retiens de pleurer, j'aimerais lui dire qu'il me manque et que je l'aime d'un amour incomparable, mais il ne comprendrait pas alors je le pense très fort et l'observe quitter ma rue et disparaître dans la nuit. Mes larmes sont salées contre mes lèvres et je viens poser ma main sur ma bouche pour me retenir de faire du bruit en pleurant, je suis détruite de nouveau, je ne m'attendais pas à voir son visage, je pensais l'avoir perdu à jamais et au final, c'est certainement ce que je vais décider de faire, peut-être que c'était la dernière fois que je voyais son visage angélique.

Chapitre 32

J'entre discrètement dans la maison mais ma mère me saute aussitôt dessus.

- Tu étais vachement à la fac !

- De quoi parles-tu ?

- Cette moto. Ce garçon. Ton après-midi.

- Il m'a ramené, c'était Nicolas…

- Nicolas Johannson ?

- Oui. Il m'a ramené après le partiel… Je suis passée chez Vic après le partiel car nous sommes rentrées ensemble et Nicolas m'a proposé de me déposer.

- Et comment était ton partiel ? Tu m'excuseras si je ne te crois pas.

- Je pense avoir réussi, j'aurais la moyenne, c'est certain, donc ne t'inquiète pas, j'aurais mon année.

Je sais que j'ai mon année donc je peux peser mes mots et je jubile de la voir stresser pour ça alors que je connais déjà mes résultats.

- Tu es quand même punie ! Tu devais rentrer dès la fin du

partiel…
Si elle attend des excuses, elle va être déçue car je ne compte pas lui en faire, je ne suis rentrée qu'avec cinq minutes de retard…
- Nous en parlerons demain, ton père a invité un collègue et sa famille à venir manger, ils devraient arriver d'une minute à l'autre, alors si tu veux bien aller te changer…
Je baisse la tête et remarque que ma mère est en effet très bien habillée, comme d'habitude à vrai dire car c'est une femme à la mode et toujours très classe mais ce soir elle porte une magnifique robe noire qui marque son corps et son cou est habillé d'un magnifique collier de perles ; je remonte les yeux sur son visage pour voir que celui-ci est bien évidemment très bien entretenu et maquillé.
- Ne perds pas de temps, va te préparer Emilie !
Je ne bouge pas, car je ne sais absolument pas quoi mettre et je n'en ai rien à faire, je n'ai pas envie de me changer ; c'est seulement quand je vois mes parents aller vers la porte d'entrée que je comprends que quelqu'un a sonné et que le bruit autour de moi revient.
- Oh, Edouard, regarde qui est là.
Ma mère ouvre la porte et mon père passe à ses côtés, cachant la vue sur nos invités.
- Les Bennett ! Entrez les amis !
Les Bennett ? Serait-ce possible que ? Je cours vers la porte et c'est à ce moment que je le vois, il est derrière ses parents et je reconnais sa mère sauf qu'elle se tient bien plus droite que dans l'autre monde, elle est bien plus confiante et entretenue. Son

mari n'est pas mort, il est grand et fermé, son visage est très froid et je lève les sourcils tellement je suis épuisée de croiser ce genre de visage depuis mon retour à cette époque. Mon regard revient vers le garçon derrière, ce n'est pas possible.
- Charles ?
- Et tu es ?
- Emilie.
- Super, ravi de faire ta connaissance.
Ce n'est pas Charles, enfin, physiquement c'est lui, mais c'est Charles de ce monde. Cet univers complètement morose et fade. J'ai l'impression que tout est gris et sombre alors que là-bas, tout était lumineux, tout le temps. Ma mère nous fait signe de passer dans le salon et lorsqu'elle passe à côté de moi, elle ne manque pas l'occasion pour gâcher encore plus mon humeur.
- Notre discussion n'est pas finie.
Nos invités déposent leurs affaires sur le canapé et rejoignent le salon pour s'asseoir à table. Charles se met face à moi et je l'observe discrètement ; il est beau mais pas charmant, il ne se tient pas droit, il est complètement affalé sur sa chaise et regarde son téléphone, souriant de temps à autre. À table, tout le monde semble normal, mais rien ne l'est. C'est comme si toute ma vie, j'avais cherché le Graal et lorsque je le trouve et que j'en profite, on me l'enlève. J'ai une boule au ventre quand mon cerveau me laisse penser que je suis peut-être bloquée ici à jamais. Charles essaie de me parler mais je ne l'écoute pas, à quoi bon, il n'est pas intéressant et je n'épouserai jamais celui-ci. J'entends mon bracelet tinter contre mon assiette et lorsque je baisse les yeux, je tombe sur le bracelet que mon Charles

m’avait offert, celui qui m’a laissé espérer que je n'avais pas rêvé. S’il y a un moyen pour quitter ce monde et retrouver celui qui me convient, je dois le trouver, en regardant ce bracelet, je me rends compte à quel point ils me manquent tous et à quel point cette vie qui m’attend si je reste ici sera ennuyante et fade. J’étouffe ici, j’ai besoin d’air et j’ai envie d’être seule.
- Est-ce que je peux m'absenter, j'aimerais aller aux toilettes.
Je m'éclaircis la voix et relève la tête pour regarder ma mère.
- D'accord, mais dépêche toi.
Elle lève les yeux au ciel mais reprend sa discussion avec Lady Bennett, enfin, Madame Bennett, ici les titres ne sont pas les mêmes. Je sors de table et ma chaise émet un si gros bruit que tous les regards se tournent vers moi et je me force à sourire pour m’excuser. Je marche rapidement hors du salon et monte les escaliers en courant. C'est fou comme je me sens étrangère dans cette maison, je regarde les photos aux murs mais je ne me reconnais pas. Je rentre dans ma chambre et je cours ouvrir ma fenêtre, j'ai besoin d'air pour réfléchir. Je m’appuie contre le rebord de la fenêtre et respire à plein poumons, tout va bien se passer.
- Réfléchie Emilie, tu peux le faire.
Les deux fois où j'ai permuté de monde, je me suis évanouie. La première fois, j'ai fait un vœu avant que mon corps ne me lâche, ce n'était peut être pas décisif et n' a peut-être rien à voir, mais je dois tenter. Je veux quitter ce monde-là. Je ne supporterais pas de vivre dans un monde totalement en décalage avec ce que je suis et ce dont j'ai besoin pour être heureuse. Je suis peut-être égoïste car je laisserais toute ma vie derrière moi, mes amis, ma

famille, mon école, mais d'un côté, je ne serais pas heureuse et maintenant, j'ai une nouvelle famille, qui m'aime et me donne ce dont j'ai besoin. Je mérite une fin heureuse. Je me retourne et aperçois mon téléphone sur mon bureau, je traverse la pièce pour l'attraper et il met un temps fou à s'allumer. Je reçois la notification de Nicolas et clique sur les deux pièces jointes, nos photos sont si belles, la première à plus de charme que la seconde, je le fixe en souriant alors que lui, sourit à la caméra, je pense que ce moment sera gravé dans mon esprit à jamais. Je n'hésite pas un instant, j'allume mon imprimante miniature et envoie la photo par Bluetooth ; le petit bouton rouge clignote et la photo sort petit à petit. En quelques secondes l'image apparaît et ce moment est gravé à jamais dans ma tête et sur cette image, j'ai eu la bonne idée de trouver une solution à cette peur de ne jamais le revoir mais cela fait tout de même mal et me pique le cœur de regarder son visage. Je regarde les photos et son sourire, il va me manquer et c'est la raison pour laquelle j'hésite de tenter ma folie, j'hésite à partir car je veux le revoir, je veux apprendre à le connaître encore plus et c'est dur de me dire que si je pars, peu importe où j'irais, je renonce au Nicolas de ce monde et à notre futur. Je garde la photo dans ma main et j'attrape une feuille sur mon bureau, plus décidée que jamais.

"*Maman, Papa, Liam et tout le monde.*

Je suis désolée de vous abandonner mais quand je vous dis que c'est pour un monde meilleur, ce n'est pas une métaphore, c'est une réalité, MA réalité. J'ai découvert quelque chose qui m'a fait ouvrir les yeux, je ne veux pas continuer dans ce monde alors qu'ailleurs on me traite comme je le mérite. Je vous ai aimé mais je vois bien que je suis un poids pour vous et que vous ne m'avez jamais désiré. Eux, ont besoin de moi. Je sais que vous ne comprendrez pas si je vous explique alors laissez moi partir. Laissez-moi rejoindre le monde qui me rendra heureuse et fera de moi une femme comblée.

Adieu. Emilie"

J'étais tentée de signer Emilie Bennett mais je me souviens que dans leur monde, les Bennett existent aussi. Je n'avais pas envie d'écrire une longue lettre d'adieu, qui aurait dit en détail toutes les raisons qui vont me pousser à sauter. Je pose la lettre sur le bureau et revient vers la fenêtre ; je passe mes pieds par-dessus le rebord et m'assoie dessus, le vide est si loin, ma fenêtre est haute et je sais qu'après une chute comme celle-ci, je ne survivrais pas.

- Hey.

Je tourne la tête et souffle, ce n'est pas vrai.

- Qu'est-ce que tu veux Charles ?

Il s'appuie contre ma porte et ne lâche pas mon regard, c'en est presque perturbant. Il fait chaud et l'odeur du repas remonte jusqu'ici et me dégoûte.

- Tu peux fermer la porte s'il te plaît ?

Il ne fait aucune remarque et ferme la porte tout en restant dans la chambre. Le mélange d'odeur du poulet et de l'encens à la rose que ma mère a dû mettre en mon absence, flotte dans ma chambre et est horrible.

- Tu comptes sauter ?

- Ce ne sont pas tes affaires.

- C'est vrai, mais je suis impliqué maintenant que je sais ce que

tu vas faire.
- Je vais juste observer les étoiles et si on te demande, tu diras que tu n'es jamais entré.
Il reste appuyé contre ma porte mais ne dit rien, je tourne la tête pour quitter son regard et fixer de nouveau le sol.
- J'aimerais être seule.
- Donc tu vas vraiment sauter. La vache.
- Tu ne me connais pas, je ne te dois rien donc si tu pouvais me laisser tranquille, j'apprécierais ton geste.
Je tourne la tête pour peser mes mots en fixant son regard et il hausse les épaules.
- Je dirais que j'ai essayé de te rattraper.
Il dit ça d'un ton détaché et je réponds de la même manière.
- Si tu veux.
- Mais je n'ai pas réussi.
- Exactement.
- Pourtant, je t'aimais bien.
- Pas moi.
Je ne ressens même pas un peu d'attirance pour lui, le voir me rappelle mon Charles, celui que j'aime réellement et je ne pourrais pas continuer ici.
- Tu pourrais au moins me dire quoi leur expliquer.
- C'est simple, j'ai sauté, tu m'as vu au même moment, c'était trop tard.
- D'accord, ça me va. Je peux prendre ta guitare ?
Ma tête émet un mouvement de recul causé par la surprise mais à vrai dire je me fiche de ma guitare et il se fiche de moi donc je ne vois pas pourquoi il ne pourrait pas l'avoir.

- Si tu veux.

Je le vois avancer dans ma chambre, sa démarche est lente mais assurée, il décroche ma guitare du mur et alors que je pense qu'il va sortir avec celle-ci, il se met à jouer, il s'assoit sur mon lit et joue un morceau. Quand il sent mon regard lourd sur lui, il arrête de gratter les cordes et se redresse.

- Pardon, tu veux que je m'en aille ? Je me disais que ça serait cool de mourir en musique.

Je ne meurs pas... Il va m'agacer jusqu'au bout…

- Si ça te fait plaisir.

Je lève les yeux au ciel et je me rends compte à cet instant qu'il va assister à mon suicide. Je ne sais même pas si je vais me réveiller mais en même temps je n'ai pas d'autres choix, je n'ai qu'une option et si elle ne fonctionne pas et ne me transporte pas là-bas, au moins je n'aurais pas à subir cette vie. Quoi qu'il arrive, si je me réveille dans ma vie de rêve, je ne me réveillerais pas ici, alors oui, il assiste à mon suicide. Je secoue la tête pour chasser cette horreur de ma tête mais je n'arrête pas d'imaginer la scène qu'il va voir, je me retourne brusquement.

- Tu peux jouer dos à moi ? Je ne veux pas que tu me vois sauter.

- Si tu veux.

Il se lève pour se tourner et se met a gratter ma guitare de nouveau. Mon cœur bat à mille à l'heure. Je vais le faire, je vais sauter. La musique que joue Charles est magnifique, il joue très bien et je suis contente d'être accompagnée par Grenade de Bruno Mars dans cette fin, cela m'encourage dans mon choix et me rappelle la première fois que j'ai joué du piano avec

Charles. Je ferme les yeux très fort jusqu'à voir des lumières puis je lâche la tension et le noir revient. J'ai besoin de dire à voix haute ce que je veux, je sais que ça va marcher, je n'ai pas le choix. Je serre la photo de Nicolas et moi entre mes mains.

- Cher Univers, tu m'as tellement apporté, s'il te plaît je te le demande une dernière fois, qui que tu sois, où que tu sois, sauve moi de cette vie pour toujours. Laisse-moi être comblée par ce monde que tu m'as offert. Les semaines que j'ai vécues ont été les plus belles de ma vie, j'ai besoin de continuer ma vie, de me marier, de revoir Louise et Georges. Tout le monde me manque, j'ai besoin d'eux. Alors peu importe qui entend cette prière, s'il te plaît, réalise la comme la première fois.

Je regarde le ciel puis le sol, il est vraiment très loin, notre maison est haute et je sais qu'à cette hauteur je ne survivrais pas, surtout si l'univers m'entend et m'aide. Je regarde de nouveau le ciel avant de me jeter en avant, l'air frôle mon corps et le noir me rejoint, un écho se fait entendre, quelqu'un dit mon prénom et c'est la dernière chose que j'entends avant d'être submergée par la noirceur.

- Emilie.

Épilogue

Deux semaines plus tard.

J'étouffe dans la pièce, je commence à paniquer. Et si ça recommence ? Et si je m'évanouis de nouveau ? Emma est en train de serrer mon corset et je ferme les yeux en respirant profondément par la bouche. Je suis persuadée d'être définitivement partie de l'autre monde, je suis sûre d'être décédée, mais cette crainte d'y retourner est à son plus haut pic en ce moment. Emma m'aide à passer le tissu blanc et la soie qui frôle ma peau me fait sourire. Nous entendons un bruit de porte et ma domestique s'empresse de faire descendre ma robe. Charles entre dans la pièce en gardant ses mains sur ses yeux.

- Cette fois, pas de mauvais présage, je ne te regarderai pas avant l'autel. Je ne pouvais pas résister à ce besoin de te parler.

- Approche.

Il garde ses mains sur ses yeux et s'avance dans la pièce. Emma prend un peu de recul mais reste tout de même dans la pièce pour préparer mon bouquet de fleurs.

- Garde les yeux fermés mais donne-moi tes mains. Je vais

fermer les yeux aussi.
Il fait ce que je lui demande et je prends ses mains dans les miennes, elles sont si chaudes.
- Tu trembles Charles.
- Je suis un peu nerveux.
- C'est normal, bien que plutôt étonnant venant de toi.
- Tu ne l'es pas ?
- Pas vraiment, j'ai surtout peur.
- Moi aussi. J'ai peur que tu repartes.
Charles est au courant de toute l'histoire, il sait qui je suis et d'où je viens. C'était un choc pour lui, tout comme ce le fut pour Victoria, mais nous avons passé des heures à parler et il a déclaré que l'amour qu'il me porte est le même, peu importe comment je suis arrivée ici. Au tout début, il a eu du mal à me croire, il ne comprenait pas et trouvait que c'était impossible, c'est un homme qui aime la science et ceci n'a aucune explication pour lui ; ça l'a rendu fou et il a mis des heures avant de comprendre et de me laisser tout lui expliquer. J'ai passé beaucoup de temps à lui raconter ma vie et il a finalement cru ce que je disais, il a laissé son esprit de scientifique de côté et m'a dit qu'il me croyait même si c'était fou.
- Je suis sûr que tout va bien se passer, il n'y a pas de raison pour que tu partes, tu fais partie de ce monde maintenant.
- Je n'ai pas l'intention de partir, et celui qui a choisi de me laisser ici à certainement choisi de me laisser ici pour toujours.
C'est une sensation étrange de parler à quelqu'un, de le sentir mais de ne pas le voir. Ses paumes de mains sont encore plus chaudes et j'ai l'impression de sentir son souffle tout près de

moi. Ses pouces font des petits cercles sur mon index.

- Je ne devrais pas m'attarder ici, si Lady Atkins entre, elle risque de me faire sortir de la pire des manières.

- Cette femme est vraiment folle.

- Comme sa fille.

Je lâche sa main pour frapper son épaule. Je vise juste et il émet un petit cri de surprise et je le sens s'éloigner.

- Je t'aime Emilie.

Je n'ai pas le temps de lui répondre, il ferme la porte et lorsque j'ouvre les yeux, Emma est en pleurs à mes côtés.

- Oh Emma. Voyons, il faut sécher ces larmes.

- C'est juste que je suis si heureuse pour vous Mademoiselle Emilie, vous méritez cet amour, Monsieur Bennett est la meilleure chose qui puisse vous arriver pour cela.

- Ne pleurez pas, sinon je vais aussi pleurer.

Je m'approche et l'attire contre moi. Elle est surprise au début puis elle se laisse faire. Ses bras sont assez courts et potelés mais ils sont chaleureusement bons. Je m'éloigne d'elle quand nous entendons des pas dans le couloir.

- Mademoiselle est trop gentille.

- Vous êtes très importante pour moi Emma, jamais je ne me dispenserais de vous. Vous êtes toujours d'accord pour me suivre chez Monsieur Bennett.

- Bien évidemment, je viens avec vous.

Comme le veut la tradition, je vais aller m'installer chez Charles, il a une demeure non loin du centre-ville, située plus en campagne. C'est une adorable maison, que je voudrais qualifier de château vu sa grandeur mais Charles n'aime pas cela, il

trouve que ça fait trop. La porte s'ouvre et laisse apparaître la silhouette de ma mère.
- Maman !
- Ma chère et tendre enfant, regarde-toi ! Tu es magnifique.
- Ne pleure pas maman.
- Je ne pleure pas.
Elle sourit et hausse les épaules en s'approchant de moi. Elle pose ses mains sur mes épaules nues, le tissu les couvrant est assez fin et ne couvre pas toute ma peau. Elle m'aide à me tourner pour me regarder dans le miroir.
- Tu es… splendide.
Je laisse tomber ma tête sur sa main qui est toujours posée sur mon épaule. Ce contact me rassure, tout est bien réel. Je ferme les yeux quelques instants, je suis rassurée, en paix et un sentiment de bien-être se répand dans tout mon corps. Lorsque j'ouvre les yeux, je prends quelques instants pour m'observer dans le reflet de la glace. C'est vrai que je suis belle. Ce look est si différent d'un mariage qui aurait lieu dans mon autre monde, celui-ci est si simple que c'en devient merveilleux. Ma robe est simple, blanche et ornée de quelques dentelles. Mes cheveux sont remontés en chignon mais quelques mèches en sortent car Emma trouvait cela moins sérieux, plus à mon image. Maman a insisté pour que je porte les diamants de famille, je n'ai jamais porté d'aussi beaux bijoux et je ne cesse de les regarder. Maman retire lentement sa main de mon épaule alors je relève la tête et me redresse. Je tente de relâcher la tension qui s'est installée dans mes épaules mais mon corsage me complique un peu la tâche. Maman passe sa main sur ma

joue poudrée, Emma a insisté pour que je porte un peu de rose pour que mon teint soit moins blanc et m'a mis un peu de noir sur les cils.

- Je suis si fière de toi Emilie.

-Maman.

Je me retourne pour la prendre dans mes bras mais nous ne restons pas longtemps l'une contre l'autre car de nouveau la porte s'ouvre. Cette fois-ci, c'est le visage de ma jeune sœur Louise qui s'illumine en me voyant.

- Oh ! Emilie, comme tu es ravissante.

Cette dernière court et me prend à son tour dans ses bras. Décidément, je n'ai jamais reçu autant de câlins en si peu de temps.

- Je ne voulais pas vous interrompre, maman et toi, mais la cérémonie doit commencer.

- Oh bien sûr ! Emilie, tu es prête ?

- Oui maman. Plus que jamais.

- Très bien ! Emma, donnez-lui son bouquet, nous avons suffisamment fait attendre votre époux et les invités. Allons-y.

Alors que je sors de la pièce et m'avance dans les couloirs de l'église, je me sens légère, mon corps frissonne de bonheur et mon sourire ne cesse de grandir. J'ai dépassé le moment que je redoutais, je ne suis pas repartie comme la première fois ; je n'ai pas de réponse à toutes mes questions, mais je tente de ne pas y penser, je veux vivre sans crainte à présent et penser au passé m'apporte trop d'anxiété. Charles suppose que j'étais physiquement présente dans les deux mondes en même temps, mais que je n'étais consciente de ma présence que pour un seul.

Quand je suis arrivée dans l'époque victorienne, ça a juste permis à l'autre Emilie de prendre vie. Je tente de ne plus y penser, la dernière fois que j'ai trop réfléchi, je suis retournée dans mon autre monde et je n'ose pas imaginer que j'y existe encore, je suis morte pour eux.

Mes pas sont légers mais le bruit de mes chaussures claque contre le carrelage et résonne. L'odeur des tulipes que je tiens entre mes mains emplit mes narines et je suis reconnaissante de ce moment. Cette odeur se mélange à celle du bois usé du bâtiment que je traverse, c'est agréable. Nous arrivons rapidement devant une grande porte et mes compagnons de route entrent, me laissant seule. La tradition du père qui accompagne sa fille jusqu'au marié n'existe pas et mon père est quelqu'un de très sentimental alors je n'ai pas osé lui demander de réaliser cette entrée, il serait trop ému pour marcher à mes côtés.

Je prends une grande inspiration et me redresse quand j'entends une cloche sonner et la musique retentir. Les portes s'ouvrent et toute la panique que je ressentais s'évacue, ils sont tous là. Alors que j'avance dans l'allée, j'aperçois ma meilleure amie Victoria et près d'elle se tient Simon, c'est fou que l'on se marient avant eux, je n'en reviens toujours pas. Toute la famille Johannson se tient à leur côté, Nicolas n'est pas là mais j'ai fini par accepter son départ et j'ai la photo de Nicolas et moi sur moi, j'ai réussi à l'emporter dans ce monde et chaque fois qu'il me manque, je regarde son visage et je vais mieux. Face à eux se trouve ma famille ; mon père essaie de cacher ses larmes mais je les vois malgré tout et le reste de ma famille se joint d'ailleurs à lui et leurs yeux brillent aussi. Nous avons décidé d'organiser une cérémonie privée, la réception aura lieu dans l'après-midi et il y aura beaucoup de monde que nous ne connaissons presque pas. Charles n'a pas beaucoup de famille, à vrai dire, il n'a que sa mère et celle-ci semble vraiment fatiguée, lorsque je passe près d'elle, je lui souris et je suis persuadée de la voir sourire aussi, ce qui est rare. J'arrive enfin à hauteur de mon fiancé, c'est complètement fou mais pourtant rien ne semble aussi correct que ce moment. Je passe mon bouquet à Georges, le petit voulait absolument rester derrière moi pendant la cérémonie et se rendre utile, je me suis tellement attaché à lui et au reste de ma nouvelle famille, plus que je n'aurais imaginé. Je l'embrasse sur le front puis fais de nouveau face à Charles, Dieu qu'il est séduisant. Je me mords la lèvre, ce n'est peut-être pas quelque chose que je devrais penser dans une église.

- Nous sommes aujourd'hui réunis pour célébrer l'amour et l'union de deux êtres. Monsieur Charles Bennett et Mademoiselle Emilie Atkins. Vous avez écouté la parole de Dieu qui a révélé aux hommes le sens de l'amour et du mariage. Vous allez vous engager l'un envers l'autre. Et ce librement et sans contrainte ?

- Oui.

- Oui.

Nous répondons sans nous lâcher des yeux.

- Dans le foyer que vous allez fonder, acceptez-vous la responsabilité d'époux et de parents ?

- Nous l'acceptons.

- En présence de Dieu qui est source de votre amour et qui sera toujours avec vous, devant tous ceux qui sont ici, échangez vos consentements.

Charles attrape mes mains, comment fait-il pour les avoir toujours si chaudes ?

- Moi, Charles Bennett. Je te reçois Emilie Atkins comme épouse et je te promets de te rester fidèle dans le bonheur et dans les épreuves, dans la santé et dans la maladie, pour t'aimer tous les jours de ma vie.

- Moi, Emilie Atkins. Je te reçois Charles Bennett comme époux et je te promets de te rester fidèle dans le bonheur et dans les épreuves, dans la santé et dans la maladie, pour t'aimer tous les jours de ma vie.

Ses yeux brillent et son sourire grandit, je ne peux m'empêcher de faire pareil et retiens mes larmes de monter, l'amour que j'éprouve pour cet homme est sans limite.

- Père très saint, tu as créé l'homme et la femme pour qu'ils forment ensemble ton image dans l'unité de la chair et du cœur, et accomplissent ainsi leur mission dans le monde. Nous te prions de bénir Charles Bennett et Emilie Atkins, de les prendre sous ta protection.

En ce moment même, je sais que ça m'était destinée, je ne pensais pas le vivre si jeune et encore moins dans un autre monde mais tout paraît si juste, c'était écrit.

- Père saint, fais que tout au long de leur vie commune, sanctifiée par ce sacrement, ils se donnent la grâce de ton amour, et qu'en étant l'un pour l'autre un signe de ta présence, ils deviennent un seul cœur et un seul esprit. Accorde-leur de pouvoir assurer par leur travail la vie de leur foyer et d'élever leurs enfants selon l'Évangile pour qu'ils fassent partie de ta famille éternellement. Et donne-leur à tous deux, Père très Saint, la joie de parvenir un jour dans ton Royaume. Par Jésus, le Christ notre Seigneur. AMEN.

- Amen.

Nous répétons tous ensemble avant d'être officiellement déclarés mari et femme. Charles s'approche alors je baisse légèrement la tête pour qu'il puisse m'embrasser sur le front. Ce tendre geste fait battre mon cœur et je me sens vivante, je ressens son amour si fort qu'il me consume dans toute ma chair. Nous regardons nos familles et amis quitter la pièce puis avançons vers la sortie à notre tour. Nous attendons que tout le monde ai rejoint l'extérieur puis je sens mon bras être tiré vers la droite, Charles m'éloigne du chemin et nous nous retrouvons dans le couloir.

- Ils vont nous attendre !

- Qu'ils attendent, j'ai envie d'embrasser convenablement ma femme.

Il n'attend pas une seconde de plus, je sens ses mains entourer mon visage et ses lèvres rencontrent les miennes. Je ferme les yeux et profite de ce moment, ses lèvres sont si douces, accueillantes et chaudes, elles répandent à elles seules l'amour qu'il me porte et la satisfaction de s'aimer mutuellement. Il s'éloigne mais ses mains ne lâchent pas mon visage.

- Si tu savais comme je suis heureux, je me rends compte de la chance que nous avons de pouvoir vivre un mariage d'amour et je suis comblé par ce que tu m'apportes.

- Charles… si tu savais comme ces paroles me touchent.

Il m’embrasse de nouveau et cette fois-ci, un toussotement nous interrompt.

- Maman !

- Madame Atkins.

Ma mère se met à rire puis elle nous fait signe de la main.

- Nous vous attendons.

Elle regagne la sortie puis je l’entends annoncer notre arrivée. Lorsque nous sortons, nous sommes submergés d’amour et les embrassades commencent.

Les invités sont tous là, la réception est l’événement de la saison et nous sommes au centre de toutes les discussions depuis des jours, alors les invités sont ravis, car la norme veut que la réception se passe au petit matin mais nous avons décidé de la faire directement après la cérémonie pour que le bal s'enchaîne et que nous partions en lune de miel directement après celui-ci. Je me rends compte que cela peut engendrer un scandale et que nous ferons la une des chroniques au matin mais ce n’est rien, nous faisons ce qui nous semble juste et ce qui nous rend heureux. J’aime apporter un peu de mon monde ici, des choses simples mais qui peuvent marquer certaines personnes et apporter du changement dans ce monde. Je suis debout près de notre table et Charles s’approche posant son bras droit sur ma hanche, nous regardons les invités rire et s’amuser, profitant du repas avant la danse. Soudain, Victoria se lève à notre table et fait tinter son verre. Les regards se posent sur elle, les invités se taisent tous essayant de comprendre ce qu’il se passe.

- Bonsoir à tous, veuillez excuser cette interruption, je sais que ce n'est pas formel ou habituel mais j'aimerais dire quelques mots.

Je suis persuadée que ce n'est pas une pratique courante ici, bien que dans mon ancien monde ce soit un passage obligatoire lors de la réception.

- Aujourd'hui, j'ai l'immense chance de voir ma meilleure amie se marier.

Elle se tourne vers nous et je sens Charles serrer ma main.

- J'ai la chance de connaître l'amour aux côtés de Simon mais quand je vous regarde, cela me donne encore plus envie de partager cet amour avec lui, vous êtes une inspiration. Votre amour apporte de la fraîcheur et de la nouveauté et je trouve cela fabuleux. Monsieur Bennett, je suis ravie d'avoir appris à vous connaître, vous êtes l'homme qu'il fallait pour mon amie. Votre amour pour elle saute aux yeux et je pense parler au nom de tous ceux qui vous aiment et vous respectent en disant que vous êtes exceptionnel. Jamais je n'ai vu un homme regarder Emilie comme vous le faite et je vous remercie pour cela. Emilie Bennett, quelle étrange façon de t'appeler, tu es maintenant une duchesse et j'ai l'impression de te voir grandir et trouver ta place chaque jour. Tu es la personne la plus courageuse que je connaisse, tu as fait tant de sacrifices pour ton propre bien, tu as eu des choix si difficiles à faire et tu m'inspires chaque jour. C'est pour cela que je prends la parole ce soir, bien que cela n'ai jamais été fait lors d'une réception. Je prends encore quelques instants de votre soirée à tous pour vous dire de ne pas avoir peur du changement et de la nouveauté, osez faire des choses et osez vivre. Bonne soirée à tous. À l'amour !

- À l'amour.

Tout le monde crie en même temps avant de laisser un brouhaha dans la pièce et de retourner à ses occupations. Je me dirige vers mon amie et la prends dans les bras.

- Je ne m'attendais pas à cela ! Une déclaration en public, qu'est ce qui t'a pris !?

- Scandale pour scandale, autant aller jusqu'au bout.

- Tu as raison.

- Tu es en train de faire évoluer les choses Emilie, le monde change même si les gens n'osent pas encore faire des petits pas vers cette nouveauté, mais cela fait parler et avancer les ouvertures d'esprit. Je suis si fière d'être ton amie.

- Ma meilleure amie.

Je la prends de nouveau dans mes bras, que c'est bon.

- Puis-je emprunter le bras de ma femme ?

Nous nous éloignons et je souris à Charles qui prend mon bras. Nous avançons vers la piste de danse, je fais une révérence et il me salue. Il pose une main sur ma hanche et attrape une des miennes de sa main gauche. Je pose ma main libre sur son cou et laisse mon pouce caresser sa peau. Cette sensation est si agréable, un moment comme celui-ci pourtant si simple, me comble de bonheur.

- C'est notre première danse en tant de mari et femme, que ressens-tu ?

- Je me sens mieux que jamais.

- C'est un sentiment étrange que de savoir que la personne que je regarde actuellement dans les yeux sera la personne qui sera à mes côtés pour les années à venir.

- En effet. C'est dans ces yeux jusqu'à ce que les miens se ferment, que je vais me perdre.

- C'est très poétique.

Je ris et pose ma joue contre la sienne. Sa bouche est contre mon oreille et son souffle est chaud contre celle-ci, me procurant une intense envie de l'embrasser. Mais la société n'est pas encore prête pour un si grand chamboulement. La danse se termine et il me tient par la main pour m'emmener à l'extérieur.

- Où allons-nous ?

- Je t'ai organisé une surprise.

- Mais ! Et les invités ?

- Ce ne sera pas long, et puis ta mère est au courant. Je suis sûr que personne ne remarquera notre absence.

Nous sortons du château et lorsque j'aperçois sa surprise, je fond littéralement d'amour pour cet homme. J'arrête ma marche et me tourne pour lui sourire.

- Tu t'es souvenu ?

- Bien sûr.

Nous marchons lentement dans la nuit, des bougies sont disposées de manière à éclairer le lieu ; une magnifique couverture est posée sur le sol où il a installé plusieurs corbeilles de fruits.

- Je savais que tu aimais tout cela, je suis heureux de partager ce moment avec toi maintenant.

Nous approchons et je peux voir un magnifique bouquet de rose rouge, des fruits rouges dont des framboises ! Mon fruit préféré ! Il y a mis son amour et je le ressens, des fruits jaunes et des raisins sont dans des coupelles et des verres de vin nous attendent. Une fois arrivés devant, il s'arrête et me fait face, me prenant la main contre sa paume brûlante.

- Laissez-moi, Madame Bennett, vous dire que vous êtes plus charmante que jamais ce soir.

- Sommes-nous revenus, Monsieur, aux formalités ?

Je m'approche pour pouvoir plonger mon regard dans ses magnifiques prunelles.

- Je vous respecte Madame, et j'aime rire de ces formalités. Dès le jour où mes yeux ont rencontré les vôtres dans cette salle de bal, j'ai su que notre union ne serait pas forcée par nos parents. J'ai su que votre titre serait plus qu'un nom, que vous serez ma femme par l'amour que je comptais vous offrir. Depuis ce jour j'ai envie de vous faire mienne et de vous appeler par votre prénom et pouvoir enfin quitter ces formalités.

- Et pourtant Monsieur vous les utilisez.

Il penche la tête comme à chaque fois qu'une situation l'amuse. Je souris et il reprend.

- Je trouve que cela a un charme dans un sens, surtout lorsqu'il faut déclarer de tels sentiments. Mais je t'aime Emilie, plus que jamais je n'aurais cru brûler pour quelqu'un.

- Chaque jour, je me consume un peu plus, pour l'homme que tu es et l'amour que tu me portes. En arrivant dans ce monde, ton monde, je ne pensais pas pouvoir connaître cela, encore moins aussi rapidement. Je venais de vivre une trahison, d'arriver dans un monde sans comprendre comment cela était possible.

- Tu t'en es bien sortie. Jamais je n'aurais pensé que tu venais d'un autre monde. Tu parlais si bien, ta prestance était plus que forte et tu étais parfaitement à l'aise avec les bals et les formalités. Tu es plus en accord avec ce monde que certaines personnes qui y vivent depuis des années.

- Est-ce que je peux te confier un secret ?

- Bien sûr.

Mon cœur s'emballe, je ne suis pas douée pour évoquer mes sentiments mais malgré moi, je ne peux m'empêcher de lui avouer chaque fois que je le regarde.

- Je ne crois pas aux âmes-sœurs, enfin je n'y ai jamais cru.

- Réellement ?

- Je vivais sous un toit avec des parents qui n'avaient aucune affection l'un envers l'autre. Ils ne montraient jamais leurs sentiments, n'avaient jamais de gestes doux, ne se disaient pas qu'ils s'aimaient. J'ai grandi en pensant que ce futur m'attendait aussi ; je savais que l'amour existait et que cela pouvait être beau mais je ne pensais pas que quelqu'un pouvait autant nous correspondre et être faite pour nous. Je me suis trompée.

- Quand avez-vous changé d'avis ?

Je regarde par-dessus son épaule et aperçois ma mère et mon père danser ensemble par la fenêtre du château, quel beau hasard, je souris encore plus.

- Quand j'ai découvert cette famille, mes parents d'ici, quelque chose à changé ; ils se regardent avec tellement d'amour, ils aiment leurs enfants de toutes leurs forces. Leur mariage n'était pas pareil que celui de mes autres parents, il était réel et ils étaient faits l'un pour l'autre.

- C'est vrai que Lady Atkins et Lord Atkins sont éperdument amoureux depuis des années, leurs regards n'ont jamais changé. Selon ma mère qui était très proche de la vôtre avant la mort de mon père et qu'elle ne s'éloigne de tout le monde, vos parents sont des âmes-sœurs et elle l'a su dès qu'elle a vu Lady Atkins poser les yeux sur ceux de votre père.

- J'aurais tant aimé les connaître plus tôt. Grandir avec cette figure de l'amour.

- Il n'est jamais trop tard pour l'observer. Vous êtes ici maintenant, vous avez le temps pour aimer leur amour.

Je m'approche et nous nous mettons en posture de danse, je colle ma joue contre la sienne et chuchote à son oreille.

- J'ai un autre secret.

- Lequel ?

De nouveau, son souffle frôlant mon oreille laisse un frisson parcourir tout mon corps. Je prends sur moi et ferme les yeux.

- C'est dans chaque petites attentions que vous me faites, chaque parole, chaque geste et chaque jour qui passe que j'ai compris que tu l'étais.

- Quoi donc ?

- Mon âme-sœur.

- Et veux-tu une confession ?

- Je ne suis pas contre, cela pourra calmer mon cœur qui s'emballe à la suite de ma déclaration.

- Je pense que ton cœur va s'emballer davantage. Au moment où mes yeux ont croisé les tiens, j'ai ressenti une chaleur dans tout le corps, un besoin ardent de te serrer contre le mien et d'apprendre à te connaître. Jamais je n'avais rencontré une femme aussi belle que toi et j'avais besoin, je pense, de savoir si je n'étais attiré que par ton physique ou si tu étais aussi belle à l'intérieur.

Je me mords la lèvre pour m'empêcher de sourire. Mon cœur explose et je sens le sien qui bat aussi fort que le mien contre ma poitrine.

- J'ai su dès notre première danse que tu étais une femme extraordinaire. J'ai toujours cru aux âmes-sœurs et c'est pour cela que je redoutais notre mariage, il était inconcevable que j'épouse une femme que je ne connaissais même pas. J'aurais été triste dans un mariage arrangé et sans amour. Par chance, lorsque je t'ai connu, l'amour était évident et en te voyant jour après jour j'ai su que les âmes-sœurs existaient réellement.

Une fois de plus, je décolle ma joue de la sienne pour trouver ses yeux.

- Comme je t'aime !

- Je t'aime tellement plus.

Charles pose comme à son habitude ses mains sur mon visage avant de m'embrasser. C'est un geste que je trouve particulièrement tendre et touchant, personne n'a eu autant de tendresse dans un baiser à m'offrir. Comme chaque fois qu'il m'embrasse, mon corps réagit instinctivement et nos souffles s'accordent.

- Tu sais dans quel monde je me sens le mieux ?

Il frotte son nez contre le mien et ne dit rien. Ses pouces caressent mes joues et mes mains se resserrent sur son dos pour l'approcher de moi.

- Dans le nôtre.

FIN

Remerciements

Je n'arrive pas à croire que mon deuxième bouquin vient de voir le jour, celui-ci est différent du premier et ça m'a vraiment plu de l'écrire. Je tiens déjà à remercier ceux qui ont suivi le projet de près. En commençant par ma meilleure amie, merci à Mel d'être là depuis le début, merci pour la motivation que tu m'as donné et pour ton approbation.

Merci à ma mère qui a encore cru en moi et en cette nouvelle histoire, merci d'être toujours à mes côtés. Merci à ma famille, mon frère, ma sœur, mes grands-parents et mon beau-père qui est le Edouard de l'époque, en étant le père dont j'ai toujours rêvé. Merci pour votre soutien qui est plus que tout pour moi.

Merci aussi à Manon et Estelle mes copines écrivains qui m'ont soutenu dans ce nouveau projet. Merci à Cléa et Clem de m'avoir inspiré et aidé. Enfin merci à mes amis en général (dont mes cœurs blancs) pour votre soutien et vos encouragements qui me rendent forte et m'ont permis d'avoir confiance en moi et en ce livre.

Un grand merci à mon parrain Fred pour cette magnifique couverture. Et merci à ceux qui permettent à des petits auteurs de voir leurs rêves prendre vie et de voir leurs histoires être lues par du public.

Merci à toi d’avoir acheté mon livre, merci pour le soutien et la confiance que tu as mis en moi en achetant *Espace temps*.

Pour ne pas mentir, ce livre est arrivé sans prévenir, je n'avais plus d'inspiration pour écrire un nouveau roman alors j’avais décidé d’écrire différentes petites histoires pour continuer à stimuler ma créativité. Un jour, l'idée de cette petite histoire est venue mais je n'arrêtais pas de couper des passages que je voulais écrire. Sur les conseils de Mel, j'ai décidé d'essayer d'en sortir quelque chose et je me suis lancée le défi de faire de cette nouvelle un roman. En deux mois, l'histoire a pris forme et je n'ai jamais autant aimé écrire, j'ai pris tellement de plaisir en faisant des recherches sur cette époque qui me fascine tellement que j'espère vous avoir appris des choses. J'espère de tout cœur que cette histoire vous a fait voyager autant qu'elle l'a fait pour moi.

J'ai peur de publier ce livre parce qu'il me tient tellement à cœur que ça m'effraie de le partager, mais une part de moi avait hâte de vous faire découvrir ce monde et cette histoire. J'y ai mis tout mon temps, mon amour, mon imagination, mon cœur et tout mon savoir.

Le livre à une playlist sur Spotify si vous êtes intéressés, elle comporte les musiques qui sont citées dans le livre et des musiques qui me font penser à l'univers et à l'histoire.

Playlist du livre

Retrouvez du même auteur

About last night

Par Montaine Machu

Couverture par Fred Machu

Editer le 6/ 11 / 2021

Printed by Amazon Italia Logistica S.r.l.
Torrazza Piemonte (TO), Italy

29005473R00233